中游击水

刘征胜 / 著

北方文艺出版社

哈尔滨

图书在版编目（CIP）数据

中游击水 / 刘征胜著. -- 哈尔滨：北方文艺出版

社, 2025. 4. -- ISBN 978-7-5317-6567-7

Ⅰ. I267

中国国家版本馆CIP数据核字第2025L8970T号

中游击水
ZHONGYOUJISHUI

作　者 / 刘征胜

责任编辑 / 富翔强　　　　　　　　　　封面设计 / 吉建芳

出版发行 / 北方文艺出版社　　　　　　邮　编 / 150008

发行电话 / （0451）86825533　　　　经　销 / 新华书店

地　址 / 哈尔滨市南岗区宣庆小区 1 号楼　　网　址 / www.bfwy.com

印　刷 / 三河市中晟雅豪印务有限公司　　开　本 / 710毫米 × 1000毫米　　1/16

字　数 / 180 千　　　　　　　　　　印　张 / 20

版　次 / 2025 年 4 月第 1 版　　　　　印　次 / 2025 年 4 月第 1 次印刷

书　号 / ISBN 978-7-5317-6567-7　　　定　价 / 89.90 元

印记生活的思想水母（代他序）

初识征胜，是30年前在他家里。他家当时住在泰州陈家桥西小街，二层连体楼坐北面南。征胜的父亲是我的至交诗友，一次我去串门时恰逢征胜在家。那时征胜正在省泰州中学读高中，犹记他站立在客厅方桌旁大声朗读英语，脸上未脱稚气。再见到征胜时，他已工作多年，成家立业，颇有建树。得知他曾读研于中国科学技术大学，欣然刮目相看。

征胜业余爱好写作，积箧不菲，时有佳篇见诸报端。他的父亲刘松华，笔名刘鸣阳，早年就读于上海同济大学，理工男修文命笔，或令文科学子自愧不如。从学生时代起，鸣阳曾在《解放日报》《新华日报》《人民日报》《诗刊》等报刊发表诗作，其散文《江上舀水》见载《人民日报》，随笔《燃烧与阴耗》见载《红旗》杂志，饮誉称著。征胜得到父亲的先天遗传和家庭陶冶，遂致写作代有传人。

征胜的写作初始于工作定制。本书开卷辑入他的若干工作札记，或征文，或演讲，或总结，不一而足。看得出，他是财经人中的"一支笔"，经年历练，脱颖而出。阅读写作可以充实、优化人生，也可以教化、奉献于社会，由此有助于济世益民兴邦强国。古人云："文章乃经国之大业，不朽之盛事。"（曹丕《典论·论文》）征胜入职财经职场，司职财政管理部门，记录、宣传、反思、改进财经工作，积极助推地方经济，其相关的财经文字更具有可贵的实用性。令读者欣喜的是，在一般人看来未免枯燥乏味的财经语段，征胜的码字表达却别具机杼彰显文采。

读研中科大，是征胜精彩而有着里程碑意义的人生履历。征胜撰文多篇，翔实叙写中科大学习的历程和心得体会。中科大，校园，郭沫若广场，樱花大道，绿坪人文塑像……谢谢征胜，引领读者神游中科大的一方圣土。读研期间，征胜随学校研学团队，访谒美欧多所名校。哈佛、耶鲁、普林斯顿、剑桥……谢谢征胜，游学述记以文，将读者引向别样人文的"诗与远方"。

　　近几年来，《泰州晚报》副刊"坡子街"推行大众写作，倡导"非虚构、接地气、抒真情"，这给征胜的写作开辟了新局面。发轫迄今，他寄兴行走文字，已在晚报副刊见载十多篇文章。他有心撰稿，追思过往，环视身边，深掘生活富矿，遴选合用题材，一一码字成文，佳篇送出。倾心于"坡子街"之余，他开始拓宽视野，外投一些报刊和网络平台，多有收获。在纪实的基础上，征胜登临文学创作的新台阶。他采写的《三野村的"三和大神"》，堪称纪实文学的代表作。作品聚焦外地来泰的打工者，直面他们的凡人影像，折射当今社会打工一族的生态。本邑作家沙黑曾以系列小说《街民》名世，征胜的本土三野村打工者人物系列几可追望沙翁。此篇先后刊发于《西部散文选刊》和《海燕》杂志，其中《海燕》曾被誉为中国文学期刊"四小名旦"之一，可见编者慧眼识珠。

　　征胜散文的语言，颇可玩味，值得称道。他基本采用平实的本色语言，合乎写真纪实的要求。《家城絮语》《舌尖上的乡愁》等系列文章中，对泰州早茶、草炉烧饼、馄饨小吃、炒米猫耳朵、油炸臭干等乡土风物，多有细致精当的工笔描写，制作场景历历在目，可见其驾驭语言的功力。平实之外，征胜散文也不乏诗意的藻饰。"武无轩辕剑，文无妙笔花""花开无声，绽放绮丽；雨落无形，润泽万物""石榴花开，籽籽同心""聚是一团火，散是满天星，离别情切切，聚散两依依""唯愿芬芳桃李鲜衣怒马，再赏母校呈现的烈焰繁花"，诗的隽语平添悦目赏心的文采。

　　书名《中游击水》，将人生比作一条长河，中年阶段对应于中游河段。人在中年，执笔为马，未负韶华，收获一篇篇载道的正能量文章。文字不窗思想的水母，印记生活的文心审美。诚冀征胜继往开来，码字人生，创造生命风光带更新的绚丽辉煌。

刘渝庆

2024年1月18日，泰州青藜堂雨窗

　　（序作者系江苏省作家协会会员、江苏省诗词协会会员、泰州市诗人协会名誉主席、南京理工大学本部诗学研究中心《江海诗人》诗刊特约编审。）

自序

时下，"油腻"一词热度颇高，且常与"中年"二字捆绑出现，似乎成为中年人挥之不去的"魔咒"。

不知不觉，我也被时光推搡着成为一枚惶恐的中年大叔。我是大抵不愿与"油腻"一词为伍的，想在"中年"与"油腻"之间筑起一道"防火墙"。这道墙该如何垒筑呢？

俞敏洪的一席话，令我茅塞顿开。

"油腻是什么？流不动了，像猪油一样凝固在那儿了。如果我们能像黄河水一样滔滔不绝地流动，能像长江水一样地奔流，我觉得我们就一点都不油腻。""流动就意味着我们要走向远方，翻过那座山，去看那片海，这才叫作不油腻。"

我反复品咂着这段话的深意。人生恰如长河，如黄河之水，亦如长江之波。中年，河之中游，水流不及起始那般湍急奔腾，缓流区域增多，漩涡丛生。水中泥沙、矿物质颗粒易于沉积，周遭有机污染成分加大，这些或为"油腻"的雏形。水天然具有自洁能力。这个能力来源于水中的含氧量，流动的水，带来高含氧量，促进水中杂质离散和污染物分解。一旦流动停滞，盘桓不前，"油腻"物质将迅速富集，膨胀变异，形成"结石"。对抗"油腻"和"结石"，需要源源不断地注入具有含氧活性和冲击力的流水。正所谓"流水不腐""水激石鸣"。

人至中年，不能自我设限与人为梗阻，要持而不懈地流动，向着远方去流动，去见山见海，见不一样的风景。这样的生命旅程才更有意义，更具价值，才不枉来人世走一遭。

犹记得一则鸡汤文，题目是《离开了位子你是谁》，首发于人民日报社旗下的《民生周刊》，后迅速为多家公众号密集推送，在朋友圈着实火了一把。众多微友接力转发，不少还是具备一定身份地位的人物。认真读完我感慨不已。位子既是保障，也是桎梏。它好比煮青蛙的那一锅温水。反观自己，有编制保障兜底，所谓有"位"。但一旦不在其"位"，如何安放职业与家庭，身心与志趣？刚刚轮换了工作岗位，尽管一如既往地忙碌，客观上却也少了不少应酬交际。8小时之外自己掌控的余地还是很大的。我应该用它来做一些有意义的事情，为自己增添几道"斜杠"，有备方能无患，解答"离开了位子你是谁"的问题。

正视不惑之年的"油腻"之"困"，选择突围破局，拓展人生新的价值赛道。依据个人禀赋和价值取向，可供选择的新赛道有精进学业、提升职称、深研财经和文学创作。但学术之路不确定性较大，一般需要脱产进行，且需投入大量的智慧与精力。职称方面，中级职称在手，但现行政策下却也只能望"高"兴叹。财经理论实务研究可行，但不如原来的岗位那么便利。唯有文学创作，稍有中文基础的人都可以舞弄两手，作为纯粹的业余消遣，能兼顾工作、学习和家庭的多方平衡。

对于文学创作，我生疏有年。以前多是机关定制写作，规行矩步。由定制写作转向自由写作，需要作相应的调适。好比武术中套路与散打的关系，擅于套路者未必长于散打。不过好在没有太多的条件约束，且有足够的试错和碰壁的机会。2020年秋起，我开始了自由写作的"凌波微步"。家乡的晚报成为我"尚能写否"的试验田。一次不经意的国庆购物经历，触发了麦乳精伴我成长的记忆，仓促成文，居然发表在《泰州晚报》"坡子街"副刊头条，给我带来不小的惊喜。一个多月后，《家有"青椒"》亦如愿刊发。当年12月，自由投稿的《寻找心中的瓦尔登湖》意外拿下泰州市胡瑗读书节征文一等奖，足令我欢欣鼓舞，坚定了我缱绻文字的信心。

从此，节假日我多宅于书房，与稿纸、电脑和书籍为伍。日拱一卒，援笔记事，竟也功不唐捐，汇聚成数十篇什、洋洋20万言的"本本"。其中的大部分获得公开发表，包括《鸭绿江》《牡丹》《西部散文选刊》等纯文学期刊，《工人日报》《山西日报》《扬子晚报》等报纸副刊和"学习强国"等新媒体，给寻常素淡的小日子增添了一次次簇新的小欢喜。这是当初心怀忐忑"化笔为犁、以纸作田"的我不敢想象的。我决定将处女文集定名为《中游击水》，以警醒自己远离中年之"油腻"，保持勤勉奋发之姿。

灯下翻阅文稿，感慨系之。仰慕古今文字大家胸怀文墨，心驰八极，挥洒自如，将真情实感、真知灼见，化作闪烁时代光芒的可诵耐读的美文。自愧才智有限，不敢奢望，唯以有益之事，遣有涯之生，继续执笔击键，填充那些在人间凑数的日子。

2024年1月10日于海陵莲花寓所

目 录

情 怀 篇

休 闲 篇

家人闲坐

凡人影像

格物致知

进取篇

激扬职场

大写的财政人

尊敬的各位领导、各位同仁：

大家好。在阳光绚烂、万物葱茏的激情六月，能站在这里和大家一起分享职业的经历与感悟，深感荣幸。我演讲的题目是《大写的财政人》。

很多很多年前，有一位学大提琴的年轻人去向当时声名赫赫的大提琴家卡萨尔斯讨教：我怎样才能成为一名优秀的大提琴家？

卡萨尔斯面对雄心勃勃的年轻人，意味深长地回答：先成为优秀而大写的人，然后成为优秀和大写的音乐人，再然后就会成为一名优秀的大提琴家。

聆听这则故事的时候，我还是年少懵懂的书生，对老者回答的成就职业的道理似懂非懂。我只是粗略地知道，人终究是要走向社会谋得生存的技能，并不懂得如何去持久地习得，以及需要经历的过程。即便如此，天生的童趣仍使"大写"这个老师口中似乎与"字母"固定搭配使用的非典型词汇深深镌刻在我的脑海里。

什么是大写？大写的人是什么模样？大写的职业人又是什么模样？这些叩问始终伴随我成长的每一步。

挥别象牙塔，迈入职场，职业这个原本感性缥缈的标签渐渐理性丰盈起来。岗位的打磨触发我更多的思考。随着履历的延展增厚，我越发感受到，让我的职业感悟茅塞顿开的、职业激情蓬勃欲发的、职业思维激荡碰撞的，往往不是惊天动地的血与火的考验，却是一段段平淡无奇的倥偬时光。其中，有一段特别的挂职经历值得记取和分享。

2007年，一个乍暖还寒的早春，根据局青年干部基层锻炼的工作部署，我被安排到原姜堰市大泗镇财政所挂职担任副所长。

履职之前，我对大泗的情况稍有耳闻。这个位于海陵、高港、姜堰的咽喉小镇，小有名气的鱼米、牛肉、银杏之乡，由于种种原因，在市场经济的大潮中被边缘化，财政收入一度在姜堰诸乡镇中垫底，在黄桥老区也属老巴子。然而，我也听说这里出了一群神奇的理财妙手，他们不但为数年老巴子的大泗顺利摘了帽，而且为这个一度悲观徘徊的基层财政所带来了喜人的变化，"双文明财政所""青年文明号"等一系列耀眼头衔纷至沓来。

周春喜就是这个团队的领头羊。他用沧桑的大手紧紧握住我：欢迎你来大泗，这里就是你的家。

往后的日子，我便和这个"家"结下了不解之缘。我开始用一种陌生而又执着的眼光来触摸和感知这个中国最基层的财政机关的里里外外。

这里，是"三农"服务的第一线，是感受财政阳光雨露最为直接的地方；

这里，"上面千条线、下面一根针"的基层工作的错综复杂被演绎得淋漓尽致；

这里，作与息、昼与夜、家与所不再是泾渭分明；

这里，对责任的坚守、对奉献的膜拜有着最好的注脚。

周春喜，一个被戏称为"拼命三郎"的人。我曾听说在他赴职的第一天，在全所会上就郑重宣言：我们已经没有任何退路，未来留给我们的不是纪念碑就是审判书！

在大泗工作，家却住20公里开外的蔡官。镇里为他安排了宿舍，他拱手让给所里的两个年轻人。寒来暑往，无论风霜雨雪还是日月星辰，他早出晚归。临危受命五年来，他走的里程能绕赤道整整一圈。

他的时间总是被纷繁芜杂的事挤满。财源培植、收入组织、支出安排、补贴发放，无不牵动他每一根神经。宇马铝业是大泗的支柱企业，是当地财政收入的重要来源。隔三岔五，他都要领着我到企业走走，为企业把脉探策，带去财政政策的甘霖，捎去财企一家的关怀。一天，熬了个通宵、正发着高烧的他突然接到来电，请求他出面协调技改贷款的问题，他全然不顾高烧在身、眼睑充血，二话不说就赶赴企业，单薄的病躯依旧走路带风……

这是一个多事之春。他年迈的老母亲病倒了。在最需要儿子呵护左右的时候，他却因为粮食直补资金的发放和预算支出资金的筹集而殚精竭虑，忍着心痛把担子交给了他的妻子。我们曾婉劝他请几天假，他淡然一笑。数天后，当全所同志央着他终于来到医院看望自己的母亲时，母亲老泪纵横。他"扑通"跪在母亲面前："妈，儿不孝。"说完，流着眼泪给母亲深深磕了一个响头。

无情未必真豪杰，苦乐参半心自知。为了肩负的财政职责，他把对亲人的眷念和关爱深深藏在心底，把博大无私的爱奉献给了他魂牵梦萦的基层财政岗位。在责任的内生力量的驱使下，本该知天命的他，跃动的俨然是而立之年的心脏。

桃李不言，下自成蹊。

陈善军副所长，为完成新型农村合作医疗医保费征缴工作，主动上门，披星戴月，哪管年幼的儿子稚嫩、急切的呼唤；

初出茅庐的小郑，三天时间加班加点完成粮食直补资金的数据录入，无视女友执着期待而又不失埋怨的目光。

呕心沥血，构建为民财政；

精诚团结，铸就和谐集体。

这就是责任的力量，令他们为之守候、为之付出，为之无怨无悔！他们是不是我苦苦寻觅的大写的财政人？

中秋将至，我的挂职生涯临近届满。暮色阑珊，我独自在小镇漫步。我蓦然感到，六个月来，令我感触至深的不是振臂狂呼，不是热血沸腾，而是忙忙碌碌来去匆匆的身影和承受坎坷的韧性、面对困惑的执着、绝地重生的喜悦。在这里，我体味了"青发边上白丝缕""衣带渐宽终不悔"的执着；在这里，我洗礼了自身的懈怠和虚荣，释然了心中的困惑和惆怅。在这里，我收获了责任、奉献的心灵感悟，我也为流淌责任和奉献的眼泪而深感慰藉。

别了，小镇；别了，我的职业驿站；别了，我的"家"！

两年后的今天，我依然不会忘记过去曾在现在仍在那里的耕耘者、拼命三郎和铸魂人的责任和奉献！那里成就了一段责任与奉献的职业礼赞，那里书写了一段刻骨铭心的心路历程，那里对于我的影响已经形成了一个大写的符号化的标识。他让我明白如何去做一个人，一个财政人，一个大写的财政人！

我们的职业正在历史的经纬线上如水般流淌，流过秦砖汉瓦的断壁，流过唐风宋韵的华章，流过碧云天下黄叶落，流过钟山风雨起苍黄。而今，她正流淌在科学发展、和谐建设的滚滚洪流中。职业催生责任，责任激发能力，能力派生形象。我们是肩负责任、勃发能力、昭示形象的泰州财政人，让我们携起手来，吹响"奉献财政，舍我其谁"的集结号，共同谱写泰州财政事业的更大辉煌，做一名顶天立地的大写的财政人！

谢谢大家！

（本文系泰州市财政系统"责任能力形象"主题演讲大赛演讲稿，后节选发表于 2009 年 6 月 25 日《泰州日报》专版）

风雨二十载　今朝再超越

二十年前，迎着新泰州冉冉的朝阳，承载拓荒使命的财政人在经济转轨的航标前集结，他们务实，他们拼搏，他们蹚过计划经济的冰河，摸着市场经济的航标，迈过了初步小康的地平线。

二十年后，伴着中国梦清晰的足音，担当经济社会领域全面深化改革服务重任的财政人号令在新的起跑线上，他们革故，他们鼎新，他们踩着供给侧结构性改革的鼓点，跃上全面小康的新征程。

时空轮回，世事沧桑。当创新、协调、绿色、开放、共享的新发展理念深入人心，当"三大主题工作""四个名城建设"成为经济社会发展的新标杆，曾经拥抱热忱、信守责任、膜拜奉献的财政人，你们准备好了吗？

回答热烈而铿锵：守职不废，处义不回！犯其至难，图其至远！

回溯财政的本源，对照"十三五"规划任务书和全面深化改革路线图，财政人绘就了清晰的行动纲领。

——财之基在于谋发展。财政人将统筹二次分配的政策工具，落实积极的经济刺激政策，推动产业去库存、去杠杆、去产能、降成本、补短板，构建技术先进、协调融合、优质高效、绿色低碳的现代产业体系；优化资本、技术、人才、管理四大核心要素配置，推进产业高端化、高技化和服务化，将大众创业、万众创新的梦想照进现实。

——财之本在于厚民生。财政人将驱动利益再分配的杠杆，落实普惠的民生保障政策，推进基本公共服务均等化、城乡发展一体化、扶贫济困精准化、居民收入倍增化，使"学有优教、劳有多得、老有乐养、病有良医、住有宜居"的民生福祉走入寻常百姓，成为全面小康的标志风景。

——财之源在于促改革。财政人将弘扬革故鼎新的传统，推进全面的体制机制转型升级，优化现代财政治理框架，构建更为稳固平衡的地方财政，着眼于财政支出模式变革，实现资金科学化精细化管理，推行全口径预决算，打造"预算、支付、采购、国资、绩效"五大阳光工程……

如果说，二十年前那个触发经济体制变革是为解放生产力，实现"两个翻番"和"三步走"目标战略的话；那么，二十年后这场经济社会全面系统的改革，则承载了建设更高层次小康社会、实现民族复兴伟大中国梦的瑰丽愿景。从局部到全面，从表层到纵深，从旧规制到新常态，从经济为纲到民生为本，这是弱冠之年的泰州面临的波澜壮阔的大考，是一个转型升级样板城市必须兑现的使命与担当！

曾经，我们筚路蓝缕勇启山林；

如今，我们披荆斩棘誓换新天。

让我们全体财政人集结起来，弘扬建市之初的精气神，展现新常态下的新姿态，再造一个激情燃烧、干事创业的火红年代，共同谱写"强富美高"新江苏的泰州财政骄人篇章！

（本文系泰州市财政系统庆祝建党 95 周年暨建市 20 周年文艺汇演同名音诗画节目台词，作于 2016 年 8 月）

点亮中小企业财政　燃起"冬天里的一把火"

2011年初冬,寒风瑟瑟。

市财政局四楼4019办公室来了一位不速之客,他是一位民营企业的老板,他来探询打通融资僵局的财政纾助之策。

他简单陈述了来由。在这个国内外经济大势波诡云谲的2011年,他的企业营收锐减,效益滑坡,资金链更是命悬一线。眼看银行贷款到期,却无力偿债和续贷。面对二十年苦心积累的实业,是坚守,还是割爱,他寝食难安。

企有所呼,必有所应。

纳税人的诚恳诉求很快上馈至决策班子。领导班子审时度势,达成共识:今年乃至今后一段时期是经济形势异常险峻复杂的关键时期,国内外逆向效应的综合叠加使得企业家信心指数下滑至谷底,我市实体经济遭遇前所未有的生存危机。财因企而生,必为企所谋。中小企业贡献了我市70%以上的财政收入,在这个不期而来的实业寒冬,财政燃起"冬天里的一把火",是服务,是义务,更是责任和担当。

这位民营企业主未曾预知的是:他为之战战兢兢的可能最终压垮他的资金这根稻草,将由一根根货真价实的政策金条稳稳地托起。

一场围绕拯救中小企业的财政创新服务集结号在这个冬天的黎明吹响!

——开展"一企一策"对口帮扶活动,问需于企、求计于企,帮助中小企业危中寻机;

——提前兑现当年中小企业发展资金，为求金若渴的中小企业送去丝丝甘霖；

——设立中小企业应急周转基金，为中小企业银行债务偿还和接续开辟无障碍通道；

——设立科技贷款风险补偿资金，为科技型中小企业项目融资撑起"保护伞"；

——设立新兴产业中小企业创业投资基金，助力怀揣优质研发和产业化项目的科技型中小企业叩开权益融资大门；

——调增下年度中小企业发展资金预算，在上年基础之上翻一番，为持续化解企业痛点备足"粮草"和"弹药"……

高港区一家公司是中小企业政策套餐的首批受益者。公司为高新技术企业，聚焦优势主业，致力于实施国内最大、技术最优、具有自主知识产权的特种装备项目。但在行情普遍低迷的当下，资金成为项目推进的最大瓶颈。是财政重点成长型企业扶持政策和贴身设计的直接股权投资运作方案，解决了企业的燃眉之急。省市两级财政注资、三年内全部红利让渡。他们说，是财政给了他们一个温暖而结实的"臂膀"，让他们拥有了"比黄金还重要"的发展信心！

挺过了严冬，迎来了阳春。尽管依然寒意料峭，但财政服务的春风没有止步。在争创全省转型升级示范区、全面推进现代化建设的崭新命题里，财政又将为这些市场经济浪潮中的"小舢板"给予更多的关切和呵护。

——落实系列结构性减税和减负政策，为中小企业量身定制成本瘦身计划；

——支持将中小企业产品纳入政府采购体系，让中小企业在公共"餐桌"分得一杯羹；

——建立财政服务企业"直通车"平台，拓展出财政企业零距离沟通互动的新天地……

其中，作为效能建设的重要切入点，财政服务企业"直通车"将利用先进的数据处理和网络技术，构建起服务需求的归集、反应、落实和回馈机制，形成以企业为出发点和落脚点的闭合式动态循环链条，成为财政服务企业的重要功能性平台。长期徘徊于市场失灵边缘地带的广大中小企业，也将借助这一平台，回归到公共政策和服务的镁光灯下，有尊严地享受履行社会责任的反哺……

"星星点灯，照亮我的前程，用一点光温暖企业的心"，点亮中小企业，财政在行动。他们深信，服务无止境，效能无标尺。他们矢志不渝，锐意探寻和创造更为广阔的服务"蓝海"，那里，必将孕育出未来泰州更为壮观的产业绿洲和实业旗舰……

本文系泰州市级机关"三服务"（服务企业、服务项目、服务投资者）先进事迹宣讲稿，作于 2012 年 4 月

秉承先辈遗志　开拓宏图"财业"

今天，在我们中华民族传统的祭奠先祖的时节即将到来之际，我们财政战线干部职工代表在革命烈士纪念馆前集会，以"重走坎坷革命路、再温先烈精气神"为主题，缅怀革命先辈的丰功伟绩，抒发爱党爱国的责任情怀，这在建树社会主义核心价值观、党的群众路线教育实践活动的当下，具有非同寻常的意义。

我们的身后长眠了数以百计的为民族独立解放、国家繁荣强盛和人民自由福祉而立下不朽功勋的烈士英灵，其中不乏沈毅、杨根思这样荡气回肠的名字。他们的生平事迹辉映了革命建设的风风雨雨，他们的一身赤诚肝胆，一腔壮志豪情，诠释了那个风云年代的社会正能量，成为历史永远定格的悲壮绝唱。

逝者长已矣，生者如斯夫。今天，我们在烈士纪念碑前肃立、礼敬、追思，既为感恩英灵、铭记历史，更为传承精神，汲取力量。当前，我市正处于推进转型升级融合发展系统工程爬坡过坎的关键时期，财政如何契合经济社会发展的鼓点，实现现代财政体制机制的嬗变，需要我们凝聚科学发展的智慧，激发干事创业的热情，而这与革命先辈一往无前、舍生取义的精神特质一脉相承。我们将这次活动作为强化理想信念教育和群众路线教育的生动实践，视为"照镜子、正衣冠"的一次难得契机。让我们在阳春三月里静静地追思，深深地缅怀，把深情的感念和崇高的敬意寄托在鲜花翠柏丛中，把心灵的净化和行动的自觉带到谱写中国梦泰州财政新篇章的新征程里！

最后，吟咏一首自编诗，表达这份由衷敬爱的感怀——

　　桃花烟雨英雄血，

　　晚辈感铭泪满襟。

　　吾邑转型浪潮涌，

　　财政志士迎头立！

谢谢！

（本文系清明日在革命烈士纪念馆前的演讲稿，作于2016年4月）

学在科大

恪守为学"套路"追逐诗和远方

墨子升天之际，丹桂吐蕊之时，我走进仰慕已久的中国科大，与一群怀揣梦想的小伙伴风云际会，共同开启学识扩容和职场提升的新征程，激动和喜悦溢于言表。

学校精心设计的功能化教育模块，让我第一时间领略了科大标识的MBA文化。在校领导、院领导的致辞中，科大辉煌厚重的创校史志、高瞻远瞩的办学目标和行稳致远的育才方略，在我面前如史诗般地生动呈现，让我触摸到科大自强不息、止于至善的精神脉动。张圣亮老师的《MBA学习之价值》、徐毅老师的《USTC-MBA幸福密码》，在庄重又充溢诙谐的表达中打开了MBA教育之于"萌新"的懵懂空间，使我对未来的研学生活有了较为直观的认知，激发了我通过MBA学习增进个人智识提升职场竞争力的动力。两位优秀学长则分别从实业创新和自主创业的角度，分享了他们在双创实践中的心路历程，并对3年MBA学习生活给出了推心置腹的指导。嘈嘈切切错杂弹，大珠小珠落玉盘。一场场既严谨又生动、既感性又务实的演讲，使我更加坚信了自己的科大MBA选择，坚信科大的研学能给我个人成长以丰厚的滋养，坚信科大的履历将为我的人生长卷添上浓墨重彩的一笔。

两天的入学教育稍纵即逝，意犹正酣之余，一个现实的命题萦绕在我的脑际，如何在原本闲暇的时光远离庸俗的社交套路，实现身份精准切换，如何不畏眼前苟且的浮云遮望眼，去探求职业前行的诗和远方。一番思量，我试图从"安静书桌""自由星空""良师益友"三个目标维度解析这一命题，努力成为一名不负科大荣光的MBA人。

首先，安放一张安静书桌。来科大之前，我拜读过《中国新闻周刊》关于科大卓越办学的封面专题报道，标题即是"这里有张安静的书桌"，而江湖流传甚广的任正非、胡伟武业界大儒为子女择校的轶事则为最好的印证。选择科大，就是选择内心的宁静。唯有宁静，方能致远。我修读MBA的目的就是消除职业新常态下面临的学识危机和本领恐慌，破除事业进阶的天花板，而科大的氛围特别适合我潜心修学。我当濡染科大静谧之学风，将科大学习视作一次排他的孤独修行，格物致知，含英咀华，争取"他日学有所成，成为出色的管理人才"（管理学院屠崞院长开学寄语）。

其次，开辟一域自由星空。大学崇尚独立之思想，自由之精神。在科大，学风之自由，行思之不羁都是可圈可点的品牌路数。MBA是一类扎根市场的专业学位，如何顺应大环境、驾驭好小气候，需要学识和智慧，更不乏激情、创意和胆识。报考科大前，我仔细研究了科大招生宣传资料，其中洋洋大观的创业实践项目无疑是最能激发我兴致的。我愿意并渴望接受这样规制严谨、变通有则、创意十足的挑战，和小伙伴们群策群力，开辟一片创新创业实践的自由星空。诚如张圣亮老师所言，丰富的实践活动能极大地提升参与者的演讲能力、沟通能力、组织能力，协调和领导能力。我期待这一域自由星空下能享受心驰四方、精骛八极的愉悦，使科大MBA学有所值，学有超值。

最后，缔交一众良师益友。名校的师长和校友向来是笔无法估量的VIP资源。加盟科大MBA，在我的人际版图上将生成一个崭新的高端社交人脉圈，这里汇聚了德艺双馨的名师大咖和各行各业的精英才俊。徜徉于高山流水间，我们会得到思维和智慧的启迪，懂得分享和共享，学会合作和妥协，甚至还能有幸邂逅志同道合、心有灵犀的同学作为未来的战略合伙人。徐毅老师"与成功人士为伴为友，目标会更高远，境界和操守也会更高"的演说词令我期待满满，相信这笔无形资产的增值和摊销将令我受益终身！

如果说有生之年能来科大读书是"小确幸"的话，那么上述三个"小目标"则是我负箧求索的理想打开方式。相信在科大MBA这个大家庭里，有领导的殷殷寄望，有恩师的谆谆教诲，有同学的相携互助，恪守为学"套路"的我定能度过人生中快乐而进步、充实而无悔的三年研究生生活，收获管理的真谛和智慧，成就职业的诗和远方。

（本文系中国科学技术大学MBA入学教育心得体会交流发言稿，作于 2016 年 9 月）

小瓜子嗑出大乾坤

"轻嗑声脆两开半，久留唇齿三月香"。瓜子是国民休闲食品，也是我舌尖上的忠实伴侣。在合肥，有一家以瓜子为主营业务的公司，将不起眼的瓜子嗑出了每年数十亿的营收规模，成为国内炒货行业的领跑者，并在深交所挂牌上市。它就是恰恰食品股份有限公司。

一个深秋的午后，我们师生一行走进位于国家级合肥经济技术开发区腹地的恰恰集团，探秘这里的创新迭代和品牌运营之道。这是一家主营传统炒货、坚果的现代休闲食品企业，以"创造优质产品、传播快乐味道"为使命，历经十余年的潜心深耕，产品线日趋丰富，流程管理体系逐步完善，品牌传播的美誉度不断跃升，经济效益和社会效益持续增长。

在恰恰的企业形象展示大厅，素简的照壁前一尊精美的雕塑赚足了同学们的眼球。酷似人手形的OK手势，拇指与食指构成的圈中嵌有一粒圆圆的瓜子，这是公司的LOGO，代表着味觉享受和实业自信。屏风后的壁墙上，一条成长时间轴和一幅幅年代感的物证和图片，向我们展示了企业如何步步为营，从名不见经传的小舢板嬗变为傲视同侪的产业航母的风雨历程。

创新，引领恰恰迈过了产出的"三重门"。

第一道门，独创工艺。恰恰摒弃炒制工艺的传统路径，推出煮制瓜子。将葵花子与多种有益人体健康的中草药特殊调配后，经"煮"这一特别工艺，诞生了吃了不上火又不脏手的"恰恰香瓜子"。我们贴着生产车间的外围，观摩了清洁生产车间内煮瓜子的专用高温锅炉和传送设备的高速运转，除了一头一尾的投料和质检程序，先进的智能化标准化操控，为一粒粒原生瓜子注入了色、香、味的生命元素。

第二道门，创塑流程。恰恰利用十年时间，不断通过业务流程的创塑获得同业竞争优势。从开发的CRM系统起步，邀请IBM参与SAP项目，吸纳全球先进的管理理念，建设商业智能分析系统，实现更为精准的生产、物料、成本控制和质量追踪机制的目标需求。在公司的中央控制区，大屏幕以销售为导向进行了流程追溯的路演。我们看到了一笔订单是如何撬动相关的模块实现有效运作并形成数据闭环的。

第三道门，用心包装。恰恰推出了颇具艺术情调的纸袋，中式竖形信封的设计、传统民俗风格的手写体文字，再配上一段企业成长的传奇故事，呈现出既环保又厚重的烟火范。在公司会议室，工作人员贴心地为我们准备了五颜六色的袋装瓜子作为伴手礼相赠，不同的外包装对应不同的口味，包括市面上奇货可居的藤椒、海盐、芝士等品种。给瓜子的外包装做足颜面，为食客带来鲜亮美好的第一感官体验，这是独属于恰恰的包装之术。

品牌，推动恰恰祭出了营销的"三板斧"。

第一板斧，布局广告。恰恰成立之初，在瓜子界的江湖并不显山露水。恰恰将破局之锤砸在了媒体广告上。斥大手笔，在央视黄金时段投放广告，投放当年，销售额较上年翻了两番。后又拿下湖南卫视人气节目《欢乐总动员》半年的广告时段，建立与年轻群体的情感链接。一系列的广告布局，收获了不同消费群体的高频认知。

第二板斧，耕耘渠道。新生的恰恰，深知渠道是命脉，掌握渠道就是掌握市场。经销商网络构建初期，即推出"开箱有礼"福利——每箱货里随机附赠数元至数十元不等的现金。送红包简单直接，不仅增厚了渠道利润，更点燃了各级经销商的铺货动力和促销热情。以此为发轫，恰恰迅速建立了以经销商渠道为主的全国销售网络，并发展出KA、特通团购、电商和海外四大渠道，覆盖近60万零售终端。

第三板斧，定位文化。恰恰创始之初即高度重视品牌传播，确立了"恰恰——快乐"的品牌定位。在恰恰的快乐文化中，快乐是一种愉悦、健康、温情的现代生活方式，这与瓜子的食用场合、食用感觉形成完美融合。在一张张随袋的文化卡片里，恰恰将快乐品牌内涵渗透其中，胖仔物语的人生哲学，朱德庸的天马行空，承载了恰恰对快乐的美好期许。而与《欢乐总动员》的联袂，更是放大了这一品牌的快乐内涵。

挥别恰恰，我们也洞悉了一家优秀的行业龙头创新引领和品牌升级的路径。通过创新，不断强化终端议价能力；依托品牌，不断增进市场话语权。或许，这就是恰恰瓜子的经营哲学。

我把恰恰公司友赠的六袋瓜子带回工作岗位，三五知己闲来坐，一把瓜子嗑乾坤。这个乾坤，是一家标杆公司"创造优质产品、传播快乐味道"的大乾坤。

走进阳光能源　融会战略要义

战略是企业运营的先导和核心。一个优秀的企业是如何打造其前瞻的战略规划，如何围绕其展现高效的执行力，锻造核心竞争优势，最终成就使命和愿景。带着这样的问题，初冬时节，1605班学员走进阳光能源，探究这家行业翘楚藏于帷幄的战略秘籍。

阳光电源股份有限公司是一家专注于太阳能、风能等可再生能源电源产品研发、生产、销售和服务的国家高新技术企业，是国内目前最大的光伏逆变器制造商、国内领先的风能变流器企业，也是我国新能源行业为数极少的掌握多项核心技术、并拥有完全自主知识产权的企业之一。2011年11月，阳光电源在深交所挂牌上市，成为中国可再生能源电源行业首家公众公司。

观展厅，领略新兴企业辉煌。在公司装帧一新的企业展厅，企业历年来获得的各项荣誉列装上墙，显著位置嵌有巨幅领导关怀照片，印证了企业经年累月拼搏奋进的轨迹。在恢宏大气的智慧能源管理系统液晶平台、呈现公司全系业务的全景展板和实物展品前，同学们驻足观瞻，啧啧称赞。

看现场，感受能源经济魅力。在公司分布式光伏发电系统应用展示区，一组组多晶硅太阳能电池板井井有条铺陈在楼顶，形成蔚为壮观的电池方阵，配合太阳能逆变器、并网配电箱、光伏支架和电表形成有效的电能输出。行政部洪霞经理向同学们科普了光伏发电的原理，同学们则饶有兴致地与她从经济效益和产能效率角度探讨起家庭推广应用的趋势和前景。

听宣讲，解构企业战略图景。在公司六楼报告厅，公司战略主管陆阳经理向我们路演了公司战略思维的形成和演进迭代的过程，依托金字塔式的模型和集团战略屋的构建，开发了契合公司发展需求的三年滚动规划工具。全新的战略理念，令同学们耳目一新。同学们积极互动，并就市场响应、政策支持等光伏发电的热点话题与公司方面进行了深入探讨。

活动结束后，同学们在大厅公司LOGO前合影留念。同学们一致表示：非常珍惜此次赴阳光能源公司研修战略管理课程的机会。公司"致力于清洁高效，让更多人享用绿色电力"的发展使命和贴近客户需求、求新求变求质的运营理念令我们深受教益，衷心期盼阳光能源公司在卓越战略的引领下，不断夯实执行根基，加速成长为受人尊敬的全球一流企业。

（本文发布于中国科学技术大学MBA官方网站，分别作于2016年12月、2017年11月）

剑桥一课

"轻轻的我走了，正如我轻轻的来；我轻轻的招手，作别西天的云彩。那河畔的金柳，是夕阳中的新娘；波光里的艳影，在我的心头荡漾……"

农历戊戌新年首日，英伦学术名城剑桥。在与徐志摩求学的国王学院毗邻的丘吉尔学院古色古香的教室里，当访学项目英方负责人乔治博士提议以齐声朗诵《再别康桥》的方式开启游学课程时，现场爆发出热烈持久的掌声。这首穿越一个世纪风尘的脍炙人口的诗篇，化作丝丝缕缕的涟漪，润泽着每一位不远万里奔赴而来的科大学子的心田。

核心课程为一专题讲座，主题是在风险和不确定环境下如何提高战略决策水平，主讲人JochenRunde教授系剑桥大学嘉治商学院MBA项目主任，学院资深Fellow（研究员），全球管理学界大咖级人物。

讲座内容属于行为经济学范畴，JochenRunde教授从影响经济表现的微观和宏观因素着手，提出并诠释商业决策战略的四种不确定性挑战。在决策中，引入决策树算法模型进行期望值优选。鼓励进行假设检验，借助科学的测度工具，模拟风险情境下的决策过程及推演结果进行取舍。针对行为演进中已知的未知、未知的未知和难以预估的"黑天鹅"事件，利用培根哲学方法，进行认知修复，收缩或拓展决策框架，形成趋利避害的最终决策结果。

讲座穿插有丰富的实战案例，通过以案说策的方式，图文并茂地展示了JochenRunde教授在这一领域的理论造诣和实战积淀。同学们仔细聆听，踊跃互动，现场不断碰撞出思想的火花。更有同学大胆将自身的某一特定决策经历呈现出来，分享得失的同时收获了权威点评。大家普遍认为，讲座的主题非常契合当下的管理热点，无论是处理政府决策还是企业决策，抑或家庭理财决策都具有普适的指导价值。

剑桥以其卓越的学术声望享誉全球，是海内外无数学子才俊心驰神往的学术殿堂。领略和鉴学剑桥文化是我们此行的题中应有之义。在教学助理琳德女士的精心策划下，我们参加了以"剑桥现象"为主题的文化主题分享活动。通过多媒体路演，全景式感知了剑桥大学悠久而璀璨的学术文化和以剑桥科学城为载体的创业创新文化。跟随助理的脚步，我们得以零距离仰观这座举世闻名的学术梦工厂。在国王学院古朴庄严、彩绘环饰的大教堂，感受不久前学院合唱团演奏《再别康桥》的余音绕梁；在康河畔篆刻有志摩手迹的石碑前悉心抚摩，追忆一代文人墨客的似水流年，驰骋在"我的求知欲是康桥给我拨动的"的深邃意境中；在圣体学院的老鹰酒吧，仿佛穿越回上世纪中叶，亲历克里克和沃森发布发现生命秘密的高燃场景，和他们击掌相庆，把酒言欢。同学们尽情徜徉于剑桥的学院街巷，仿佛在与历史与时空对话，心驰八极，神游万仞……

"悄悄的我走了，正如我悄悄的来；我挥一挥衣袖，不带走一片云彩"……

挥别剑桥，留下了虔诚的科大学子寻梦的足音。"此地乃启蒙之所和智慧之源"（引自剑桥大学校训）。在这里，我们经历了管理智慧的战术洗礼，改变了面对风险和不确定性的模糊思维，代之以量化的精准筹划。在这里，我们学会了以数字模型和理性思考赋能风险决策，实现战略决策水平的迭代。感恩"才华和颜值齐飞"的剑桥城，赋予我们以深厚的管理学养和特殊的人文气质，那份眷恋与不舍深藏心底，没齿难忘。我们也寄望科大能够在与剑桥等世界顶尖名校的风云际会中，加速成长为比肩剑桥的世界一流大学。

（本文刊发于 2018 年第 2 期《MBA•MPA 人》杂志）

探求大洋彼岸的管理"圣经"

众所周知，美国是现代管理思想和工具的主要策源地，是全球市场体系最为健全、微观主体最为活跃的地区之一，其以案例教学而闻名的工商管理教育品牌享誉世界，是海内外商界精英趋之若鹜的研修圣地。金秋时节，科大MBA学子一行20人，怀着求取美国精英商学院管理"圣经"的美好愿景，飞赴大洋彼岸，亲临一场令人心动的管理视听盛宴。

本次游学活动依托坐落于美国南加州湾区的加州大学尔湾分校（UCI）开展。UCI系加州大学系统十大实力派分校之一，为享有国际声誉的顶尖公立大学。学校既有综合院校的博大气场，又有专属院校的精致氛围。旗下保罗吉拉德商学院为全美顶尖商学院中的后起之秀，学院致力于小班化授课和可视化单元开发，聚焦知识经济领域的蓬勃商业机会，倾力为学生提供创新创业的优质平台。

两天的课程采用功能化模块集成方式。上午时段分别安排了Larry Wilk教授主讲的"Intrapreneurship（内部企业家精神）"和Bill Morris教授的专题"Leadership（领导力）"，下午时段安排考察两家当地高技术企业，分别为"Edwards Lifesciences"和"The Cove and IBM's Watson"。

首日上午，UCI的Davenport院长主持了简约的开班仪式。随后，Wilk教授立足其长期供职的迪士尼公司，分享了他26年的管理心路，特别是8年全球资深副总裁的资历之于内部企业家精神的独特理解和感悟。课程围绕内部企业家精神的定义、识别与评价、商业模式孕育、新企业创设等四个维度渐次展开。诸多经典鲜活的实业案例，如优步、谷歌、通用电气、宝洁穿插其中，特别是对中国电商头部品牌——淘宝网核心伙伴、价值活动和客户关系的深度解析，引发了同学们的积极思考和热烈讨论。翌日是关于领导力的话题，主讲Bill教授是位慈祥的古稀老人，他拥有半辈子的华尔街投行工作履历和一众高科技公司的高管头衔，其项目管理足迹遍及欧美亚各大洲。他从Boss和Leader的区别入题，阐释了领导力呈现的行为特质，并通过一项妙趣横生的领导力倾向测试，令我们收获了丰富多元的感性体验。

尔湾有加州第二硅谷之称，这里高科技企业星罗棋布，风靡全球的《魔兽》系列游戏的出品商暴雪公司、芯片巨头高通公司的总部即驻设于此。在教学助理的引领下，我们兴致勃勃地走进"小硅谷"，感受扑面而来的"硬科技"。在为市场提供人工心脏瓣膜的爱德华兹生命科学公司，我们参观了无菌生产环境和研发大楼，并与公司高管就特殊生物制品的供给方式和渠道建设展开了交流。在UCI Applied Innovation Cove共享中心，IBM研发主管Neil Sahota进行了一场"Create the Future Today"的路演，荟萃IBM Watson旗下人工智能领域七大产品系列的创意、进程和展望，图文并茂，引人入胜。

两日的学程稍纵即逝。回望之余，感念丛生。多元职业背景的大师倾囊相授的管理心经，高科技光环下管理细节闪耀的真知灼见，可谓干货满满。如果说此番海外研学机会是科大赋予我MBA求学阶段的"小确幸"的话，那么它带给我的不仅仅是视野的拓展，更是思维理念的重塑和操盘路数的碰撞。借助它，我能够以更为高瞻和特别的视角来仰望市场经济的自由星空。课业之余，我流连于美国西海岸旖旎的海景风光，钟情于尔湾新城的小资情调，在如诗如画的校园和憨态可掬的小松鼠来个亲密接触，在氛围雅致的学生中心咖啡屋与不同肤色的学子即兴开聊，那份愉悦美好驻留心间，共同汇聚成一道道多姿多彩的海外辙迹。如是"学贯中西"之旅，善哉益哉！

（本文刊发于 2017 年第 6 期《MBA·MPA 人》杂志）

USTC MBAer[①] 的 "数字化生存"

　　三年前丹桂飘香的时节，我满怀憧憬地开启了科大MBA的学业修行。在与科大缱绻的时光里，我习得了管理新知，锤炼了决策智慧，收获了作为Ustcer（中科大人）尊享的成长经历。荷香飘逸的毕业季，我启动时光机，捕捉那一个个永驻心田的丰盈日常和温馨瞬间，用一串串闪烁的数字来勾勒和呈现、解析和刻录那些激情澎湃的日子。

　　第一个数字：132

　　这是我悉心收集的从居住地城市到求学地合肥的火车票的数量。常年于江苏工作生活的我，当初凭借一份之于科大的执着情怀选择了跨省择校。每逢周五和周日的傍晚，无论晴空丽日抑或风霜雨雪，我便会背上双肩包，携这一张张名片大小的票证，在苏中和皖中两座城市之间摆渡穿行。三年里，火车票累积的通勤里程超过了4万公里，俨然完成了一次孤独的地球赤道绕行。

　　菁菁校园成为我周末不二的打卡之地，而一节节外观或白或绿的列车车厢则变身为袖珍型移动自习室。我会努力将自己从周遭的喧嚣中抽离，尽可能利用在途时间，复盘新近学习内容，回放经典案例点评，思绪随奔腾的列车自由驰骋。一张张火车票，仿若一节节动力电池，为我的职业生涯提供源源不断的能量积蓄。

　　第二个数字：48

　　这是我修完研究生培养计划全部课程所获得的总学分。三年里，我

---

① 指"中科大读 MBA 的人"

在科大系统接受了工商管理理论和实务的专业化教育，学习内容涵及战略、人力、生产、营销、财务等企业运营管理的各个层面，总学时数576，初步具备了职业经理人的知识架构和能力素养。在南区窗明几净的教学大楼内，我徜徉于王荣森老师百家争鸣的管理思想史的深邃时空，醉心于张圣亮老师亦庄亦谐的营销圣经。伴随多媒体数码渲染出的光影律动，聆听曹苏老师演绎MRP（物资需求计划）系统如何保障精益生产，谛听朱宁老师解构HR（人力资源）三支柱模型如何服务于业绩增长和价值创造。师者经年累月的真知灼见，雨润无声地播撒在求知若渴的心田。

在一众授业良师中，印象最深的是贺俊老师。我先后修学过他的《管理经济学》和《宏观经济分析》两门课程。这两门课程分别从微观和宏观角度解析具体经济行为，其难度在课程体系中颇具挑战性。贺老师凭借多年教学经验，借助一个个鲜活的实例，将枯燥的数理分析、生僻的函数公式和晦涩的工具图表点化得深入浅出。运用经济学原理对具体经济现象进行量化表征和模型推演，这样的思路对于置身职场的我优化和改进竞争性的管理策略带来有益的启发。温文尔雅的贺老师颇有传说中的大儒风范，授课之余还饶有兴致地就同学们关注度最高的毕业论文撰写和通关流程给予我们的剧透，算是修其课程的增值福利了。

第三个数字：12

这是我在校期间参加的移动课堂的次数。移动课堂是科大MBA的经典品牌教学项目，也是"理实交融"校训的具体体现。我和同学们在授课老师和助教的带领下，先后走进了恰恰瓜子、志邦家居、荣事达等行业标杆企业，零距离观摩企业在战略规划、生产流程、营销渠道、人资配置等方面的成功做法，加深了对课堂相关理论和模型的感性认识，催生了我之于企业卓越管理的更多探索性思考。

为领略全球高端的商科教育理念，我还报名参加了科大特色的海外课堂研修项目，先后赴法国SKEMA商学院、美国加州大学尔湾分校、英国剑桥大学体验原汁原味的西式管理Style（风格）。深耕成熟市场体制的学界名流和业界大咖们热情分享了跨文化管理、企业家领导力、基于不确定性的商业决策战略等当前管理前沿热点的独特理解，并盛情邀请我们深入索菲亚工业园、尔湾"小硅谷"、剑桥科学城考察当地代表性企业和高科技项目，令我们收获了至尊至臻的视听享受。

第四个数字：46367

这是我撰写的毕业论文的定稿字数。论文无疑是读研阶段最具挑战性的学术工程。从最初联系导师确定研究方向，到最终入围答辩程序并获通过，其间耗费的时间、心智和精力，恍若又经历了一次紧张焦灼的考研备战，诚如我在论文致谢中戏言，"这是我平生以来独立制作的拥有绝对版权的最大容量的DOC（论文）。"

"及时当勉励，论文不待人"，"三更灯火五更鸡，正是男儿奋笔时"，这些特别改编的励志诗词始终是我论文攻坚期自律加压的强大动力。回望来路，埋头海量文献的昏天暗日，面屏艰辛码字的废寝忘食，实地调查研究的望闻问切，翘首盲审结果的忐忑不安，个中甘苦，唯有自知。待反复打磨的"鸿篇巨制"一朝付梓，顿生刀剑入鞘的释怀感。

感恩我的论文指导老师姚辉副教授，在我多方寻师未果的焦虑时刻热情接纳了我，并对我的研究方向给予关键点拨，对论文撰写过程中遇到的困惑和疑难给予悉心指导，论文定稿中在结构和细节上反复推敲，提出了很多有价值的修改意见，助力我完成了MBA学业最后一块成色十足的拼图。

132-48-12-46367，一名USTC MBAer的求学大数据，既抽象，又鲜活。

数字，镌刻历史，慰藉记忆，彰显成长，点化宏图。

科大MBA，一个学界声名赫赫的教育品牌，一个赋能职场人士的优质平台。三年里，我沉淀喧嚣浮躁的心态，回归励学精业的初心，在这一方宁静的港湾努力治愈新常态下的学识恐慌和本领危机，不断突破修为边界和阅历天花板。如今的我更有信心登临广阔的实业舞台解构管理的真经要义，更有锐气直面浩瀚的市场潮涌指点江山、挥斥方遒。

饮其流者怀其源，学其成时念吾师。难忘贤师们的传道解惑和谆谆教诲，他们学富五车、高山仰止的才识，勤勉严谨、诲人不倦的风范，必将成为我求学时光的美好印记和职业征途的宝贵滋养。他们是我学业的摆渡人，他们是良师，甚是益友。

毕业典礼无疑是每一位孜孜以求的学子翘首以盼的高光时刻。当身着蓝色衬底的学位服迈上灯光璀璨的主席台，在红地毯上庄严地接受师长的拨穗礼遇，流苏由学位帽的右前侧轻轻拨至左前侧的那一刻，我明白，我已正式告别师门，蝶变为科大的校友，从这里出发继续逐梦职业的星辰大海。未来的日子里，无论何时何地，无论顺逆荣辱，我将始终恪守和谨记一名Ustcer曾经郑重立下的铮铮誓言：

"感恩父母养育，感谢导师教诲，不忘母校培养。我们坚守母校信念，热爱科学、崇尚真理；我们传承母校精神，科教报国、追求卓越。我们用激情和智慧建设祖国，用责任和行动回馈社会，用成就和硕果回报母校！"

（本文获中国科学技术大学首届MBA征文大赛二等奖，2019年9月）

1605 一路你我

1605，是我在科大读研所在班级的番号。

一路你我，1605的谐音，是由我首先发掘并定义的。

1605基本大数据解构如下：

性别：男生25名、女生28名；

年龄：而立19名、未至而立34名，平均入学年龄28.6岁；

职业：机关事业7名、国有企业28名、外企私企18名；

婚否：一半众里寻她（他），一半身有所属。

…………

这是一场盛大而美好的遇见。三年的时间轴，串接起一幕幕走心的情景剧。人人本色出演，个个激情洋溢。在科大，在南区，在一个个室内或露天的单元空间里。

喜相逢

那个记忆中的浅秋，生机盎然的校园里氤氲着丝丝缕缕的桂花香味。

53个过关斩将的幸运儿，捧着53颗热血澎湃的心，来到被坊间戏称为蜗壳的地方，寻找着属于他们的橄榄树。

开班大典，吹响1605的集结号。来自不同赛道的同学们依次登台"确认眼神"，围绕经典哲学三问（我是谁，从哪里来，往何处去）脱口演绎。"萌新"们个个落落大方，舌灿莲花。尤记得我的末句陈词是：期待在这里，遇见未来的中国合伙人！

嘤其鸣矣，求其友声。一群志同道合的小伙伴，或将是未来事业之Partner（伙伴）。

大家为班级的创意设计标识掀起了一轮头脑风暴。最终，缪璐同学亮出的班徽文案赢得了满堂彩。这是一个金光熠熠的盾牌造型，由USTC四个字母组成，设计紧凑精妙，线条流畅动感。不由令人联想起一句歌词，"金色盾牌，热血铸就"。哦，这个新生团队的Logo就是我们这位"仰视才见"的上海交大血统的学神凭借一腔热忱和匠心铸就的吧！

破冰活动以"轰趴"形式在合肥西郊的一栋别墅内震撼上演。此前我对"轰趴"纯属"奥特曼"。此番"破壁"，方知"轰趴"乃"homeparty"的中文音译，为西方舶来的颇受都市小清新追捧的派对方式，也算是"涨了姿势"。轰趴馆是个休闲娱乐的总动员。艺术细胞亢奋的同学急不可耐一展歌喉，注重身形管理的女生马不停蹄地在跑步机上消耗着恼人的卡路里，渴望获得征服感的男生则在游戏机和球台面前摆开了舍我其谁的阵势。一不小心嗨到了饭点，厨艺傲娇的同学纷纷化身"煮夫煮妇"，争相在升腾的烟火前露一手。菜过五味，大伙儿在庭院内支起了烧烤摊，哈啤、撸串、划拳，欢声笑语在秋高气爽的夜空荡漾。

我无疑是那晚最大的"锦鲤"。翘首以待的"开盲盒"环节，一举擒获了众生瞩目的特等奖，为一张五星级酒店免费体验券，系班长季琳的热情赞助。知心大姐姐班主任茅老师亲自颁奖，那感觉，杠杠的。

乐相知

S201，是1605驻扎的大本营。这里是斜杠青年们践行求学初心的地方。一双双求知若渴的眼神，一句句春风化雨的教诲，一场场思维火花的激荡，一次次醍醐灌顶的彻悟。良师贤生一相逢，便收获佳话无数。印象深刻的是从事企业HR工作的同学刘晓敏，她是一个不折不扣的"问题控"，不同的专业课类，不同的授课场景，她都能大胆提出犀利而又有见地的问题。用时下流行的一个字来形容，飒！

小组是班级内"官方"认证的最小的聚合单元。我加入的组号为G4，由不同行业背景的八位大神组成，可谓八仙过海、各显神通。这是一个互帮互助、互学互促的小分队。面对林林总总的小组合作项目，从商业赛事到创业模拟，从商脉研究到战略推演，大家各展所长，群策群力。组长聂克庆是位优秀的Leader（领导者），小组的台柱子。这位现安徽省属国企高管，前华为骨灰级码农，其一丝不苟的理工男风格尽显无遗。每门功课，他都会精心制作课堂笔记，密密麻麻的蝇头小楷，被我们"谍照"分享，成了"懒笔头"的我的最大福利。还有李伟、莫小伟、金璐，他们都是小组内不可或缺的神助攻，不时会闪出金点子或是展现拿手绝活，给团队的KPI（关键绩效指标）带来十足的惊喜。

课业之余，1605会分化组合为形形色色的志趣小组，读书的，辩论的，灌篮的，马步的，游戏的，旅游的，热火朝天，精彩纷呈。同声相应，同气相求。这些脑力体力心力的激情碰撞，将青春的恣意挥洒到极致。

S201不仅仅是我们打卡进阶获取学分的Room（寝室），也是我们愉悦精气神的Zone（地带）。教室的内墙布置洋溢着浪漫的青春气息，宛若置身先锋艺术殿堂。每个季度的一个周末，它会变身为班级活动场所，上演美轮美奂的生日party秀，为"长尾巴"的童鞋送上生日礼赞！幸运儿的笑颜将被投射到大屏幕上滚动切换，他们在心中默默许愿，和小伙伴们分享生命绽放的甜蜜和欢乐，场面很是高燃。

特别Mark一下，GMC的战友李超然读研期间成功实现脱单，赢得了学业和家业的双丰收，小伙伴们非常开心地分享了他的甜蜜糖果。再@一下左膀右臂的两位兄弟，卢士科和赖泽川，不但比邻而坐，还是大大小小的活动心领神会不离不弃的"一致行动人"。只是轰趴馆里那台球的一杆之仇一直郁结于心，啥时候能让我畅快地一杆泯恩仇呢？

伤离别

石榴花开，籽籽同心。离别的气息在五月的校园里悄悄弥漫开来。

我们在东校区的郭沫若广场集结，统一身着湛蓝色衬底、深蓝条幅镶配、胸前饰有金色的科大Logo的学位服，衣袂飘飘，精神抖擞。或全员出列，或自由组合，在孺子牛、校史馆、老北门等母校代表性景观前，镌刻下三年的青春印记。

在南区教学楼前的郁郁葱葱的芳草坪上，我们或站或卧，无人机在上空盘旋，定格下1605构型的人形梯队。我们摆出各种炫酷的造型，用心画出一个个同心圆，勾勒出一个个比心的造型。

许久未见的同学，话匣子里仿佛有道不完的过往情长。或在重温课堂的温馨点滴，或在分享论文的一波三折，抑或是在畅想未来的五彩斑斓。

中午，最后一次集体生日聚餐。班主任茅丹琴老师发表离别祝词：愿你们如夏花般绚烂，带着科大人特别的自信和豪情，在未来的职业征程上不畏风尘，一路驰骋，被时光温柔以待！1605，永远是你们的精神港湾！山崩海啸般的掌声中，班长开启香槟，班委切开蛋糕，一声声Cheers（干杯）此起彼伏。

聚是一团火，散是满天星。离别情切切，聚散两依依。

三年来，从陌生到熟悉，从相见到相知，我们一起挥洒汗水，一起拥抱收获，将一个个梦想的火花化作各自人生中拾级而上的台阶。

三年来，我们携手攻坚，共同成长。我们相互治愈，彼此祝福。结伴而行的风景和峰回路转的惊喜，都将是此生无与伦比的感动与珍藏。

我们依旧努力奔跑，我们永远都是追梦人。转身离去的刹那间，乘风破浪的姐姐和披荆斩棘的哥哥，将带着优雅从容自信的笑颜，继续书写不懈奋斗的人生华章！

青山不改，绿水长流，咱们后会有期！

1605，一路你我。

（本文发布于中国科学技术大学"科大有约"微信公众号，2020年5月）

巍巍学府

科大，是情结，更是信仰

第一时间获悉被科大研招录取，是在一位热心学长创建的微信群。尽管有一定的心理预期，但当这一刻真正到来之时，我还是无法抑制内心的激动和喜悦。科大梦终于实现了！她虽非与生俱来，但在我的脑际，却萦绕了近三十年。

平生第一次听闻科大之名是在小学数学的培优班上。辅导老师绘声绘色地向我们描绘几位科大神童的故事。那个滚着铁环进校门的谢彦波，那个在梧桐树下与总理切磋棋艺的宁铂。那个年代的科大传奇，比《一千零一夜》和西游水浒还要让我痴迷。稚嫩的小脑袋里不知啥时候迸发出一个遐想：我能像阿里巴巴那样，去打开科技大学这座科学宝库的大门吗？

升入初中，语文老师是一位面容慈祥、挺有学问范儿的老妈妈。令同学们百思不解的是：一个妇道人家，咋就成了全校老师口口相传的先生。班主任阿姨笑着告诉我们：能称为先生的女性自然是不普通的。先生不但授课有道，而且教子有方。她的儿子当年以江苏高考状元的身份考上了大名鼎鼎的中国科技大学，现在正在读博呢！咱老师都特别敬重她，尊她为先生。状元、博士，这些令我热血澎湃而又高山仰止的头衔与科技大学的名号关联在一起，更加深了我对这座神秘学府的向往：科大，能赐给我一张求索的书桌吗？

高二暑假，曾经情同手足的小伙伴捷足先登，从苏州中学考入了科大少年班。他捎来的散发着油墨香的《中国科大报》和精心拍摄的校园风物剪影，令我爱不忍释。犹记得同窗少年时，遮天银杏下，彼此拉钩许愿，立誓携手考进科大，实现科技报国的宏愿。那一封封书信，都是一颗颗跳跃滚烫的初心，在我的心灵深处得以永久封印。

翌年六月，尽管凭借数学、物理两门学科省以上竞赛获奖的不错成绩，我获得了省内两所知名高校的免录资格，但在五彩斑斓的梦想的感召面前，我毫不犹豫选择了割舍。我决定参加高考。考前填报志愿，在本科第一志愿栏，郑重落笔"中国科学技术大学"。收笔入鞘的一刹那，我第一次觉得曾经遥不可及的念想仿佛近在咫尺。科大，我终于迎来了接受你挑选的关键时刻！

出乎很多人的预料，由于临考状态不佳，我最终无缘于科大的遴选。那是一段至暗煎熬的日子。一番心理挣扎后，我选择了向命运妥协，接受了南京一所高校金融专业的offer。人生追求和前行轨迹从此改写。

大学毕业后，我入职家乡一行政机关，从事财经管理和服务工作。我兢兢业业地工作，取得了可观的业绩荣誉和学术成果，并步入中层管理岗位。而随着职业生涯进入新常态，学识恐慌和本领危机一度在心头潜滋暗长。修读MBA/MPA，回归校园积蓄能量，成为我未来规划的优先选项。在目标院校的选择上，我再一次将目光投向科大。面对一个曾经的loser，科大，能包容我吗？

决定是6月底作出的，离考试仅有半年时间。我的心里着实没底，毕竟离开校园近20年，脑海里的知识储存已近清空。朋友向我推荐了一家考前辅导机构，彼时辅导班的基础阶段授课已近尾声，插班跟读显然需要付出比常规学员更多的努力。但我接受了这样的挑战。在那个目标明确的战斗团队里，我年纪最长，却是出勤率最高的学员之一。

备考之路艰辛而漫长。我如同穿越回了高考时间，开始了近乎炼狱般的拼搏。8小时内高效完成岗位工作，将复习"红宝书"随身携带，灵活捕捉如厕、等电梯、候领导的分分秒秒；8小时外则尽可能规避各类应酬和娱乐活动，闭门潜心修学。紧张疲惫而又单调清寂的日日夜夜里，我用强大的内心力量源源不断地滋养自己，希冀即将到来的那个草长莺飞的春天，命运赋予我一个迟到的拥抱梦想的机会。

忐忑之中初试成绩揭晓。我的研考成绩在培训班五十余位同学中位列第八。参考往年国家和学校的复试分数线，我对入学形势有了基本的预判。一个月后，我接到了科大的复试通知。我第一次迈进了科大的校门，第一次端坐于科大的考场，第一次接受科大老师的提问。面试临近结束时，有位鬓发微白、气质儒雅的长者问我，江苏那么多的优秀学府，你为什么还要跨省选择科大？我向在座老师分享了我一路奔跑追随科大的心路历程。他不住地颔首，严肃的表情渐渐生动起来，我读出了深邃眼眸里闪烁的笑意。

走出面试考场，顿觉心情舒爽，步履轻松，看到天空因春意的到来而变得晴朗高远，连绵团簇的云彩镶嵌在无垠湛蓝的天际，我想，我一定会拥抱属于科大的梦幻时空。

梦想终于照进了现实。曾经的焦虑、怀疑、苦涩和艰辛，终于换来了最好的回馈。

递交录取资料的那天，我和科大校园来了个亲密接触。我观瞻了科大二次拓荒见证的老北门、精神地标的孺子牛雕塑和缔造者郭沫若老前辈的铜像，徜徉了烂漫怡人的樱花大道、含情脉脉的也西湖和风姿绰约的一鉴亭。在小伙伴曾经就读的少年班学院大楼、在我曾无限渴望聆听教诲的近代物理系大楼、地球和空间学院大楼外，仰目驻足，目睹孜孜以求的莘莘学子的蓬勃身影。那一刻，如沐春风。

如今的我，以准ustcer的身份关注着科大的一切，分享着她的喜悦和烦恼。我会为她迎来习近平总书记的视察和勉励而欢呼，会为她在前沿领域取得的每一项突破而喝彩，会为她的学子叱咤学界商界的成就而点赞，也会为江湖上各类以规模论英雄、不以质量论短长的大学排名之于考生的误导而为她鸣不平。寻常生活社交中，我有意无意间渗入科大元素：微信相册封面背景换上了科大的孺子牛图片，手机收藏夹里常驻科大校歌《永恒的东风》MTV版，书桌电子台历板下印记着科大校训"红专并进，理实交融"，在与同学们交流的微信圈、QQ群不时闪出"南七技校"和"我科"的字眼……

今天，倘若有幸拜会那位老师，我会告诉他，科大之于我，不但是情结，更是信仰！这份信仰，是对"红专并进、理实交融"的信仰，是对"创寰宇学府、育天下英才"的信仰，更是对习近平总书记"勇于创新、敢于超越、力争一流"和"科技报国"的信仰！这份信仰，将执着地伴随我终生，穿越风雨，永不褪色！

（本文刊发于2016年第5期《MBA·MPA人》杂志）

我在科大的阅读时光

我的母校中国科学技术大学，是一代大儒郭沫若先生倡议并一手创办的。郭老担任创校校长二十年之久。如同蔡元培之于北大，梅贻琦之于清华，郭老是科大永远的灵魂。

在科大的核心校区——东校区的腹地，辟有郭沫若广场。四周绿草如茵，花木葳蕤。北侧矗立与郭老等高的铜像。郭老抱臂姿仪，目光炯炯，神态自若。基座镌刻邓小平同志亲笔题写的"郭沫若像"四个金光熠熠的大字。东侧，校风纪念碑伫立绿荫丛中，上书郭老亲倡的八字箴言——"勤奋学习、红专并进"。作为科大的重要人文景观，这里见证了学校的重大活动和学子的高光时刻，是科大精神具象化的存在。

在科大，但凡风和日丽的日子，在郭沫若广场，总会瞧见三五学子，甚而更多，在塑像两侧的草坪上展书一卷，躬身静读。时而仰首凝思，仿佛在聆听老校长的谆谆教诲。我也曾如是附庸风雅，成为往来人眸中的一景。

图书馆位于广场东南方向，距广场百步之遥。每一所大学的图书馆仿佛是学校天然的地标建筑。科大也不例外。科大在每个校区都建有一座图书馆，不过，最具阅读气场的还是东区的图书馆。这里最为悠久，馆藏也最为丰富。我的阅读时光大半在这里度过。

我曾经和众多"馆粉"一样，在没有课业的日子，没日没夜地泡在图书馆，从上午开馆到深夜闭馆。像一只如饥似渴的小蝌蚪，在知识的长河里欢快地游弋。我喜欢早起去排队抢座，目标锁定三楼社科图书室或者四楼的科技图书室的某一张座位，最好是临窗的。读书是一方面，重要的是享受那种书香萦绕的氛围，让阅读更有品位。一部电脑、一只水杯，除了到点去邻近的食堂用餐，能把自己的时光妥妥地交付。

我的阅读不拘泥于专业书籍，除了在主攻方向内深耕，也把视野拓展到关联和交叉领域，甚而看起来毫无交集的休闲书目。看似与专业不相干的"无用"书籍，某些理念和思路可作切换移用，"无用之用，方为大用"。如遇学术问题卡壳，百思难解，穿插一本休闲书籍，譬如豆瓣评分不错的畅销书，放空脑洞，让思维转换赛道。再切回原题，有时能灵光乍现，茅塞顿开。大呼快哉！

大数据技术运用后，科大每年都会在世界读书日前发布上年度的图书资源使用报告。其中学生借阅量和到馆频次的龙虎榜备受关注。看着榜单上令人瞠目的数字，我很惭愧，自诩在校期间"宿舍—图书馆—教室——食堂"闭环链中高度自律的我，年图书借阅量（含电子副本）尚不及上榜末位同学的零头，到馆次数也有几何级落差。那些阅读大神，是如何不动声色创造阅读奇迹的呢？也许，只得以"食不厌精，脍不厌细"来聊以自慰了吧！

在科大，拥有大大小小不知凡几的读书会。几乎每一个学院，甚至较大的系，都有学生自发组建的读书分享社团。分享的主题无所不包，既涵盖尖端科技，又包容经典国学，主流的与边缘的，前卫的与传统的，不拘一格。我刚入学便报名加入学院的读书会。读书会以沙龙形式举行，每月一次。分享人可以是在读学生，可以是毕业校友，也可以是特邀嘉宾，其中不乏功成名就的精英人士。印象尤深的是拆书帮创始人、成人学习类头部畅销书《这样读书就够了》的作者赵周老师，带来的分享主题"阅读方式的升级——拆为己用"。他以独到的理念和诙谐的语言演绎"便签学习法"，助受众快速领略一本书的精义，提升学习的元能力。还记得有那么一次，主办方剧透有神秘嘉宾驻场。一探究竟，原来是海外留学生和海归校友的专场，带来的是全英文分享体验。尽管有些蒙圈，听读稍显吃力，但亦觉得非常过瘾，毕竟是不一样的烟火。

毕业季，我身着科大Logo的学位服，再次来到郭沫若广场，瞻仰这位学校主要缔造者的伟岸风姿，接受他的临别祝福。同学们齐刷刷地将学位帽抛向空中，抛向老校长视野的高度。一次次快闪，将青春洋溢的笑脸，与老校长的深情凝望，一并同框。不远处，网红咖啡馆"1958"传出二胡奏乐，那是《永恒的东风》的旋律，余音袅袅，不绝如缕。这是科大的校歌，词作者正是老校长。我蓦然意识到，科大最初的一切都倾注过郭老的心血，这里的每一个元素都或深或浅烙印下郭老的痕迹。科大，毫无疑问，是郭老毕生最为出彩的第一作者署名的教育作品。我们是这部作品的阅读者和受益者。而郭老的一生，又何尝不是一部皇皇巨著，值得每一位科大学子倾尽毕生心力细细品读呢？

（本文获四川省乐山市纪念郭沫若同志诞辰一百三十周年暨第五届"沫若杯"全民阅读全国征文大赛三等奖，2022 年 11 月）

毕业季的"蜗壳"物语

又是一年夏至时。老校门樱花小径旁一湾名曰眼镜湖的半亩方塘，知了在塘边的树上声声叫着夏天。湖塘里的新荷风姿正俏，绿叶扶疏。澄澈安详的湖面倒映着三五成群的学位服的雀跃身影。风物传递的美妙物语，昭示着一个热情如火又柔情似水的毕业季已粉墨登场。

行走在毕业季的校园，黑、蓝、红为主色调的学位袍勾勒出一道道青春靓丽的风景线。我穿上湛蓝色衬底、扣间深蓝条幅镶配、左胸前饰有金色的科大 logo 的学位服，系好粉色垂布，整束好深蓝色的学位帽加入其中，在校园里各个地标风物前驻足留影，誓将心心念念的科大永远同框。

倏忽间白驹过隙，曾经喝彩的观众，如今彩妆的旦角。

遥想那年金秋，你在庄严巍峨的校门前第一次接受我的注目礼，在俊彩星驰的大礼堂里和我确认求知的眼神。从此，我便拥有了 ustcer 的身份标签。彼时的我，心潮涌动，雄心勃勃地立下三年的誓言，期待在这里，遇见更好的自己。

三年里，我心无旁骛地聆听你的精锐之师的传道、授业和解惑，兴味盎然地倾听你的校友天团带来的新锐观点、职场体验和创业分享，马不停蹄地打卡仰望你邀请的学界泰斗和商界名流呈现的前沿探索和认知震撼。你带来的一场场情景教学，一次次头脑风暴，充盈着我的管理学识，淬炼着我的决策智慧。

三年里，我见证了你甲子校庆的磅礴气场和恢宏盛景，亲历了你芳菲四月的踏樱寻春日和火红五月的科技活动周。我沉醉于图书馆里书刊典籍的浩如烟海，惊艳于大礼堂里经典文艺的璀璨绽放。我和同学们坐上你的校车，洒下一路笑语欢歌；跑过你的操场，定格一径龙腾虎跃；吃遍你的美食，回味一抹唇齿留香。

三年里，我惊异于自己一点一滴的变化。高冷抽象的管理模型不再望而生畏，束手无策的商业研究俨然有章可循，曾经张口结舌的外语口语如今能口若悬河。这些成长体验令我欣喜。在研究生这个特别的提升季，你的精心呵护和精准赋能，提升了我研究问题解决问题的能力和意愿，激发了我发现问题提出问题的视角和使命。感恩有你，我的USTC。

今天，神圣庄严的大礼堂里，我将迎来一名ustcer的高光时刻。帽穗由右向左，拨过校园的求索岁月，拨过逝年的缱绻光阴。昔日的录取通知书和入学报到证，与如今烫金的毕业证学位证和毕业戒指一起，化作整装远行的科大学子迢迢的信标。羽化蝶变为校友的我，将满载母校的期许和祝福奔赴明媚壮阔的职业征途。

让我用炙热饱满的情感烹制一壶岁月感恩酒。把酒临风，一杯敬母校，一杯敬师长；一杯敬明天，一杯敬过往。

席慕蓉在《青春是一本太仓促的书》里如是说："所有的结局都已写好，所有的泪水也都已启程，却忽然忘了是怎样的一个开始，在那个古老的不再回来的夏日。"

六月是学子们眼眸里喜庆的毕业季，亦是心灵陌上难舍的告别季。

此刻的我，无疑不擅长告别。借用一代歌王周华健的深情留白"其实不想走，其实我想留，留下来陪你每个春夏秋冬。"科大，我真心不想走，我真意更想留，留下来继续聆听你山高水长的谆谆教诲，留下来继续传唱你绵延隽永的《永恒的东风》。

再见了，科大；再见了，USTC。

未来的日子里，无论身在何处，USTC，永远是回家的方向。

五年，十年，十五年，二十年，在那一个个熠熠生辉的值年返校的季节里，唯愿芬芳桃李鲜衣怒马，再赏母校呈现的烈焰繁花。

（本文获中国科学技术大学"科大有约"征文大赛三等奖，发布于"科大有约"微信公众号，2019年9月）

以下为参加颁奖典礼的获奖感言：

在科大读书是一段难得而厚重的人生履历。三年的时光里，我忠实地用文字记录下一路前行的足迹。从入学教育，到班级活动，到海外修学体验，再到毕业的所念所感，有逾万字之言。毕业后偶有翻阅，甚感欣慰，这些执着的文字是我成长经历的见证和馈赠。希望学弟学妹们珍惜入读科大的机会，用文字潜心捕捉求学的丰盈日常和温馨瞬间，执笔为马，不负韶华！

科大之"大"

　　说到母校的大，我多少有些底气不足。毕竟每年的招生数、在校生数有案可稽。这是衡量高校规模的核心指标。在原985工程高校中，母校始终处于垫底的角色，可以说不是倒数第一，便是倒数第二。她并非百年名校，亦非教育部嫡系，在C9朋友圈中多少有些孤独和另类。但没有人否认她出身的大背景，也没有人漠视她励精图治的大成就，更没有人质疑她英才辈出的大气象。她，就是中国科学技术大学。为新中国"两弹一星"事业诞生的红色高校。我无意赘述母校那些刻印在典籍或文献里的"大"，而是聚焦求学阶段那些走心的有真实触感的"大"，这些"大"，或许更能体现一所高校"致广大而尽精微"的办学精义。

大师

　　"所谓大学者，非谓有大楼之谓也，有大师之谓也。"历经高等教育的市场化改革，各大高校自然不缺少大楼，而大师，则依旧属于求而难得的稀缺资源。

　　科大作为前沿科学和高新技术的梦工场，为大师的富集之地。这里的主要学院，几乎无一例外设有大师讲席。通常以在科大工作过的前辈科学家来命名，如数学学科的"华罗庚讲席""吴文俊讲席"，物理学科的"严济慈讲席"，力学学科的"钱学森讲席"等。受聘大师讲席的都是各个领域的顶尖学者，拥有标志性的学术成果。他们有的在科大全职从事教学科研，有的会定期来校进行学术研讨，与广大师生分享所在领域的前瞻思考和卓越洞见。

在科大的教研队伍中，拥有两院院士头衔的学术泰斗就有五十余位，享有国家杰青优青、国家级教学名师等"国字号"标签的"大牛"数百人，另有博导、教授、研究员等，共同构成了科大豪华的师资阵容。这些大师占据全部教师的近半壁江山。

科大有一个自建校以来延承的好传统，就是教授必须亲自为本科生上课。无论你有多么的牛气，多么的德高望重，亦不能免俗。在科大的校史馆里，陈列着华罗庚、钱学森等"国士"给一年级本科生上课的影像。这是科大一以贯之的教书育人风格。所以，不用担心这些大师只可远远地仰望，也许会不经意地出现在你某门课程的教学列表上。你可以聆听他的深入浅出的教诲，也可以师承他深邃明澈的学术思想，甚而可以大胆地质疑，小心地求证。

在科大的东校区南北主干道的天使路的北首，延路两侧常年密布着名流大咖学术讲座的宣传海报。有的是饮誉全球的诺奖得主，有的是炙手可热的学界新锐，也有的是头部企业的掌门人或CEO，甚而与主流学术毫不相干的社会名流。他们的莅临，令科学的芳草园更加地繁花似锦和兼收并蓄。

我在科大读书时参加过不少头面人物举行的TED分享。记忆深刻的有诺贝尔生理学或医学奖获得者巴里马歇尔、物理学奖获得者杰拉德特胡夫特做客的"海外名师大讲堂"，分享的主题分别是《我的学术人生》和《量子进行曲》。后一场还是费尽心机冒着逃课被点名的风险去追的。此外，杰出校友的专场也颇受热捧，中美双料院士、哈佛最年轻的双聘教授庄小威学姐和加州大学伯克利分校教授杨培东学兄，一度被认为是最接近诺奖的两位华人学者。他们的驻场，被纷至沓来的激情学子踏破了铁鞋。大礼堂座无虚席，讲台下，两侧通道上，场内后墙和各个角落，全部挤满了"求贤若渴"的学子。我记得杨培东分享的主题是"人工合成光合作用的进展和前景"，尽管与我的专业八竿子打不着，依旧兴致盎然地听完全程。当路演到这项前瞻性技术的应用场景之一是人类的火星移民计划时，全场掌声雷动，经久不息。

想拜会大师，聆听他们的远见卓识，同步刷新自己的认知储备和前瞻视野，科大一定不负您的所愿！

大美

"大美"一词时下很火，本指功德大业或才德品质日臻化境，现泛用为赞誉一切美好的事物。我也不忘流俗一次，用"大美"二字来点赞母校营造的一种学术、人文和自然的和谐之美。这种内蕴含蓄之美，令长期霸占校园风物美颜热度榜的樱花大道、眼镜湖和也西湖都黯然失色。

这份大美首先源自对校园雕塑的观察。科大是一座拥有非凡视觉艺术的学府，随处可见人文气息和美学价值相得益彰的各类雕塑，包括但不限于主题雕塑、人文雕塑和景观雕塑。其中，我最欣赏的莫过于人文雕塑。

科大的人文雕塑之多，一时难以尽数。多数是为纪念创校元老和功勋教授而塑，郭沫若、严济慈、钱临照、贝时璋、赵忠尧、华罗庚、郭永怀李佩伉俪……一连串熠熠闪光的名字令人高山仰止。他们的学术思想和诲人精神至今仍在校园里传颂。这些塑像分布于校园各处，有的居于主题广场的中心，有的隐于绿地荫翳间。每逢清明、校庆、毕业的特殊时日，前来瞻仰献花的学子络绎不绝。他们在这里感知风范，汲取力量。很多时候，我不经意路过，总会下意识停下匆匆脚步，虔诚地行一个注目礼，感受师尊目光里的殷切与勉励。又缓缓离去，担心哪怕一丁点的扰动会惊扰静静思索的灵魂。

相比雄浑大气的人物雕塑，校园里的主题雕塑也不遑多让，这些雕塑的纪念意义非凡。通常是校友在校庆日或其他重大场合捐赠。一众主题纪念雕塑中，孺子牛最具科大范，现已成为科大的精神地标。葱茏蓊郁的绿地深处，一座白色泛黄的水泥雕塑稳立其间，两只初生牛犊使出不怕虎的劲头，双目圆睁，低首蹬足，用犄角和阔背奋力顶起地球。我惊叹于雕塑呈现的惊心动魄的力量，果断将其作为微信朋友圈的背景。科大以孺子牛为原型创制了吉祥物"牛牛"，成为万千学子心中图腾般的存在。校园里还有很多标志意义的纪念雕塑，包括以中国科大命名的小行星"中国科大星"模型，六秩校庆的系列组合雕塑等，值得驻足细细品味。

作为甲子校庆的献礼工程，贯通东校区和中校区的地下廊道，为学子带来了无与伦比的人文观感。两侧长长的石壁上镶嵌着象征科大六十载奋斗历程的数十幅大型浮雕。场景鲜活真实，人物惟妙惟肖，是简明恢宏的校史展卷。这里成为每一位科大人铭记初心、逐梦未来的地方。

庄子说，天地有大美而不言。我要说，科大有大美而不言。想领略独一无二的人文大美，来科大吧！

大爱

科大是一座充盈爱意的学校。关于科大"爱生如子"的江湖传说，早在我来科大读书前，便流传甚广。最耳熟能详的"案例"，便是淮河以南装暖气的"土豪"之举。

入读后方才发现，岂止是暖气"暖心"，更多的温情细节如沥沥春雨，润物无声。

科大位于有霸都之谓的安徽合肥，免费是她最为霸气的辞令。新生入校的行装，统一采购免费发放，学子可轻松拎包入住；每年为所有在籍学生免费缴纳城市医疗保险及学生补充意外保险；学校所有的体育活动设施，包括健身房、游泳馆、各类球室，免单消费；零成本体验高水平的竞技赛事和高雅艺术团的献演；自主进行的各类考试，包括高校普遍实行收费的研究生复试，毕业论文评阅和答辩等，均让利于生……毫不夸张地说，科大将求学和报读的个体成本降到了极致。

早在2002年，科大就利用数据挖掘技术开展了针对困难学生的精准资助。学工部门在摸排校园一卡通消费数据时发现，有些学生就餐次数多但消费额度偏低。学校对数据进行建模分析，精准地定位经济困难学生，给予账户每月定额资助。这就是后来在全国不少高校中风靡的"隐性资助"模式，殊不知，科大作为此创意的鼻祖，不声不响领跑了十多年。

自由转专业是本科学子的一项专属福利。这同样开创了国内高校的先河。科大倡导尊重个性、因材施教的育人理念，通过校内生源的柔性流动来弥合高考录取的制度刚性。让更多的天赋型学生拥有重新定位的机会，"移植"到适合自己的"土壤"，让学习的激情充分迸发，创新的源泉充分涌流。

谈到后勤服务，科大堪称高校界的天花板。这里分享一组CASE（案例）。CASE 1：一舍友一体桌的键盘托损坏，报修不到10分钟师傅上门，手到病除后还有电话回访。CASE 2：宿管人员例行检查，发现隔壁宿舍使用违规电器，没有一收了之，而是用随身带的胶带纸把插头绝缘，并耐心做好思想开导。CASE 3：宿管阿姨24小时待命，无论回宿舍多晚都和颜悦色，并叮嘱我多带衣服不要着凉。遇到猝不及防的雨，会为随意停放的电动车盖上雨披……

需要特别MARK的是，科大设立了"中国科大人救助基金"，对发生重疾或意外的在校生和校友提供济困服务。加入科大，就是获得了一份全体校友签名背书的有效期终生的"爱心保险"。

这就是科大，以生为本，低调践行"大爱"法则，持而不懈地深化学生服务的供给侧改革。您心动了吗？

科大之"大"，大音希声，大象无形。

习近平总书记曾三次莅临科大视察，留下了"国之大者"的殷殷期许和拳拳嘱托。

科大之"大"，尤多了一份浓墨重彩的擘画。

来科大吧！这里是有志青年的诗和远方，是科学新星成长的福地和乐园。在这里，见证一场名校与优生的盛大相遇和双向奔赴。

（本文作于 2023 年 9 月）

梦回科大

一晃，几年没去科大了。母校，真的好想你！

那年仲夏，我穿上学位服，辗转于老校门、郭沫若广场、孺子牛等一众风物地标，与你依依惜别。拨动流苏的一刹那，我许下心愿，每年的某个时候，定会来看你，与你立黄昏，尝你粥可温。可以是你的樱花季，春和景明，你是整个合肥最靓的仔；也可以是你的迎新季，恰逢你的生日，秋水长天，万千才俊归南七，燃烛举杯襄盛举。

三载时光，你在原地守望，我却无奈失约。校庆日的入夜，我躺在床上隔窗西望，对母校和师尊的牵念愈发浓烈。我撑起小桌板，打开电脑，浏览求学的帧帧视频和幅幅照片。那些与母校缱绻的点点滴滴、丝丝缕缕在脑海重新闪过。恍惚中，我又回到了母校怀抱那激情燃烧的年月。

梦回校园，惊起落樱缤纷

仲春的科大校园无疑颜值爆表。尤以东区樱花大道为最。

每年清明前后，慕名前来踏春赏樱的人络绎不绝。更有甚者，来自樱花胜地——江城武汉。在樱花粉丝团中流行这么一说，春分去武大，清明来科大。此言不虚。科大的樱花较武大开放略晚，属于晚樱品种。与武大樱花五瓣单片不同，科大的樱花是重瓣，格外厚重立体。

母校的樱花密匝分布于东区通第一教学楼往老北门的玉泉北路。坊间美名为樱花大道。200米左右的道路两侧，100多株晚樱竞相绽放，粉红色的花朵簇拥在枝条上，花瓣层叠如粉色云朵，娇艳欲滴，惹人怜爱。微风乍起，如漾动的朝霞。路西正中，有一株绿色樱花，以其"万红丛中一点绿"的独特与娇贵，成为最为抢镜的风景。

在科大数年，每年的樱花季，我都要围着樱花大道走上几个轮回，多是选择晨曦时分或是日暮时刻，不与游人争宠。那个时候，我会觉得，自己才真正拥有那片斑斓的大美。起风的时候，我会主动立于树下，任花瓣晃晃悠悠地飘落在头上、肩上、脚上，甘之如饴地沐浴一场樱花雨。

其实，四月的科大，芳菲难以尽数，处处姹紫嫣红、绿意充盈。更有暗香浮动，余韵袅袅。无须滤镜，随手一拍，便能轻松收获99个赞。

梦回课堂，照见书生意气

科大是一所以治学严谨而闻名的学校。华为创始人任正非先生特意将儿子送到科大读书，因为她"拥有独一无二的安静书桌"。

在科大，我一直孜孜以求这张"安静的书桌"。

商业研究方法的课堂上，被冠以"灭绝师太"之名的高老师正在慷慨陈书。她的课堂"三板斧"令我们不寒而栗。"三板斧"是开课提问、随堂测试和热点讨论。没有精力的高度集中和脑瓜的高效运转，很难确保在她的课上不掉链子。"师太"吼得声嘶力竭，我们学得怀疑人生。临考前夜，几个哥们烧香拜佛，祈祷老天开眼，普度众生。考试是意料之中的高难度，就在我们个个都像泄了气的皮球，为挂科善后的时候，"师太"显露菩萨心肠，布置了两道课外实践题，来提振不堪一视的总成绩。这门课，我以90分收官，真的怀疑，老师瞅数字时一个不小心旋转了180°。阿弥陀佛，善哉善哉！

后来进入论文写作，才发现，这门课之重要远超想象，它为课题研究提供了逻辑路径和操作蓝本。没有这门课打下的基础，论文难以顺利搞掂。"师太"这张书桌，坐得给力！

外教课堂是放松心情的好地方，听老外天南地北口若悬河。不过也有例外，一旦外教冷不丁插播提问，我这个"哑巴"英语仔可就傻愣了。面红耳赤之际，急中生智来地个"pardon"，舒缓一下紧张愁绪，顺势应上两句，也许词不达意，但总能收获外教的鼓励和笑容。这张书桌，坐得生趣！

梦回书馆，感受天堂之魅

在科大，流行这样一句话，化用的是博尔赫斯的名言，"如果科大有天堂，不是实验室的模样，就是图书馆的模样"。足见图书馆在学子心中分量之重。于我们管理学院的学子而言，图书馆便是天堂，我们不是在图书馆，就是在去图书馆的路上。

科大图书馆拥有3座馆区，分布于东、西、南三个校区。每个馆区都留有我到访和借阅的"大数据"。其中最青睐的也是最常光顾的是东馆区。那里的英才书苑非常迎人，据说是国内高校中规模最大的特色书苑，各大出版社在此摆开擂台，展示最新最潮的出版读物。

即便市面上遭遇秒抢的畅销书，在这里总能一览无余，先睹为快。

在这里，造型各异的沙发、躺椅一应俱全，赋予我一种"书人合一"的阅读情境。我喜欢恣意地摆弄各种阅读造型，或闲读凝思，或掩卷休憩，"万卷古今消永日，一窗昏晓送流年"。

西馆区则辟有规模宏大的未来学习中心，由数十个不同功能的学习空间、研讨空间组成。我喜欢周末约上志同道合的小伙伴来这里打卡，争鸣学术、激荡智慧。不时邂逅大咖级人物，会选择做一名默默的旁听生，"听君一席话，胜读十年书"。徜徉书馆，正如博尔赫斯所说，"通过浪费每一分每一秒创造属于我们的历史"。

梦回食堂，重拾味蕾之欢

食堂烟火气，最抚学子心。

细数科大大大小小的餐厅，二十之多。或经典，或前卫，或主打各式料理，或专营招牌菜系，仿佛一场常年不散的美食博览，全方位无死角地覆盖舌尖上的需求。任何一个吃货，都能在这里匹配到自己的专宠，满足撩胃的一切小心思。

麻辣香锅、煲仔饭、菊花鱼、绿豆糕马芬杯……只需浅尝，便会倾心。低廉的价格，给你最简单愉悦的卡路里自由。

"来啦，今儿还是老样子吗？"阿姨笑容满面。"嗯"。"好嘞，稍等。"话音未落，阿姨已娴熟地将打包好的热气氤氲的饭菜递到我手中。熟悉的配方，熟悉的味道。我却不似以往那样的风卷残云，而是格外地细品慢咽。想到今后将无缘这些令我垂涎的美味和一张张亲和的笑颜，竟咂摸出丝丝苦楚。

科大糕点坊出售专业书籍？惊不惊喜？意不意外？这其实是糕点的外包装，为寻常糕点增添了学术格调。创意十足的科大师傅就是这般幽默和任性。我把《无机化学》一"书"快递给昔日同窗，数日后见其朋友圈晒图："别人家的大学，不一样的烟火！"

睡意依旧朦胧。我合上电脑。窗外，皎洁的明月依旧高悬，如梦似幻，一如我心中的明月。

心之所向，便是梦之所往。此时此刻，我好想再次潜入梦境，去领略你的盈盈大美，感受你的青春常在，聆听你的奋进足音，重温你的谆谆教诲。重要的是，享受在你怀里的幸福十二时辰。

科大，我永远爱你！

（本文获评《知识窗》杂志"好久不见，母校"主题征文优秀征稿，刊发于 2023 年第 11 期《知识窗》杂志）

读写探骊

寻找心中的瓦尔登湖

书架上陈列的这本藏青色书脊的《瓦尔登湖》，我已经不记得多少次品读了。

这部经世名著是五年前的春天一书友惠赠予我的。扉页尚有他遒劲字迹遗存的墨香。彼时的我处于职业生涯的迷茫期，迎来送往、觥筹交错的旧光景渐行渐远。书友看出了我的百无聊赖，一次小聚后，他递给我一本书，"静心去读吧，它会给你不同凡响的启迪。"

其实，对《瓦尔登湖》我并不陌生。早年即曾听闻，知其是一部惊世骇俗之作，传说中的天才诗人海子卧轨时随携四书之一。然而，颇为惭愧的是，步入职场后的我渐渐失却了手不释卷的雅兴，在网络快餐文化的裹挟下，沉下性子读完的书籍屈指可数，更遑论如《瓦尔登湖》之类享誉全球的作品了。

打开《瓦尔登湖》，我被清新素朴的文风深深吸引。这部洋洋洒洒26万字的译著，忠实而详尽地记录了原作者梭罗远离俗世尘嚣、回归自然的生活体验，在与瓦尔登湖两年缱绻时光里朴实而充实的生活日常和所思所悟。他凭依自己的双手，伐木砌屋，开荒种地。春播秋收，箪食瓢饮，自给自足。他与湖水森林和鸟兽虫鱼对话，以船头吹笛和岸边垂钓为趣。他听从自己内心的呼唤，在一个遥远而不为外人窥探的世界里率性又激情地活着。他的思想终日漂泊在湖光幽林中，他的宁静不为外界所袭扰。

他在开篇《省俭有方》里说，"大多数的奢侈品，大部分的舒适生活，非但没有必要，还极大地有碍于人类进步……最聪明的人的生活，甚至比穷人过得还要简单、朴素。"他在书中满怀怜惜之情地批判了为物所役的人们，同时对追逐感官享受的生存方式提出了尖锐批评。他提倡简单生活，简朴行事，以自己的行动去对抗现实中无处不在的喧嚣与浮躁。

"人可以活得很简单、很从容，不必为了物质财富丧失万物之灵的崇高地位"；"一个人物质生活的丰富并不能带来心灵的净化，只有追求精神境界的高尚才能丰富人的内心"；"为生活做减法，为思想做加法"……书中如珠玑般的精辟语录似空谷梵音，在我的脑海里久久萦绕，我陷入沉思。

我仿佛在梭罗描摹的为物欲所羁绊的人物群像中看到了似曾相识的影子。此时的我不正热衷于在灯红酒绿、推杯换盏的饭局中刷存在感、沉迷于鱼龙混杂的社交场中进退失据吗？当八项之规激浊扬清、物欲之潮消散退尽之时，我会是其中的裸泳之人吗？

随着阅读的深入，我焦躁不安的心渐渐归于宁静，开始尝试着与自己的思想对话。梭罗说，来到瓦尔登湖是因为想过一种经过省察的生活，去面对人生最本质的问题。我想，当我捧起《瓦尔登湖》，是否也应当进行一番自省与体察？联想到彼时网络的一句流行语："生活不止眼前的苟且，还有诗和远方"，那么我心中的诗和远方在哪里，她有着如同瓦尔登湖般的神奇魅力吗，我该如何叩启通往她的心门？

一连串的发问叩击在脑际。我愈发意识到，与眼前貌似丰饶精致实则庸俗混沌的生活状态"断舍离"，将心灵的罗盘重新校正航向，回归初心，探索前路，这不是矫情，而是刚需。我决心做出改变。

几番思忖后，我将提升学历层次作为可触摸的"诗和远方"，力求用学业的精进治愈精神的萎靡，让自己告别颓态，重现一个激情燃烧的自己！

我开启了梭罗式凝神静气的耕读模式，静静地卸载周遭的喧嚣，用心写下备考的孤独。在惰性心魔占据上风和畏缩之念泛起之时，我一遍遍翻开《瓦尔登湖》，从中汲取前行的力量。那一句"让我们像大自然那样从容不迫地度过每一天，不让任何一片落在铁轨上的坚果或蚊子翅膀把我们抛出轨道，好好度过每一天吧，不让自己的人生有所遗憾"，温暖了我无数个单调清寂而又焦灼疲倦的日日夜夜，成了我梦想征程中的精神滋养。

次年夏天，我如愿获得研究生录取通知书，成了"瓦尔登湖"里跃出的"锦鲤"。我将录取通知书和那本治愈心灵的"宝典"置于书案的一角，并来了张特写分享友人，感念他当初的赠书善举。

亲近瓦尔登湖的时机竟梦幻般出现。研二那年，学校组织去美国短期访学，在驻留波士顿期间，一同学提议去瓦尔登湖，说是烧脑文青的必备打卡地，一生必须要去一次的地方，大家欣然应允。我们从查尔斯河畔的下榻酒店出发，Uber（优步）前往康科德镇。初秋的瓦尔登湖，一汪湖水倒映着五彩斑斓的景致，显得格外静谧安详。一片郁郁葱葱的小树林环湖而立，仿佛天然的绿色卫士。梭罗隐居的小木屋原址已废弃并竖起一块告示牌。不远处是按旧貌复原的小木屋，狭窄的空间透出极简主义的气息，70厘米宽的木床，两尺见方临窗的小书桌，一把椅子，仅此而已。睹物思人，梭罗就是在这里静静地思索人生和世界的真谛，将这段心路历程凝练为18篇力透纸背的精妙短文献予世人，成就了《瓦尔登湖》这部为后世奉为超验主义的心灵圣经。

当我再次端详和摩挲这部给我带来震撼和改变的《瓦尔登湖》，一股清冽的湖水已然涌入心间，将心境荡涤得澄澈明净。再次捧读，不厌其烦地去聆听这位睿智先哲的叨叨絮语，俨然成为一种享受。"不必给我爱，不必给我金钱，不必给我名誉，给我真理吧！"《结束语》这振聋发聩的点睛之言，治愈了无数不甘沉沦的红尘男女和烟火人生。

感谢《瓦尔登湖》，她让我懂得如何涵养素简人生，追逐诗和远方。我愿在有生之年毕其心志去寻找并呵护心中的瓦尔登湖。在湖畔看鹰击长空，鱼翔浅底，万物霜天竞自由；在木屋展书生意气，挥斥方遒，粪土当年万户侯。路漫漫其修远兮，吾将上下而求索！

（本文发表于 2020 年 6 月 22 日《泰州日报》读书专刊，获泰州市胡瑗读书节"那书与我"征文比赛一等奖）

重读《执行》漫思机关执行文化

邂逅《执行》，是在三年前一昔日同窗的私人书架上，粗疏浏览，倍感新鲜。续缘《执行》，则是在它被列入市级机关干部推荐读物之后，斟酌句里，感触良深。

《执行》一书的两位作者分别是拉里和拉姆。前者是霍尼韦尔国际总裁兼CEO，后者则是一位游刃于全球500强公司的资深顾问，两人深谙管理之道，通过大量翔实而生动的案例为那些意欲构建执行力组织的企业提供了一个很好的实践模板。我想这也许是此书行销全球且为众多职业经理人奉为管理圣经的重要原因。

《执行》一书告诉我们，执行是一门通俗严谨的学问，是决定企业成败的重要因素，是21世纪构成企业核心竞争力的重要一环。在这个风云莫测充满竞争的时代，一个企业的执行程度如何，将直接决定企业的兴衰成败。

全书共分三大部分。第一部分论述执行的重要性；第二部分解析达成有效执行的三个基本要素；第三部分建构执行的关键流程设计。在这三部分中重点阐释了执行的核心流程设计，它是执行的精髓和命脉。在广泛深入地引经据典、实证研究中作者进行了凝练的概括：一个强势执行的组织必须科学配置自身的人力资源、财力资源、物力资源，通过制定周密、详细的计划去实现该组织的战略目标，将战略、运营、人员三个相对独立的流程有机统筹起来，培育形成贴合自身的执行机制，成为企业文化的重要一脉。在这个过程中突出强调要具有求真、实干、协作、大同的精神。

掩卷沉思，执行一念移植于机关，则具异曲同工的积极意义。

机关执行，直观理解，就是机关干部有效执行上级命令、指示，贯彻上级意志和精神。但其内涵绝不仅仅拘囿于此。它是充分展现自我意识和主观能动性，高效完成各种任务的一种行为的表征；它还是与党、与人民的利益和诉求保持高度一致，脚踏实地工作、勤勤恳恳付出的一种心态的认知；它更是敢于求真、敢于碰硬，敢于负责的一种作风的体现。

与企业执行趋同，机关执行的核心也依托于三个核心流程，即人员流程、战略流程和运营流程。笔者尝试从这"三维流程"的相互关联和作用的理论执行系统来谈谈机关执行的一些略想。

人员流程居于首位，因为人是运作系统中一切软硬资源的最活跃最智慧的因素。目前，机关已根据《公务员法》建立起科学严格的人员评估准入体系。人员流程就是要把遵循普适标准入围的人，按照德才精准匹配的原则进行二次准入，即将合适的人安排到合适的岗位，做到量才使用，人尽其才。通过建立内部考核激励机制，进行梯度评价，为卓越执行者和差强人意者提供升迁或转换的通道。

战略流程就是一个阶段的具体目标和行动方案，它是三维流程实现的最终结果。机关工作目标导向性是很强的，多数可以量化，具体有促进经济发展的，包括实际引进外资、实现财政收入、固定资产投资额等，有保障民生福祉的，如社会就业率、农民可支配收入、居民消费价格指数等。这里有个科学、前瞻制定目标规划的问题，类似于企业中的战略评估。通过科学的目标规划，形成阶段性工作愿景及通向愿景的行动方式。

运营流程就是所谓的实施步骤，它围绕目标规划，制定运营安排，调动一切积极因素，通过详细的责任分解和跟进应变措施确保每个人履行自己的职责，完成分配的任务，也就是通常所说的落实。这里有微观和宏观两个过程。通过目标分解和压力传递，使机关工作演变为一个个触手可及的个体执行细节，这是入微。个体执行细节的相互链接，借助扁平化、无障碍沟通渠道的构建和良好的机关执行文化的植入，最终形成宏观层面的执行绩效。这里的机关执行文化，包括责任文化、大局文化、服务文化，等等。

人员、战略、运营，作为机关执行的"三驾马车"，唯有协力运作，方能一往无前，笃行不怠。

为政之要，贵在执行，重在履事。执政能力本质就是党政机关的职责履行能力。在不久前召开的市级机关作风建设推进会上，陈国华书记也一针见血地指出目前机关在执行方面存在的"庸、懒、乱、繁"种种流弊，开出种种对症良方。应该说，《执行》一书郑重向机关干部推荐是适逢其时的，体现了市委、市政府的深谋远虑和良苦用心，它向我们昭示了管理的本源，启迪我们去思考执政的真谛。

让我们完美地、快乐地、卓越地执行吧！政执其所，方能体现"权为民所用、情为民所系、利为民所谋"的执政要义；政执其所，必能收获政通人和、河清海晏、云蒸霞蔚的盛世荣光。

（本文发表于 2008 年 8 月 6 日《泰州日报》读书专刊，获泰州市市级机关读书征文活动二等奖）

守责·励学·善思·敦行

——读《责任面前没有任何借口》有感

新春伊始，照例是单位的学习周。学习以讲座和培训为主。课程间隙，局机关党委会郑重推荐一至两本市面上畅销的素质提升读物供同志们工作之余缮阅，人手一册。2012年推荐的是一本名为《责任面前没有任何借口》的书籍，封面鲜红色泽打底，贴近书名的上方印有"一本适合所有公务员、公司职员的必读书"字样，封面下方显示作者是两位中国人。此前，我已拜读过美国著名培训咨询大师杰伊·瑞芬博瑞所著的《没有任何借口》一书，这本《责任面前没有任何借口》，莫非就是本土化的《没有任何借口》？

带着这样的悬念，我展卷细览，竟发现异曲同工之妙，但又似乎"出于蓝而胜于蓝"。梳理章节，斟酌句里，颇有一番思悟。

这是一部集众多管理要义和精髓于一体的励志书籍，四大章四十一节的宏幅，在翔实的案例枚举、深入的引经据典中呈现责任、借口和执行三者的辩证关系，从而将责任至上的真谛宣之于众：责任是一种使命，存在于个体生命的始终。无论在什么样的工作岗位，都要对自己的角色和承担的责任负责。在责任面前，任何借口都过于苍白。选择责任还是借口，体现了个人的工作态度和职业素养。"没有任何借口"，是一种服从、诚实的态度，是一种负责、敬业的精神。

掩卷凝思，"没有任何借口"，这看似冰冷刻薄的要约之辞，映射的则是责任的威仪与锋芒。责任面前，执行是唯一的选项。借口是颓废的代名词，是职场的糟粕。拒绝寻找借口为自己辩解和开脱，是一个人职业动机和境界的试金石。唯其如此，自身职业心态才会真正丰满和成熟，才能锤炼和演绎出属于自己的责任境界和执行风采。

联系我身处的财政工贸工作岗位，是一个与经济发展高度互动的岗位，在全面推进现代化建设、推动转型升级试点示范的当下，各种新概念、新思维、新策略风起云涌。离岸结算、私募股权、中小企业集合债等生猛概念粉墨登场，甚至PMI（采购经理人指数）、GP（普通合伙人）、VC（风险投资）这些舶来语汇也接踵而来。如何巧妙玩转这些"神马"概念，使之不沦为决策的"浮云"而为外界所"吐槽"，作为领导的建言人和末端的执行者，责莫大焉。

首先，当励学。遵循张雷书记年初在全市机关效能建设大会上提出的"机关干部要努力成为某一领域或某一行业的专家型干部"的殷切要求，将学习作为一项基本功，努力克服本领恐慌和思想天花板。结合自身岗位，就是要具备开阔的财经视野，融会财政政策、货币政策和产业政策，提高学以致用的能力。要善于接纳和拥抱当前经济热点，学会驾驭新经济理念，与新经济现象共舞，挖掘新经济业态的经济和社会价值。

其次，需善思。财政人耳熟能详的一句话是：思路决定出路，出路决定财路。可见思路在遵循目标和达成结果中的作用是本源性和决定性的。要学会前瞻性地、理性地、务实地、科学地思考，找准任务或问题的"命门"或是关键性的控制性节点，有效整合资源，研察创新机遇，精选推进路径，提高执行智慧。思考的结果并非一成不变，"毕其功于一思"是理想化的，要在执行中不断回溯校验，确保执行相对的最佳路径和最优结果。

最后，当敦行。书中援引了汽车大亨亨利·福特和麦当劳创始人克洛克的创业守业故事，两则故事的内核就是，目标确定后，要树立强烈的落实意识，建立以结果为导向的执行机制。这与张雷书记诫勉机关干部"树立刚性化、精细化的执行理念，不讲条件、不找借口、不打折扣"如出一辙。要抵御住方方面面的压力和阻力，不偏不倚、不遗余力地执行，通过过程的求索体会职业价值的感召，形成个人魅力的岗位执行文化。

《责任面前没有任何借口》，堪为一碗醍醐灌顶的心灵鸡汤，让我在工作之余经受了一场难得的职业道德和文化洗礼。通过它，我重构了尊重责任、敬畏责任、护佑责任的思维伦理，形成了守责、励学、善思、敦行的职业感悟，提高了未来职场生存和博弈的能力。我将以此作为职业承诺，永远铭记这句放之四海而皆准的教诲：责任面前没有任何借口——Duty Ahead，Excuse Away！

（本文获泰州市委学习型党组织建设征文活动二等奖，2013年11月）

"挖呀挖"的"小先生"

——读庞余亮《小先生》随感

  三十多年前，水乡兴化西北角一个不知名的小村落，来了一位持有"硬本本"的"小先生"。面对一群乳臭未干的农村娃，他"在小小的校园里面，挖呀挖呀挖，种小小的种子，开大大的花。""小先生"用一本本备课笔记的背面记录下自己"挖呀挖"的奇妙故事。

  三十年后，已是知名作家的"小先生"重新捋起这些卷了角的，磨了边的，牛皮纸封面裹扎的，浸染粉笔灰和指纹的"挖呀挖"的花絮，爬罗剔抉，施以恬淡的笔墨，白描的手法，便有了脍炙人口的《小先生》。

  这是一本记录乡村孩子成长的日志，也是一份爱与责任的攻略。《小先生》自前年问世，至今已是三读。越读越会深意，越读越觉情味。有一种"明月松间照、清泉石上流"的感觉，纯净，祥和，素雅，唯美。

  "小先生"笔下的乡村小学，犹如梭罗笔下的瓦尔登湖，空灵，沉寂，却蕴含无尽宝藏。"小先生""挖"出的人物、"挖"出的故事，氤氲着泥土、谷物和花草的气息。观察它们，可以照见贫苦的环境中，诗意温情的校园生活场景，先生们的甘之如饴和学生们的自得其乐。

  "在昏暗的罩子灯下，挖呀挖呀挖，刻坚硬的钢板，烤寂寞的鸡蛋。"这是《寂寞的鸡蛋熟了》中"悬蛋刻板"的故事。乡下经常停电，老师都有一盏罩子灯，将鸡蛋用一只铝盒吊在灯上。"小先生"抽出蜡纸，在钢板上铺平，用铁笔在上面刻写。一张蜡纸刻满了，铝盒里的鸡蛋也差不多熟了……数九寒天，裹紧军大衣，把烤熟的鸡蛋握在手中，揩着鼻子上的清水鼻涕，继续刻写讲义——"我觉得生命中有一种东西正在被我犁开……我和以前的老教师一样，把寂寞这张蜡纸刻成了一张试卷……"

在那个没有电脑和速印机的年代，刻钢板油印是老师的一项基本功。我亲眼见过老师刻钢板的情形。刻字时力度要恰到好处。如果力弱，不下油墨，印出的字迹不清晰；如果力猛，易划破蜡纸，印出来就带有油渍。稍有闪失，就得重新来过。一张蜡纸刻完，常见老师脖子僵硬，手臂酸痛，大汗淋漓。那个年代的书外作业、讲义和试卷都是钢板刻录印制出来的。字字行行，皆为骨血力道。谁能说，"小先生"一笔一笔犁开的不是乡村贫瘠的教育土壤，这一枚枚寂寞的鸡蛋，不是为未来埋下的"彩蛋"呢？

"在浩瀚的学海里，挖呀挖呀挖，以谦虚的心态，化解未知的困窘。"这是《考你一个生字》中描述的"一字难倒英雄汉"的故事。一个高年级同学"诡异"地请教一个生僻字的读法，"小先生"一下冷场。学生得意地给出了这个字的读法，也留下了"弟子不必不如师"的尴尬。"小先生"不由念叨起师范读书时"老先生"的教诲：要给学生一碗水，自己必须有一桶水。从此，日日精进不怠，终成著述宏富的饱学之士。

这样的剧情，少时的我也曾本色出演过。"小先生"是位实习老师，教我们数学。我是年级数学竞赛的种子选手，多少有几分傲气。我找了一道颇有机巧的数学题考"小先生"。"小先生"冥思苦想未果。我一阵窃喜。意外的是，第二天的数学课上，"小先生"公布了这道题的来源、他和另外一位"小先生"思索一晚的解题方法，供同学们交流探讨。"小老师"的坦诚，令我羞愧。恰如书中所描写的那样，"设法把自己两只涨得通红的招风耳藏起来"。

《小先生》里着墨最多的，还是孩子们的妙趣日常。"小先生"用一双善于发现美的眼睛，全方位"挖掘"乡村教育的真与善。不带丝毫滤镜，一切清洌如初。他"挖"出了爱跳绳的女娃，擅爬树的男童，"挖"出了好偷彩色粉笔满世界涂鸦的"皮猴"，鞋上莫名"长眼睛"的"神兽"，还"挖"出了眨眼睛的豌豆花、不离不弃伴读的黑狗和神气的"乡村战马"。他们快乐着他们的快乐，忧伤着他们的忧伤。"孩子们的泥哨悠扬，把我的心吹得像一只风筝似的"。而面对辍学孩子怅然的眼神，"她们像一阵犹豫的风，吹得我的心一点也不能轻松起来。"……一词一句，一段一章，无不感受到一种师爱的召唤和智性的照拂。

"小先生"精心打磨的一篇篇文字，犹如一束束微光。微光成炬，映照乡村教育的一方天地，凝聚成师生守望前行的力量。他在书的自序中留下了对孩子们的深情絮语："感谢孩子们以不设防的微笑和清澈，赐给了初出茅庐的小先生以无限宇宙……"

孩子们一定由衷感谢"小先生"，感念他"在艰涩的成长路上，挖呀挖呀挖，挖出硌脚的石子，填平地势的坑洼"，护佑他们平安去远方。

而那位"挖呀挖"的"小先生"，出走半生，归来仍是少年。

（本文系中宣部"学习强国"学习平台"我正在读的一本书"主题征稿，发布于"学习强国"泰州学习平台，2023年12月）

当写作遇见 GhatGPT

要说过去的一年里热度最高的外文词汇，非 GhatGPT 莫属。这是一款生成式人工智能聊天应用程序，除提供常规的搜索和问答，最大的亮点在于具备文字资源的整合输出能力。编故事，作诗文，绘文案，手到擒来。GhatGPT 在国外率先引爆后，国内人工智能巨头阿里、百度、科大讯飞也纷纷跟进，推出类似 Ghat 产品。当写作遇见 GhatGPT，会擦出什么样的火花呢？

入手之初，我曾以当年高考的作文题"小试牛刀"。下达指令后，一键生成三份不同文本。内容千差万别，但布局结构却如出一辙。均为开篇提出观点，解释论证，层层递进，篇末总括并展望。行文中规中矩，未见明显瑕疵，但套路化、格式化的痕迹明显。有乍见之欢，却很难久看不厌。这是 GhatGPT 写作给我的初印象。不过，GhatGPT 迭代迅速，其网络架构已由最初的 3.5 版本升级至 4.0 版本，机器学习和反馈能力也突飞猛进，是否能给我带来新的惊喜呢？时隔半年，我再行测试。这一次，我采用了对比实验法。通过将范文设置为对照标的，对新版 GhatGPT 的人机互动表现做一个评价。

我有茶余饭后阅读报章的习惯。对不久前一家报纸副刊登载的关于童年父子赶海的回忆文印象深刻。其取材具一定辨识度，画面感强，情感真切，就选它了。

我在对话框中输入"赶海、父与子、现场买卖、叙事文、1200 字左右"等一系列提示性文字，生成三份文本。通览了一遍，文本基本能呈现赶海的场景和人物，但情节刻画较为粗疏，人物不够鲜活生动。我从中选择了一份认为相对不错的文本，打算在此基础上进行优化处理。我和GhatGPT继续对话，"GhatGPT，我想在本文基础上增加情节刻画和人物细节描写，达到身临其境的效果。"GhatGPT立马生成三份"改良"文本，一看，内容确实丰富了不少，每篇文章都添加了不少过程刻画和细节描写，有捉蟹的，有拾贝的，有踩蛤的。对比范文，年代背景明显不同，生成的文字多作为时下一项休闲体验，我想体现出范文独有的特定年代赶海人"向海图存"的焦虑感，故择其一篇继续优化。我与GhatGPT深入交流，"GhatGPT，我需要更能体现年代感的文字，反映当时人们的生活状态，时间背景大致在20世纪90年代或本世纪初"。很快得到回复，时间线果然拉到二十年前。检索了三份文本，有些失望，文字中很难咀嚼出那个年代迫于生计的负压感，尤其是无法呈现类似范文中父亲对于一只桶坏了无法捕获更多海货而"耿耿于怀"这一微妙情节。另外，父子情感交流方面也显得不足，缺乏润物无声的细腻。我想在这方面获得提升性的反馈，于是，我又敲下如下要约，"GhatGPT，我想要更加丰富细腻的情感表达，能通过人物的言行传递出绵柔的情感"。这一次的反馈依旧未令我满意，尽管情感表达词句丰富起来，但对比明显不如人类书写语言那么富有弹性和咬嚼劲，能从中咂摸出丝丝缕缕的意会成分。我发出了"GhatGPT，请问您可以模拟人类情感写作吗"的疑问，GhatGPT坦诚告知：作为一个人工智能助手，我没有情感和接受能力，但我可以尝试理解和分析语言的含义和语境，并努力提供准确和合适的回答。"好吧，不为难你了，谢谢你的合作。"GhatGPT亦礼貌地和我作别。

鉴于上面的测试需要"穿越"回特定的历史语境，GhatGPT表现效果不佳，那就选择一个时下的热点题材吧，譬如乡村振兴，应时应景，大数据时代可读写的文本一定相当可观，让GhatGPT再露一手。我选择了一篇描述祖孙三代人田野逐梦的文章作为范例，"循循善诱"后形成终稿。两相对照，发现局限性还是明显的，首先无法体现出地域特色，如当地特有的蟹塘养殖，这部分叙述过于粗略，未能全景式呈现整个生命周期的进展。其次佐证乡村振兴成果的收益数据不尽明晰和到位。另外，祖孙三代的"三农"情怀的传承方面语焉不详，三人的故事似乎有些割裂。但也不乏值得圈点之处，比如灵活运用了习近平总书记的有关语录和有些乡村振兴方面的政策指引，行文紧凑流畅，有些地方运用修辞手法提升了表达效果。

一番操试下来，我发现，GhatGPT作为人工智能时代的文字助手，其令人望尘莫及的速率和较高的规范性为文字创作注入了惊人的活力。但"率尔操觚"的内容和风格，却不易与个人期望完全契合。需要耐心智慧地与其对话，不断引导其修正、优化和突破大数据学习形成的思维定式，逐步形成个性化的风格认知。即便如此，要生成独出机杼的文化IP，仍有些力不从心。

我发现，GhatGPT作为一款作文"神器"，并不能做到"包打天下"。比如，它完全依赖于海量数据库的学习文本，一些小众题材的源头活水匮乏，自然无法形成高质量的有效输出。又比如，它不懂得人类语言诙谐的"弯弯绕"，只能直来直去，有些回应常令人哭笑不得。还有，它只能接受具体的字符化的指令，模糊指令解读能力不敢恭维，让它模仿一篇文章的行文风格，有的时候不是对答如流，而是对牛弹琴。这说明，它的类脑智能尚有短板之处。化用流行的一句广告语来形容GhatGPT，"我们不生产文字，我们只是文字的搬运工"。以时下热点释之，就是尚不能形成"新质生产力"。但人工智能的内核和机理仍在飞速升级，疯狂追赶人类的思维逻辑和创新意念。在与人工智能的竞技中，每一位写作者，都必须保有危机意识。

当写作遇见GhatGPT，写作人无须焦虑和恐慌，坚定地、激情地拥抱它、熟悉它、驾驭它，让它成为写作人进入智慧时代的"超级外挂"，它定会回馈你无限精彩。结束这篇文字前，我想，会不会有人怀疑我这篇就是人工智能的代笔之作呢。对此，"元芳，你怎么看"？

（本文刊发于2024年第3期《文艺生活》杂志）

情怀篇

言传身教

宏源先生的三句口头禅

宏源先生本名姓曹，曾是我工作的直接领导，不过我更愿意尊其为先生。

先生为二十世纪60后生人，80年代初由学入仕。大市组建后，一直担任部门中层领导。我在他手下工作近10年，从一个职场素人成长为岗位熟手，深得先生的扶掖和提挈。先生胸有文墨，亦非常健谈，历史典故和妙语佳句顺手拈来。工作间隙，听其古今中外天南地北海侃一番，常觉醍醐灌顶，如坐春风。

岂奈天妒良人，先生于前年夏至时日溘然长逝，怅然久之，悲从中来。追忆先生的音容笑貌，其在工作场景中习以惯之讲的三句话时常在我耳畔回响。念兹在兹，无日或忘。

"世事洞明皆学问，人情练达即文章。"此句出自《红楼梦》第五回宝玉在东府神游幻境，所见尤氏上房悬挂的一副对联。先生自称曹氏后人，视曹雪芹为本家贤祖，对此联表达的精义甚为推崇。先生数十年如一日与数字打交道，深谙"数字里面出政策""决定数字就是决定政策"（小平同志语）之道，对数字追本溯源，对政策抽丝剥茧。先生担任过四届市政协委员并连任三届常委，在建言资政上倾注了大量的热忱和心力。他将眼观六路耳听八方的世态人情化作一篇篇闪烁真知灼见的锦绣文案，想必就是得此言之真味的缘故吧！

"由它去吧！"这句俗落的口头语颇有历史，据考最早为鲁迅先生惯用。后流传开来，逐渐成为非常接地气的市井之语。家乡人亦有表达为

"随它去吧"。先生常叨念此话。特别在遇人行事不顺之时，常常静默思忖片刻，而后手一摊或是肩一耸，嘴角微舒，四字一吐为快，便意味着将过往划上句点。"有些事，定局已成，苛责无益；过去的事，放它过去，深究无益"。他曾语重心长地如是注解。现在想来，与时下流行的佛系文化倒有几分雷同。

"长江后浪推前浪，前浪死在沙滩上。"这句话源自台岛国学大师李敖的一首打油诗，其后半阕改自古训《增广贤文》。先生自比为前浪，他认为前浪的使命就是为后浪开荒铺路，保驾护航，推动文明的迭代发展。他时常勉励我这个后生要勇于乘风破浪，追逐属于自己的星辰大海。每每言及均面含笑意，目光里充满期待，令我倍感振奋。这颇为调侃的话语中带有些许悲情色彩，未想却一语成谶。呜呼哀哉！

夫子之言，于我心有戚戚焉。先生寻常叨念的三句话，字字珠玑，彰显了先生一以贯之的为人品格和行事风范，也在潜移默化中影响着我的立业和处世的态度。我视之为这份职业因缘赐予我的宝贵的精神教益，当铭记在心，含英咀华。

清明将至，潦草作笔，以寄余怀。

（本文载于泰州市财政局《学习参考》内刊第 78 期，2023 年 6 月）

附：受师母之托，撰墓志铭如下：

（以上略）

曹公平生，事业斐然，声名卓著。自参加工作日始，辛勤耕耘财政事业四十载，长期担任泰州市财政局中层领导职务，其间获市级以上奖励多项，并获评首届市级机关优秀处长之荣誉称号，为泰州财政事业的持续高质量发展作出了积极贡献。作为一名优秀的爱国民主人士，兼任泰州市党外知识分子联谊会副会长10余年，连任四届市政协委员和三届市政协常委，积极履行建言资政之职责，为泰州市的民主参政议政工作作出了积极贡献。

一生忠诚，披肝沥胆。励精图治，建功立业。

一身正气，两袖清风。品性高洁，君子风范。

忠厚传家，孝老敬亲。言传身教，良训济后。

举案齐眉，相濡以沫。呕心沥血，治家善道。

德才双馨，恩泽后辈。光风霁月，山高水长。

谢谢你，导师

姚老师，并不是我第一意向的导师。我，也并非第一时间投其门下的学生。

研二下学期，眼看学分渐满，开始筹划毕业论文。导师的确定是头等大事。在选定研究方向、作出初步规划后，我先后向专业指导领域内几位人气颇高的老师的邮箱发出自荐信。未承想，皆被告知满员，憾不能接纳。有老师热心推荐了几位或有空额的老师。其中，姚辉老师引起了我的注意。我曾选修过他开设的一门课程，并获得了不错的绩点，也曾在他的鼓励下上台作过分享，他赞许的目光给过我不小的鼓舞。

我点开学校官网的导师资源库。姚老师的信息页面显示，其拥有三十余年的从教经历，执导研究生论文十余年。曾两度挂职地方担任领导干部，并出任多家上市公司投资总监或顾问。学术成果也不遑多让，出版过专著多部，曾获部级研究项目一等奖。如此光鲜的履历，令我心生期待。不确定的是，我的研究方向和他的指导领域并非特别契合。姚老师的指导领域侧重于产业经济、企业运营和财务管理，而我的研究方向是企业竞争战略。学长点拨，导师是可以在相近领域进行指导的，机不可失。我带着些许忐忑，给姚老师发去了邮件。当晚便得到回复，同意做我的毕业论文指导老师，并祝贺我锁定了他的最后一个名额。我不胜唏嘘，又无比庆幸。

稍后的一周，我和导师就研究标的的确定和开题报告的撰写进行了详细沟通。他大体肯定了我的初步思路和研究方法，指点了一些技巧，列出了推荐阅读的文献清单。在导师的指点下，我精心打磨开题报告的每一幅板块。两周后，生成初稿，经导师小修，同意提交评审。最大的改动是将论文标题中的公司名称用"T公司"替代，使冗长的标题立显简洁。导师说，标题是一个人的眉目，能够凸显作者精到的概括能力，这是给评阅者的第一印象。评审在线上进行，但需提交导师的手签确认材料。我期待着与导师的第一次线下接触，预备了小礼物，并在头脑里无数次预演见面的场景。

出乎意料的是，导师将签字的地点定在了学校管理大楼一层的阅读休闲区，且是四位同学集体面签。目光交遇后，并没有太多的言语交流。导师认真地签完字，"论文写作是一项爬坡过坎的艰辛历程，要战胜自己的惰性，祝你们成功！"言简意赅，令我热血沸腾。

开题报告顺利过审。我随即投入了紧锣密鼓的论文写作中。计划在规制允许的最短6个月的期限内，完成4万字（基本要求3万字，留有导师修改的余量）的论文初稿，并力争一次性通过盲审和答辩，提前半年毕业。我按项目管理的思路，绘制了路线图和时间表，一时间信心满满。

导师很欣赏我的勇气和挑战精神。他给出了利用统筹法推进各关键板块研究的建议，这样效率会更高。

不料第一部分绪论的写作就没有预想中的那么顺手。研究方法和研究工具何处运用、如何运用、运用效果不易做到未雨绸缪。理论综述的归纳也很头疼，不能占据太大篇幅，但论文涉及的理论一箩筐，精选整合的过程费时费力，并非手到擒来那么容易。这部分计划用时两周，但一个月还没有脱手。我有些焦躁。

导师送来"及时贴"。他告诉我，有些思路的形成，方法和工具的应用是需要在论文研究过程中不断探索和改进的，不必要"预制"到位，可以先建立大致框架，适时回看补充修缮。至于文献，以理论概述进行呈现，不需要特别考究，论文进程中视利用情况及时增删。最后，再次叮嘱我协同推进各板块研究，最大程度利用好"工序"的间隔等待时间。万事开头难，以后会越写越顺的。临了，老师一改往日的严肃，破天荒发了一个笑脸的表情包。

这是导师微信中发给我最长的一段文字。我明白了论文写作是不可急于求成的事情，需要放平心态，沉下性子，一步一个脚印。我遵循导师意见，同步开展问卷调查、焦点访谈，统筹进行内外因素分析，在此基础上进行量化建模和数据分析。

时间过得飞快，转眼到了新学期。恰逢教师节，我们几个同门手足一合计，打算请导师吃顿饭。这是师生间再寻常不过的互动，却被导师婉言谢绝。他关照我们专注于论文研究，不宜分散精力。

我进入了论文的冲刺阶段，导师依旧在每一个节点给我带来他的"经验之谈"。我认真汲取并及时反馈。他的邮件很多时候都是在夜间发出。我也不自觉地养成了清晨阅读邮件的习惯。

倾尽洪荒之力，初稿终于杀青。一周后，标注不同颜色字体和添加旁白批注的修改稿于子夜时分回复至我的邮箱。我次日打开的时候无比动容。导师对文中的描述、研究和论证细节都进行了推敲，以至词句的通顺，还"揪"出了我未曾留意的几个错字。字里行间，令人肃然。

提交盲审需要导师签字确认。我盘算着与导师的第二次接触。亲朋提点，导师如此劳神费心，需要聊表心意。我心领神会。找来一只文件袋，装上心仪之物，系好扣链，不显山不露水。

一切顺利。唯独藏有玄机的文件袋"完璧归赵"。

我顺利通过盲审。许是上苍眷顾，两位盲审专家给出"同意答辩，稍作修改"的评价，助我入围最终答辩。导师祝贺我是一条一跃成真的"锦鲤"。但同时告诫，行百里者半九十，不到终点不能懈怠，摔跤往往是在

"临门一脚"。他告诉我，一定要虚心采纳盲审老师的意见，对论文再修精修。我严格遵行。

在将论文答辩稿呈交导师签字的时候，时序已入腊月，新年在即。家人交给我一个特别的信封，关照我作为年礼呈予导师。没想到，这一次见面格外尴尬，地点是在导师居住的小区。导师在一张休息椅上签完字后，和颜悦色地提醒我，答辩是残酷的，面对专家的凌厉发问，哪怕是有些偏激的质疑，也一定要自信和克制，始终面带微笑，以自己的风度为硕士阶段的学业画上圆满的句号。

我点头应允，并迅速奉上信封，"姚老师，一点心意，祝您新年愉快！"导师仿佛如临大敌，从椅子上弹了起来，"这个坚决不行"，话音未落，竟像顽皮的孩子一样扭头跑开了。我一脸错愕地杵在原地。半晌，才向导师"遁去"的方向，大声道："谢谢姚老师！"

我牢记导师的叮嘱，从容地走上答辩现场。元月的那个冬阳温煦的晌午，我终于收获了答辩老师的祝贺掌声。

当我激动接过校印刷厂刚刚下线的带有几许温热的论文印刷本的时候，双手微微颤抖，小心翼翼地摩挲封面和封脊。在刻印着校名和学校 LOGO 的彩印封皮下，4.6 万余字的内容里，浸透着导师多少精力和心血！我的面前浮现出导师挑灯躬身改稿的场景，和师生间事无巨细交流的一幕一幕。

师恩若何为，真诚与高义！谢谢你，导师！

我最终凭借论文的顺畅表现和较高的学业绩点获评校优秀毕业生。几欲答谢恩师，无一例外，他坚辞不受。但我始终不会忘记论文致谢中表达的肺腑心声："首先感谢我的论文指导老师、中科大管理学院姚辉副教授对我的研究方向给予关键点拨，对论文撰写过程中遇到的困惑和疑难给予悉心指导，论文定稿中反复推敲揣摩，提出了很多有价值的完善意见。借此机会向姚辉老师的付出表示最崇敬最诚挚的谢意！……"

为学之人，当饮水思源，承恩不忘。

（本文获中国科学技术大学"我身边的四有好老师"优秀征文作品表彰，2024 年 1 月）

"找依据"的语文老师

高二那年，文理分班。一位长者担任我们理三班的班主任，兼教语文。见面会上，他自报家门：我姓夏，名开运，开天辟地的开，时来运转的运。陪伴大家度过高中的最后时光，希望能给大家带来开心和好运！同学们被简而不俗的开场白"圈粉"，私下交头接耳起来。

"师出有'名'嘛！""好彩头，如此'名'望的班头坐镇，咱高考，稳了。"

夏老师身材修长，面目清癯，戴一副深不见底的圆框眼镜，剃着寸头，智慧的脑门油光可鉴。七月流火，他着一袭长衫，摇一柄折扇，颇有旧时私塾老先生的范儿。

我们习惯称他夏先生，盖因其学养深厚，文言文白话文顺口拈来。他的嗓音洪亮如钟，隔着廊道都听得一清二楚。"这道问题怎么解？找依据！""这个为什么对？找依据！""那个为什么错？找依据！"……渐渐地，"找依据"成为先生授课有意无意的"碎碎念"。

难以考证从什么时候起，夏先生自编自导了一则以"找依据"为主题的桥段。段子共六句，三问三答。起先是先生自问自答，后来同学们开始三三两两地抢答，再后来演变为全班同学的集体作答。先生问一句，同学们应一句，你来我往，仿若师生间的对口相声，为"高考党"的单调日常平添了几分生趣。

记忆中的画风是这样的。先生立于讲台中央，端着书籍或是资料。

"这个问题如何解答呢？"伴随着一声上扬的音调，段子开场了。先生用滑至鼻梁中部的眼镜上框透出的殷切眼神打量同学们。

"一句话，找依据！"反应机敏的同学们开始主动接茬。

先生把目光投向左手侧的同学，顿了顿，"那依据等于什么呢？"

同学们纷纷进入状态，异口同声道："一万多元，加个人前途！"（注：一万多元是录取为自费生需额外缴纳的培养费）

先生嘴角微微露出一丝笑意。侧过脸，对着右手边的同学，"好，来来来，那我们大家一起来找依据。依据在哪里？"先生眉头微皱，作凝神思索状。

"在同学们的眼睛和大脑里！"同学们齐声念道，课堂气氛骤然活跃起来。

先生扶了扶镜框，连连领首，眉宇间潜藏的笑容舒展开来，将视线重新收回落在书籍或资料上。众生便跟上先生的节奏，在先生的循循善诱下手脑并用地找起"依据"来。

所谓依据，其实就是解题线索。现代文阅读分析向来占据语文考卷上的绝对权重，也是我们拿捏不准容易丢分的项目。选择题的各个选项通常似是而非，有相当的迷惑性，不得要领的我们常常乱点鸳鸯谱。而文字表述的主观题，要旨相对宏大，我们时常陷入抓耳挠腮咬笔头的窘态。

面对阅读"上分"的堵点和痛点，先生指导我们这些"小城做题家"用"找依据"的思路来攻克。先生认为，题目从文章中来，也必然回到文章中去。要原原本本领会作者或出题人的意图，遵循他们的思维路径，不能掺入任何的主观成分。带着问题从文章中检索"依据"，而依据通常隐藏在字里行间或段落章节。有时较为直观，有时需要捕捉细节分析揣摩，有时还需要对隐含信息进行挖掘，有时更需要对前后段节进行系统把握。这时候先生会手把手教会我们各种研判技巧，为我们整列出阅读解题的N种打开方式。

我是一个重理轻文的"跛脚"学生，高考的指挥棒下，正在为弥补语文学习的短板绞尽脑汁。先生的"偏方"，犹如一道"芝麻开门"的暗语，助我窥见了语文阅读的堂奥；又似一款升级打怪的"开挂神器"，不断赐予我惊喜的过关体验。

高考，咱班放了个大响炮，大半学生进了本科线。在那个"千军万马过独木桥"的年代，着实是一份可圈可点的战绩。身为班主任，自然喜上眉梢。不过，最令先生津津乐道的是，咱班的语文均分领跑全校。

数年后，"依不离口、据不离舌"的夏先生又"如法炮制"指导我胞弟的高三语文。不用说，那一届，又是妥妥的赢家！

（本文系山东省散文学会、牡丹晚报社举办的"牡丹杯"全国散文大奖赛应征稿，发表于2022年9月8日《牡丹晚报》副刊）

父亲的诗文

　　我的父亲叫刘松华，笔名刘鸣阳。20世纪80年代，父亲在《红旗》（现《求是》）杂志发表了《阴耗与燃烧》一文，掀起改革开放初期县级泰州市关于转变机关作风的大讨论。后来，《江上晶水》一文获《人民日报》征文奖，并为国内多家报媒转载，在小城文化圈亦引起不小反响。那时电脑尚未进入寻常百姓家，伏案"爬格子"是文字工作的代名词。几番改稿后，誊清又是件非常耗时耗力的事。父亲著文认真，一文千改始心安。他的身体状况不佳，一直与心脏疾病作着顽强的抗争，需要我助其一臂之力。很多时候，我是父亲的第一读者。我常利用假日和零碎时间帮他抄稿子。他的诗文，为我打开了观察世态人情的一扇窗口。

　　中考那年暑假，父亲看我在方格纸上帮他抄写《推土机》一诗，全诗仅四句二十余字：

　　"铲平荆棘、草莽，

　　推倒断垣、残墙……

　　倘被风雨锈蚀，

　　也会变成路障！"待我工工整整地抄写完，父亲突然意味深长地问我："表面看，这首诗写物，但其实是在写人，你能看出其中的隐喻吗？"我支支吾吾说不出所以然。父亲取出一份报纸，打开给我看。上面是天津大邱庄禹作敏落马的深度报道。父亲说："以前我和你讲过他带领群众致富的先进事迹，现在他却沦为了发展道路上的障碍，他不就是诗中描写的这台'推土机'吗？"后来，我到南京读大学，父亲特意送我一个笔记本，很厚实，绸布装帧，非常精致，扉页书写的是他的诗歌《雪·阳光》，其中有一句是："雪花铺平泥洼，阳光点破虚假。"我说，"这首诗我抄过多遍，都能倒背如流了。"父亲不愠不恼地说，"我是希望你在大学阶段不要虚度年华，日日精进。现在社会有些浮躁，学历注水，资历浮夸，追逐虚名浮利，这些人性的坑洼，虽可一时被雪花所掩盖，但终究是见不得阳光的。唯有真才实学，才是立身处世的根本。"这个本子伴随我度过了那些孜孜以求的日子。毕业入职的那个夏天，家里"鸟枪换炮"，我由"文抄公"变身"键盘侠"。替父亲码的第一篇文稿是《两手比较论》。父亲在文中对比了身边人的两类手，一是泰州中医院内科主任吕志成的手，一是因受贿锒铛入狱的某处长的手。文中写道："人的手，本为劳动的需要所生，不料竟有天壤之别……这一类手，本来也是干净的，为人民掌权办事的，但经不住'糖弹'的诱惑，导致手被异化……"

父亲要我说说，读了有什么感想？我乱弹了两句："要坚守劳动创造财富，不能捞取不义之财。"父亲脸露笑意，很快又归于严肃。他说："今天是你迈入机关大门前，我给你上的必要一课。你进入的是管钱的部门，要时刻紧绷清廉之弦。手莫伸，伸手必被捉，党和人民在监督，众目睽睽难逃脱！"

父亲的话在我心头荡涤起阵阵涟漪。屏幕上敲出的一行行跳跃的字符，仿佛瞬间变幻成一阵阵警示的鼓点。我感受到了这双受之父母的寻常之手，即将承载的千钧之重。父亲于我参加工作的次年驾鹤西去，留下了已出版的诗集和尚未结集出版的散文手稿。多年来，我一直精心珍藏。每每翻阅那些尘封而不失鲜活的文字，重温父亲的种种场景，我就感受到一种温情、一种洗礼、一种力量。

感恩父亲，他用执着的诗文和毕生的修为教化我，如何远离人性的坑洼，如何警惕手被异化，如何去做一台强国路上勇往直前不被锈蚀的推土机！我想，他会始终在另一个时空里凝望我，鞭策我，监督我。

（本文发表于 2022 年 7 月 5 日《泰州晚报》副刊，同日发布于"清廉泰州"微信公众号；后入选泰州市纪委监委编选的《坡子街上的廉味》一书，并被选树为泰州市家风政德廉洁故事宣讲素材）

忆海拾贝

谢谢你，麦乳精

周末去小区附近的大润发超市扫货。在二楼食饮快消区，偶然瞥见底层货架赫然陈列着似曾相识的桶状物什。定睛一看，是一罐福养生牌上海麦乳精。喜庆红和牛乳白喷涂的罐身，罐体醒目位置标记"源于上海老味道"的字样。我如获至宝，果断加入购物车，不问价格贵廉。

一到家，便迫不及待地打开罐盖，小心翼翼将盖子下面防潮的铝箔层启开一道口子，取数勺置入杯中，热水拌匀，精粒遁入水中，顿时香气四溢。醇厚的麦乳香激活了我尘封的记忆碎片。

三十年前懵懂的记忆中，父母卧室里高高的五斗橱柜上，不时会摆放这样一个大口径圆筒状的罐子，像神灵一般地供奉着。我对那需仰视才见的尤物觊觎甚久，它之于我有着直击灵魂的诱惑。当时父亲大病初愈，麦乳精一度成了父亲的专属品。我只能盼星星盼月亮在节假日分享一勺，却无法消解那股歇斯底里的食欲。每当馋劲上脑，我会佯装生病，摆出一副"葛优躺"的姿势。这个时候，母亲常会把麦乳精取下，家里立刻飘逸那特有的香甜的味道。"疗效"立竿见影，我满血复活生龙活虎。知子莫如母，我的小伎俩很快被妈妈识破。当我故技重施时，母亲一本正经地说带我去看医生，我很是沮丧，只好不了了之。

那时候我最大的愿望就是能够自由自在地畅饮麦乳精了，尽管我明白那近乎一种奢望。有时候随父母走亲访友，会带上一罐麦乳精作为伴手礼，我总是自告奋勇地帮父母提着，觉得在路上如果遇到小伙伴会倍有面子。

随着个头长高，终于有一天，趁父母外出，我踩着小板凳攀上橱柜，取下了那罐"可远观而不可亵吃"的人间美味。顾不上冲泡，果断选择干吃。激动的心，颤抖的手，一勺直抵喉咙口。吃完了又把勺子和灌口舔了又舔，确保颗粒归胃。

　　大功告成后担心被发现，对准原先的位置和角度，将麦乳精归位。那真是一种既惊险又刺激的体验。即便如此，我的心里仍忐忑异常，像一个犯错的小孩祈祷能瞒天过海。提心吊胆察言观色了一周，父母表情如常，我悬着的小心脏终于落地。

　　后来家里光景渐渐好转，麦乳精不再被束之高阁。基本隔三岔五就能喝上。每每冲泡，麦香馥郁。开怀畅饮，瞬间荡涤五脏六腑，回味隽永。有时起兴直接干吃，大口咀嚼吞咽，满嘴生津。

　　20世纪90年代末在南京读大学，市面上已经不容易见到麦乳精的踪迹了。母亲念及我的麦乳精情结，特意托上海阿姨回乡省亲时捎回。我又惊又喜。母亲说，那时候一罐麦乳精得数张"大团结"，相当于母亲工资的一半。数米计薪的日子里，母亲满脑子都是买不买、喝不喝、喝多少的各种纠结！

　　我把麦乳精带到了学校。宿舍的小伙伴们喜出望外。尽管当时流行起了高乐高、阿华田和超级麦片，伙伴们还是喝得格外酣畅。大家你一言我一语，分享麦乳精年代带给我们的欢喜和雀跃，情意浓浓，回忆满满。没想到小小麦乳精也曾是一代学子的团宠呢！

　　步入中年的我，早已实现了麦乳精自由，甚而奶茶、果汁、咖啡自由。伴随着饮食生活的愈发精致和富足，更为忧虑的是营养过载和体重超标。在"管住嘴、迈开腿"的家嘱下，家人千叮咛万嘱咐，要严防"三高"，切忌盲目"贴秋膘"。可情怀犹在，岂能割舍？

　　我凝视着这罐给我带来翩翩浮想的麦乳精，橙黄的晶粒比记忆中的更显丰润、柔滑和细腻。她默默地昭告我："你的童年，我曾经来过。"就让我兀自品尝潜藏于旧时光里的"舌尖上的营养"，找回童年零落的小确幸吧！

喝你一杯，还我三十年。谢谢你，麦乳精！谢谢你，我的成长伴侣！

（本文发表于 2020 年 10 月 31 日《泰州晚报》副刊；收录于《坡子街文萃》，中国言实出版社 2021 年 9 月出版）

走马灯记事

又至一年元宵时，家家户户闹花灯。梁上挂的，手里提的，地上跑的，水里浮的，到处流光溢彩。玩灯赏灯的人们笑靥如花，喜气洋洋。我的脑海里不由泛起儿时把玩彩灯的那些花絮来。

儿时的我是花灯的忠实粉丝。逢年必玩灯，年年不重样。外婆是我的花灯经纪人。大凡我中意的花灯会在第一时间"派单"给我的舅舅们，吩咐他们火速"照办"。10岁那年，我玩灯兴致依旧不减。兔子灯、球灯、蜻蜓灯这样的"老三样"早已不屑一顾，飞机灯、坦克灯等时髦货也入不了我的法眼。怎么办？眼瞅着正月里的皇历一天天翻过去，我的"心灯"成了外婆的"心病"。

初七一早，外婆神秘地告诉我，妈妈说了，今年扎一盏从没玩过的走马灯送给你。

"走马灯"这个名词好生耳熟。我努力在记忆中搜索着它的模样，课堂上听老师讲过，景点和灯展上见过。"哦，就是古时宫廷悬挂的宫灯吧，可是市面上打起灯笼也没找见有卖的呀！""嗯，有了这盏灯在小伙伴面前一定特拽！"我心里美滋滋的，开始数星星盼月亮期待着心仪之灯的出炉。

妈妈白天上班，晚上便伏在家里吃饭用的八仙桌上忙活。不知道她从哪里淘来了一本发黄的图书，摊开中间几页用笔勾勾画画。然后便铺开一张报纸版面大小的图画纸，拿出直尺和量具小心翼翼地比量着，嘴里还念念有词。我把脑袋凑过去，偌大的图画纸上出现了几幅似方非方似柱非柱的铅笔图形，两侧箭头错落有致，箭头一侧密密麻麻标记了一串串数字，有的数字上还有涂改痕迹。妈妈说，这是为走马灯量制"三围"呢。

次日，妈妈捎回了一大包工具材料，有纸板、铁丝、金属纽扣、砂皮，取出家里的直尺、剪刀、老虎钳，还不忘借用了我的圆规，林林总总铺满了大半张桌子。我不时观察妈妈的一举一动，看看妈妈的一双妙手如何凭倚这些不起眼的道具将走马灯魔术般地变出来。

妈妈工程技术出身，手头功夫还是很令我信服的。只见她在一张硬纸箱板上用圆规裁出脸盆大小的圆，又在另一纸板中间部位用直尺画一条横线，找出中心点，后每隔一段距离标记一个点。以中心点为圆心，不同大小的半径分别画圆，接着又移动位置反复画圆。我越看越恍惚，直至一道螺旋线横空而出。妈妈用剪刀剪开螺旋线，形成了螺旋状的酷似风车一样的东西。哦，我的脑海里终于产生了模糊的映射。

第三天恰逢周日，正是赶灯的好机会。上午外公找来两根竹子。妈妈将竹子削成一根根大小一致、粗细均匀的竹枝，用砂纸细细地打磨光滑。看得出来，这是制作灯骨架的节奏。竹枝和细丝线编织交叉成六方形的外部框架，下方的底座中间钉一根宽木作横底板，中间焊有大头针状的金属片作为蜡烛插座。灯架中间，缠绕数圈竹圈于灯壁上。下午，妈妈从文房四宝店买来了宣纸，开始为这个"骨感"的尤物量体裁衣，将宣纸裁剪成契合灯笼骨架的尺寸。用什么作为走马灯的环壁图案呢？我几乎不假思索，画西游记吧！彼时神话电视连续剧《西游记》热播，我的头脑里"走马灯"似转悠着三打白骨精、智过火焰山、大战红孩儿的场景。

妈妈不擅长绘画，她把这份艺术活"外包"给颇具写生天赋的表哥。表哥果然是个给力的速度"枪手"，略施一个晚上的功力，六幅西游记经典彩绘便新鲜出炉。妈妈将稀释的糨糊均匀地平刷于骨架表面，裱糊一层棉纱布，再将绘好的图案小心翼翼地粘贴在纱布上。趁着糨糊通风晾干的间隙，制作顶盖上的风轮，做完后把它与灯架连为一体。眼见灯的真容初露，妈妈长舒了一口气。

翌日，妈妈上班前特意叮嘱我不要动走马灯，尚需要调试和美化。刚好小伙伴前来串门，我迫不及待地想炫耀一下战果，把妈妈的叮咛抛到了九霄云外。我取了家里应急照明用的大蜡烛，满以为这样转动效果会更好。刚一点燃，火苗一蹿老高，点燃了上面的螺旋风车，风车瞬间成了哪吒的风火轮。我慌了神，赶紧吹灭蜡烛，可上面的风车已经烧掉了一半。自知闯了大祸的我一屁股瘫坐在了地上，懊悔不迭。

妈妈回来见此残局，又好气又好笑。她数落了我两句，便开始重新制作螺旋风车。毕竟有了经验，妈妈做得很快。然后挨个儿调试灯件之间的尺寸，格外用心地测量了螺旋风车下端与蜡烛的距离。挑选小个头的蜡烛，放在和走马灯同一平面观察火焰的高度，然后再反复调试距离，修剪蜡烛捻子的长度，直到适配为止。那些板纸彩纸、铁丝竹篾、纱线布帛，经过削、磨、织、扎、缠、贴，经过妈妈巧手的点化，真的变成了活灵活现的走马灯！

妈妈又对灯的部分胶合部位进行了衬托和加固，添加了饰线、绣片，并用画纸上下镶边，看起来更为古朴雅致，颇具古时宫灯的范儿了。灯顶套制了一个彩线绕制的钩子，拴一根彩绸绕制的钢丝绳方便提挂。"妈妈真伟大！"我由衷欢呼起来。这才发现，连续5个晚上的挑灯夜战，让妈妈熬红的眼圈里写满了疲倦，手指被竹篾扎的痕迹清晰可见，拇指和食指末端还有些许红肿。我的内心一阵痉挛，不禁为我的小任性自责起来。

心心念念的走马灯终于在正月十三民间传统的上灯日盛装亮相。我提着硕大的灯笼招摇过市，引得左邻右舍的大朋友小伙伴纷纷围观。外公把它固定好挂在家门口的晾衣绳上，点亮蜡烛，轮轴转动。红红的烛火映着画纸上描摹的人物，六个经典的场景次第闪过，将一个个神话故事拉回到眼前。大家和着走马灯旋转的节奏，情不自禁地唱起了"你挑着担、我牵着马，迎来日出送走晚霞"的主题曲。待我四处张望，找寻灯的主创人——妈妈，她却隐没在了灯火阑珊处。

时光荏苒，玩灯人换了一茬又一茬，花灯也在岁月流转中赓续着自己的使命。每逢元宵，我始终会忆起妈妈亲手扎制的那盏惊艳了我童年时光的走马灯。今年元宵夜时，就让我的思绪牵引着那盏记忆深处的走马灯，"凤箫声动，玉壶光转，一夜鱼龙舞"。

（本文发表于 2023 年 1 月 31 日《江苏经济报》副刊）

远去的 "小虎队"

乐乐的手机里不知疲倦地循环播放着《我们的时光》《我们都是追梦人》，我知道，这些是流行组合TFBOYS的作品，乐乐是他们的忠实 "粉丝"。

人不追星枉少年。三十年前的我，何尝不是如此。只不过，那是属于小虎队的年代。

《爱》《青苹果乐园》《蝴蝶飞呀》……一首首神曲，从四面八方如潮水般涌入我的耳际。身边的伙伴不是被小虎队 "俘获" 成为 "虎粉"，就是在耳濡目染成为 "虎粉" 的路上。不过，那时没有 "粉丝" 一说，流行的称谓叫 "发烧友"。

我、小俊和阿春是班级公认的热度最高的发烧友。我和小俊是同桌，阿春虽和我隔了大半个教室，但并不影响我们同频共振。三人一开聊，三句不离 "虎"。我们仨索性 "拉大旗作虎皮"，以草根 "小虎队" 自居起来。三人分饰三角，我饰 "乖乖虎" 苏有朋，小俊和阿春分别对标 "霹雳虎" 吴奇隆和 "小帅虎" 陈志朋。我们模仿着各自角色的一曲一调，一颦一笑，一举手一投足。

小俊有个堂兄，在上海读书，是我们追踪偶像天团的眼线。来自大上海的资源源源不断通过绿色邮包流转到我们手里，化作课余饭后喋喋不休的谈资。小俊是个大喇叭，只听他一声吼 "特大新闻，小虎队如何如何"，旋踵之内，一众脑瓜聚拢过来。他的爆料，时常登上班级话题的头条。我和小春则在一旁默契地添油加醋，那个劲头，简直要赛过考试挂头彩。

那个年代的追星方式简单而原始。盯紧小虎队每一篇新闻综艺的报道，抓牢小虎队每一次电视露脸的机会，抢一幅大大的流行海报，盘一张簇新的磁带专辑，仅此而已。至于一张演出专场的门票，对于彼时处在非主流幸运城市的"学生党"来说，无疑可望不可即。

我们把各自的书房装扮成小虎队的天地，相互观摩，取长补短。我用大大小小的海报布满房间，用缤纷炫酷的彩纸抄写歌词张贴于墙。日日面壁，竟丝毫不觉审美疲劳。书桌上的双卡收录机是以英语学习的名义购置的，听英语的时长却不足小虎队歌曲的零头。书桌的抽屉里整整齐齐码放着小虎队出道以来发行的专辑。还有精心制作的剪报夹子，里面收藏了报刊上关于小虎队的文字和图片。因为小虎队，我和父母红过脸、起过誓。甚而，在课业紧张的时候，小虎队的每次荧屏亮相，都会成为我与父母讨价还价的筹码。

初二那年，小虎队首度来大陆巡演。街口的音像店仿佛年节那样热闹。五颜六色的海报和震耳欲聋的音响渲染出星光熠熠的氛围。那边演出余音未了，这边专辑就马不停蹄地推出。我们显然不想错过第一时间获得专辑的机会。三人起了个大早，没想到却赶了个晚集——离开门还有一个小时，小小的音像店门外已经被"烧包"们围拢得水泄不通。抢到就是正义啊！我们摩拳擦掌。

由于僧多粥少，每人限购一盒，价格也比平日高出一倍，但丝毫没有消减高亢的抢购热度。眼瞅着就到咱仨了，老板拿着扩音器发话："就剩下最后十盒了"。人群一阵骚动，气氛骤然紧张起来。我掐指算了一下人头，刚好到我们这里，而我们只能买到两盒。真幸运！就在我们长吁了一口气时，排在后面的小女生"哇"的一声哭出声来。小俊一时爱心泛滥，将宝贵的"牌位"转给了她，小女生方才破涕为笑。

三人欢天喜地地去了最近的我家，打算将这鏖战半个上午获得的"孤本"用空白磁带进行翻录。迫不及待开机，一听，面面相觑，有种说不出的感觉，音质并不是熟悉的那么轻快、醇厚，还不时夹带有丝丝杂音。我们恍然意识到遭遇了盗版。有些愤愤然，但一个孩子家，在那个社会维权意识普遍薄弱的年代，只能认栽。"有总比没有强"，我们苦笑着自我解嘲。不久，小俊从堂兄那里得到了正版的盒带。

和小虎队一并跨越海峡的，还有阔别大陆近半个世纪的伯父。翌年阳春，伯父风尘仆仆回乡祭祖。在他面前，我开启了"小虎队长小虎队短"的碎碎念。伯父为我的一番赤诚所打动。不久，父亲转交我两件印有小虎队队徽的T恤。我立马上身，欢呼雀跃，奔走相告。后来，我又陆陆续续收到了"虎皮""虎帽"和"虎笔"，其中一款"虎皮"居然还是三人组签名版！

初中毕业离别会上，草根"小虎队"第一次登台亮相。客串各自角色，一口气演绎了经典三部曲，收获了满堂彩。终了，再度上场，领唱《祝你一路顺风》。同学们自发打起了拍子，从零星跟唱到集体大合唱。班级成了烟雨朦胧的旧时光。我看到了追风少年们纯真的眸子里闪烁的晶莹泪花。

不久，我和阿春进了当地重点高中读书，被分在不同的班级，小俊则去了外地读中专。三人同步走的约定幻灭了，"小虎队"处于若即若离的状态。高考的指挥棒下，我和小春的激情被压抑。小俊依然追得不亦乐乎。"虎啸龙腾狂飙95演唱会"大陆场，小俊居然和学校请假，随堂兄去了大连。据说，还是托"黄牛"抢的高价票。看到邮回的大量"谍照"，我和小春欣羡不已。激动的心、颤抖的手，一遍又一遍摩挲欣赏，仔细捕捉人物的每一处纤毫。阿春更加投入，竟对着照片头像亲吻起来，令我咋舌不已。

后来，我和阿春奔赴不同的城市读大学，小俊则走上了工作岗位。三人聚少离多。大家心照不宣，将那份青葱岁月的最大共情小心翼翼掩藏起来。

转眼而立。新世纪首个虎年春晚，小虎队王者归来，携三首经典串烧，掀起了一波"回忆杀"。我们仨都在老家，便相约去KTV重拾昔日的感觉。我们唱遍了小虎队几乎所有的歌曲，摆出了尽管略显生硬却仍不失默契的造型，吼得歇斯底里，嗨得泪流满面，着实体验了一把"爷青回"。

转眼又至虎年。腊月里，我思忖，今年的春晚还会出现小虎队的魅影吗？穷尽一切方式打探，结果一无所获。进入相关贴吧，发现这个话题网络热度很高，可以说，十二年后的再次合体是万千"虎迷"的共同期待。待到新年钟声敲响，我怅然若失，传说中的小虎队真的与我们失约了！

失约的不仅仅是神一样的小虎队，还有草一般的"小虎队"。不知为何，虎年的春节，身在上海的小俊和南京的阿春都没有返乡。三人天各一方，唯有云上相见。我创建了名为"永远的小虎队"的微信群，约定各自找寻失落的记忆，在云上掀一把"虎旋风"。

我翻箱倒柜，扒出了蒙尘的带有"虎"印记的老物什。一页页皱褶的剪报，一张张泛黄的照片，一盒盒灰暗的盒带，还有褪了色的T恤、帽子，擦拭、整理、拍照、分享。三人围观，你一言，我一语。往事历历，一幕幕涌上心头。

我取出上了年纪的收录机，准确地说，这并不是我中学时所用的原版，而是读大学时更新的。拂去覆盖表面的浮尘，清洁传动轴和压带轮。选了两盒看起来品相还不错的盒带，插入卡槽，接通电源，按下播放按钮。一盒不转，一盒稍显卖力地转悠起来。"把你的心，我的心，串一串，串一株幸运草，串一个同心圆，让所有期待未来的呼唤，趁青春做个伴……"窖藏的"虎音"穿越而来，我的内心再度翻江倒海。每一句唱词，每一段旋律，曾经那么无邪地闯入我们的精神世界，那么彻底地浸润我们的情感细胞。而今，尽管横亘一代人的岁月，却依然是那么不可抗拒。

我把这一切制作成短视频，在群里分享。"熟悉的配方、熟悉的味道"；"青春有梦，我们有小虎队"；"永远年轻，永远热泪盈眶"……我们仨纷纷留言。

"小虎队"果真远去了吗？"'虎'已不在江湖，但江湖依旧有'虎'的传说"；"初心不变，'虎'心不变"；"人在，群就在，群在，'小虎队'就在"……我们再次共同写下致"小虎队"的"情书"。

乐乐什么时候进来的，我不知道，只觉得身边有一股虎虎生风的朝气。他怔怔地看着我，默不作声。时光荏苒，"Z世代"们如雨后春笋般拔节成长起来，他们会带走我们的激情和狂热吗？包括青春，还有诗和远方。

欲展歌喉吼一嗓，"终不似，少年游"。

（本文刊发于2024年第1期《牡丹》杂志）

一张雷锋故事手抄报

三十多年前，我在青年路上的实验小学读三年级。教室在学校最南首的一栋老式教学楼的二层，墙体还是没有涂刷水泥灰的红砖墙，是当时实验小学颜值最低的教学楼。教室的后背没有黑板，只有一堵白墙。墙的中下部被五颜六色的条纸和手扎花围圈起来，辟为班级园地，是同学们自我表达和展示的空间。当时没有"文化墙"这一雅称，我们俗称为"墙报"。

班主任姓张，是个活力四射的美女。她总有不少新奇的金点子，带着我们搞些丰富多彩的课外活动。春节后刚开学，她在班会上就亮出了她的新年新创意——个人墙报比赛。她给我们每人发放了一张试卷两倍版面大小的硬白纸，倡议来一次手抄报的比赛，主题自选，从中选出6份最佳的手抄报张贴在班级园地，并授予流动小红花一朵。

流动小红花可是我们个个削尖脑袋都想得到的殊荣。一个月张榜公布一次。一般都是班级大考成绩排名靠前或少先队活动的先进分子才有机会获得。老师会大会小会点名表扬并向家长报喜，有的家长还会兑现一定的物质奖励。大家纷纷摩拳擦掌，暗自较劲这个新年"开门红"。

可如何取材呢？一向高屋建瓴的爸爸提议聚焦改革开放，认为这样的题材富有时代感，并建议报名定为《改革春潮》。身为小学生的我自然不知晓这些宏大叙事，一脸的云里雾里。妈妈也认为这个主题不适合小孩子，勉强为之有大人"代劳"之嫌。就在一家人绞尽脑汁之际，我的目光漂移到一旁的书架上，一本封皮白中泛黄的图书引起了我的注意。那是一本《雷锋的故事》，上年"六一"妈妈送给我的礼物。我曾经读得热血澎湃，书中的好多故事过目不忘。刹那间灵光乍现，编写雷锋故事！

我的"急智"得到了父母的一致认同。雷锋是父母青春年代的偶像。爸爸点拨了一些编报思路，诸如版面布局几个板块，各板块如何排布，板块内嵌入什么样的内容，内容可以从书中提炼云云。随后找来数张一般大小的纸，叮嘱我磨刀不误砍柴工，一定要事先打好草稿。

第一次当"小编"，很新鲜，也很忐忑。我在草稿版面中央上方区域设置报头，将其他部分用直尺和铅笔切割成一个个的豆腐块，盘算着给每一个格子间填充什么样的内容。爸爸一看扑哧笑出声来，说这也太机械了，像个棋盘一样，报纸版面讲求错落有致，大小有别，形状也可不拘一格。说着，顺手操起家里订阅的《中国少年报》，一页页翻开笔画。

一番打磨，小报的版面构架基本出炉了。分为报题、雷锋生平简介（含照片）、雷锋故事、雷锋语录几个板块。报题我借鉴了《中国少年报》的设计，毛笔书写报名，下用钢笔写上对应的汉语拼音，在拼音下方郑重标注"第1期"和编写日期，当然最重要的是我的大名。几大板块内容，爸爸让我由易到难逐个攻关。雷锋的生平简介书中有，稍加整理即可。雷锋语录摘抄技术含量不高，找到文中引述雷锋说的原话，照搬就成。我很快就遴选出七八条，并把最喜欢的那句"我把有限的生命，投入到无限的为人民服务中去"果断"置顶"。

小报的核心是雷锋故事的编排，面对洋洋大观的雷锋故事，我一时无从下手，这个故事感人，那个故事精彩，前前后后排出十来个故事，可版面就这么大，怎么装进去呢？关键时候妈妈插话了，"雷锋的故事很多，可不外三类，刻苦学习，勤恳工作、乐于助人，各选一件有代表性的就可以了。以点带面，小中见大嘛！""对对"，我摸摸脑袋。

"雷锋的每一个故事，篇幅普遍很长，要把其中的精华浓缩到有限的空间里，只能描述故事梗概，保留主干，剔除枝叶。"一直关注"编报"进程的爸爸不失时机提醒。我费了九牛二虎之力，数易其稿，终于完成了《钉子精神》《为祖国建设添砖加瓦》《人民的勤务员》三个故事梗概的编撰。

最大的拦路虎莫过于在版面上嵌入雷锋的照片了，我浏览了全书为数众多的雷锋形象插图，比选了一番，还是封面照最能吸引眼球，那是雷锋在驾驶室里阅读《毛泽东选集》的半身像。可如何成功移植到小报上呢？那时的影像拍摄和复制技术较为落后，似乎只有绘画这原始的"华山一条路"可以走了，我决心自己为雷锋叔叔画一张像。我盯住图片上的每一处细枝末节，反复画了好几幅草图，直到确有六七分形似为止。

板块上尚有一块处女地，需要补白。放什么呢？书中前面的插页是几位国家领导人为雷锋的题词，特别是毛主席的"向雷锋同志学习"七个苍劲有力的题字，我萌生了把它放到小报上醒目位置的念头。但怎么放上去呢？剪刀加糨糊肯定不行。依葫芦画瓢？毛主席的字是用毛笔写的，各个字粗细有别，其中还有连笔和绕笔，有笔走龙蛇的味道，模仿难度很大。何况复制领袖的字，横平竖折是不能有明显偏差的。咋办呢？"有了！"我想到描红用的印画纸，就是很薄半透明的那种纸，我们小孩子喜欢用它来临摹复制图画用的。我削尖铅笔，把印画纸蒙在毛主席的题字上，用铅笔小心翼翼把字的轮廓描在印画纸上，然后将印画纸铺在草稿纸上，使出力透纸背的功力，把字的轮廓复制一遍，确保在草稿纸上留下明显痕迹，再将草稿纸上的留痕用黑色钢笔勾画出来，中间部分用黑色墨水涂满。小试一下，虽然看起来有些生硬，但大体具备了主席题字的风骨。操练几次，居然真的有几分传神了。我调整了几个板块的位置，把领袖的题字置于报题下醒目的位置。

"美观的报纸不是文字的简单堆砌，需要加入合适的图画和线条点缀。"爸爸继续开导我。我又一次"偷师"《中国少年报》，在两个板块的边角留白处分别画了一片生机盎然的花圃和一个戴着红领巾的小朋友，在不同的板块间添加了分隔修饰。至此，涂鸦的草稿基本成型。

"行百里者半九十，最重要最关键的工作是誊清，誊写时务必格外专注，必须拿出坐镇考场的精神状态，细心，细心，再细心。"爸爸谆谆告诫。

"嗯嗯"，我咬咬牙。笔下似有千钧，眼里只有热望。从版面分割，到草图嵌入，到文字书写，到色彩修饰，我凝神静心，一气呵成。抚摸着苦苦鏖战两周墨迹未干的作品，我有一种从未有过的成就感。

转眼阳春三月，校园里响起《学习雷锋好榜样》的旋律，我顺利摘得流动小红花，小报占据了班级园地的C位，吸引了师长和同学的围观，还引起了大队辅导员的关注。不久，我的臂膀上挂了两年的"一道杠"就升级为了"二道杠"！

（本文发表于 2022 年 3 月 7 日《泰州晚报》副刊）

竹躺椅上的夜课

儿时的记忆中，每年出梅前，父亲便会打理家中的那把竹躺椅。将干净抹布蘸上清水，一遍遍擦洗，不放过每一个旮旯儿。洗净后自然风干。坐一坐，躺一躺，摸摸这，按按那。父亲说，夏夜纳凉，缺了它可不行。

竹躺椅具体是哪一年份的，已无据可考。经过岁月打磨，通体呈暗黄色。靠背是一道道细疏有致的坚硬竹排。顶部用竹条设计出枕状的凸出造型。下面支撑的四脚由粗壮的竹管担纲。最大的看点是承重的竹排面下设一个夹层，置一可抽拉的竹板，拉出后长度足足两尺有余，供躺卧后安放双腿，亦可作他用。

露天纳凉是彼时盛夏夜的不二选项。父亲下班回家，在门前的空地上洒水散热后，便将躺椅抬出家门，放在离门不远处，且头部必定对准门檐——父亲曾将门檐做了外挑设计，扯一根电线，接上白炽灯，门外便亮白如昼，夜课就不会耽误。

吃完晚饭，父亲操起一只四方凳，携书和讲义夹出门。他抽出躺椅的夹层竹板，架上方凳，作为简易案台。我搬来小板凳，取来纸笔和书本。和父亲面对面坐定后，夜课便开始了。

头版头条是检查我的暑假作业。作为老牌大学毕业生，检查一个小学生的作业简直小菜一碟。但父亲从不这样认为。尤其是数学，一笔一画在纸上做着演算。被父亲"纠错"是常有的事儿，父亲并不责怪。一番讲解后，只是用笔头敲敲我的脑袋，提醒我长个记性。但父亲的记忆力惊人，若是下次撞见类似的错误，定会揪出我的"前科劣迹"，令我羞愧不已。

尔后是父子的对话时档。多为分享近日的学习收获。父亲总让我先讲。不时会插话细询，或者补充他的观点，有时还会就一个问题和我争论。我和父亲争论过《红楼梦》中丫鬟谁的命最好，《水浒传》中谁最仗义谁最生猛，李白和杜甫谁的成就更高。轮到父亲的时候，打开的话匣子里有他的阅读体会，有着手的诗文构思，这些对我来说兴趣不大。父亲曾为我定制过一档"脱口秀"，每晚20分钟左右，内容是他的少年逸事。这正中我的下怀。

夜课以两至三盘象棋收尾。这是不平等的对弈，父亲会"饶"我两个子，通常是一车一马或是一车一炮。即便如此，我依然难敌父亲。但"摸子走子，落子无悔""一招不慎，满盘皆输""输棋不输品、赢棋不赢人"的"棋训"从此刻印在我的脑海之中。

夜课结束，父亲撤走方凳，仰躺在竹椅上。"躺平"的父亲大脑仍在高速运转。眼睛盯着书页，时而闭目凝思，时而从躺椅上支起身子，在讲义纸上写写画画。有一次，我发现父亲的纸上潦草地写满了他儿时的故事大纲，原来父亲在为第二天的夜课备课！显然，竹躺椅上的夜课，父亲是认真的。我也绝不能马虎。

父亲过世后，竹躺椅作为传家宝静静地置于新宅阁楼的一隅。每年出梅后，我习惯将其擦洗一番，然后物归原位。这个时候，我会忆起童年的暑假，灯光和夜色交映下的父亲，或坐或躺，专注于那场特别的夜课。那些经父亲体温摩挲的竹片，竹排或是竹条，浸染着父亲的教诲，述说着一个个呵护我成长的故事。

（本文发表于2023年10月20日《扬子晚报》副刊）

岁月感怀

我知道你终将闪耀

一模的答题卡发下来了。

答题卡是倒扣在书桌上的，战战兢兢掀开一角，眼角的余光扫到了一串鲜红的数字，心霎时间跌到了谷底。一个下午的课程丝毫没有进入状态。可能的失败阴影笼罩在我的心头，进还是退，心里开始打鼓。

三个月前，我立下战书挑战研考。此时的我，已过了传统观念里精进学问的年龄。步入中层岗位，业绩有善可陈，却始终弥补不了学历背景留下的缺憾。我决意尝试突破自己，找回那个青春韶华里旁落的梦想。于是，我瞄准了适合非脱产攻读的管理类硕士。

在友人的力荐下，我入局了一家考研辅导机构。此时辅导课程已经开班整整两个月了。是"插班"赌一把，还是稳妥地选择来年。我选择了前者。我知道，即将面临的将是接近半年的昏天暗地的日子，但我义无反顾。

选择六个月备考闯关，我是有底气的。除了外语多年不碰，需要疯狂恶补外，综合能力中三大板块数学、逻辑和写作都是我学生时代的长项。虽然时过久远，但重拾起来还是信心蒌怀。

此刻，我却踌躇了。三个月的火力全开，并没有换来想要的KPI。模考的分值在五十多人的培训班里位于中下游，比班级均分低了近10分，较上年国家复试线低了近30分，差距不可谓不小。我瞄准的目标是中国科学技术大学，属于自划复试分数线，历年比国家线会高出20分以上。这所大学曾是我高考的第一志愿。多年来，未能入读的心结一直缠绕着我，近乎成为一种执念。眼看研招报名箭在弦上，这次模考不啻给我一记闷棍。

我心灰意冷地回了家。晚上照例伏案刷题，笔始终停留在那一页，心却如脱缰的野马。不自觉地拨弄手机，刷动微信好友列表，手指停在了一个熟悉的微信昵称上，他是远在陕西的老铁秧秧。听说他快要成为奶爸了。我们好久没有联系了。

四年前，我在家乡的一家外企与他结识。他在里面做研发工程师。由于志趣趋同，很快结为莫逆。后来他遵父母之命回乡参加公考，成功上岸。

我们聊了起来。我向他诉说了我的苦闷，委婉地流露出畏缩的念头。

秧秧沉默了一会，一番劝慰后，给我发来一个链接，文章来源是《人民日报》公众号。

这是一篇网络推文，题目叫《我知道你终将闪耀》，作者伊心。粗读前半部，是一个网名桑雨的女孩考研两次失利三战成功考入清华五道口的励志叙事，语言优美，感情真挚，但总觉得有几分不吉之兆。

秧秧仿佛心有灵犀，"不是让你去二战、三战，而是希望你不抛弃，不放弃，不到最后决不认输，要相信，所有的努力都不会被辜负。"

我细细品读起这篇10万＋的文章来。

文章篇幅不短，叙写的是两个女孩因共同的考研梦想相遇后各自选择不同的赛道追逐梦想的故事。一位是作者本人，一位是她的考友桑雨。她们的共同梦校是清华大学五道口学院，遗憾均以数分之差落榜。后来，作者选择了调剂，而桑雨选择了重新来过。最终，执着坚守的桑雨终于在第二年得偿所愿。作者对她表示了由衷的祝贺和敬意。而作者也在她的精神感染下不断进取，演绎了一段出彩的人生履历。

我陷入了沉思。一个女孩为了梦想赌上三年的时光，周遭的负压紧紧将她裹挟，这该有多大的意志与勇气！前路未卜，踽踽独行中，又是怎样的一种物我两忘的境界！作者在文中如是描写她："每天十四五个小时的复习强度""没有暖气的冬天，独自一人在出租房里抱着热水袋看书做题""那些黑漆漆的夜里睁大着眼睛寻找希望的孤寂"……这如若炼狱的过程，何尝不是在为涅槃积蓄能量？刹那间，女孩的形象在我的脑海深处格外丰满和高大。我的心灵剧烈地震颤起来。我没有理由半途而废。必须迎难而上，背水一战。

"倒计时72天"，我在心中默念，"既然选择远方，便只顾风雨兼程，也许阳光真的藏身于风雨后"。我将微信号的个性签名修改成"犯其至难图其致远"，这八字正是桑雨之于作者"为什么抱定五道口"的回答，觉得以此自勉再合适不过。

我对应考形势进行了研判。培训课程是采用模块化序时推进的，依次为基础复习、系统复习、巩固突破和强化冲刺四个阶段。其间穿插三次模考。由于我"轮空"了基础阶段，这使得系统复习的压力很大，时常跟不上节奏。这意味着在接下来的巩固和冲刺阶段，必须付出超常的艰辛，努力回补前期的"跳空缺口"。我重新谋划了备考方案。不再亦步亦趋地跟着培训课程走，而是腾出时间来夯实基础。对照考试大纲，逐一排查每门课程的薄弱环节，按照时段的余缺和精力的峰谷匹配最佳的复习时段。落实落细到每一个知识要点，每一道典型例题。致力于将更多的未知变成已知，模糊变为清晰，悬疑变为笃定，争取弯道超车。

我屏蔽了一切外界喧嚣，与寂寞为伍，在意念中和文中的桑雨赛跑。不知道多少次崩溃又坚强，不知道多少次落泪又咽下。每当奋战到子夜，习惯性地抬头仰望浩瀚穹宇，总觉得有一颗闪耀的星辰属于素昧平生的她，她在凝视我，鞭策我，去争分夺秒、坚定不移地攻克一座又一座堡垒，蹚过一条又一条冰河，全身心地拥抱对未来最恳切的热望。

很快迎来二模。这一次的难度堪称空前，很多考友都是一脸颓丧走出考场，我也不例外。就在我独自面对和缓释这份挫折和焦虑的时候，揭榜的成绩却给了我不小的抚慰。在班级整体均分比一模下行9分的情势下，我的分数上扬了18分，跃至班级中上方阵。而数学单科，则以较大的优势独占鳌头。我看到了坚守迎来的曙光。

　　"本该得分的题目因受限于时间未能作答，要做好不同题型的时间统筹，遇到偏题难题先绕过去，不能挂一漏万，因小失大……"我及时总结了二模的经验教训，进一步优化应考"攻略"。在巩固知识点保证准确率的基础上，着眼于速率的提升和技巧的运用。我开启了疯狂刷题模式。高峰时日，一天一套模拟试卷，坚持了整整一周。

　　三模是在考研前两周进行的。难易程度总体与真题相当。我考出了有史以来的最好成绩。就在我全力冲刺终点的时候，一只猝不及防的"幺蛾子"突然降临。

　　这是一次不同寻常的流行性感冒。先是妻莫名被传染，接着我也中标。不住地流鼻涕，嗓音变得低沉沙哑，尔后开始剧烈发烧。流感冬季常见，但偏偏在即将走向考场的节骨眼上。我的情绪变得焦躁不安。考前的那天晚上，月朗星稀。薄薄的云雾中，我依旧觉得有一颗星星在眨着眼睛，为我守候，为我祈祷。

　　我抱着病躯走上考场。以极大的意志力完成了全部的答题。当结束的铃声响起，如释重负的我一屁股坐在小车的驾驶座上，热泪盈满眼眶。

　　等待焦急而漫长。2月中旬，成绩上线。我在培训班破天荒地闯进了前八。按照老师的预估，超出国家线30分属于大概率事件，进入复试已没有太大悬念，可以提前准备了。

　　我深知行百里者半九十，未敢有丝毫的懈怠，因为即将面临的，是一所名校淘汰率不低的复试，成败在此一举。我无法接受自己在最后的关头折戟沉沙。我不能有毫厘差池，必须一鼓作气，慎终如始。

我多渠道了解了中科大近年来该专业复试的相关政策，开始关注当前的时事政治和财经热点，整理起近年来的学术成果和奖励证书。三月的一天，我接到招生老师的电话，告知了复试的相关事宜，提醒我密切留意二级学院的信息发布。复试四大板块中，英语听说于我而言无疑是噩梦般的存在，短期突破已绝无可能，我必须在其他方面加足马力，取长补短。于是，我重现了数月前的"炼狱"场景。

一个多月后，在中科大的招生信息平台上，终于看到了我的动态信息，由"复试待定"切换至"拟录取"。我终于和桑雨一样，心怀赤诚，一路跋涉，走到了莺飞草长的春天。我第一时间联系了秧秧，分享我的喜悦，感谢他的开导和劝慰，感恩那篇推文在至暗时刻给予我的感动和力量。

秧秧秒回了八个字，外加两个标点符号："我知道，你终将闪耀！"然后便是满屏的礼花和祝贺的表情包。

那一刻，我喜极而泣。

两年后，我静静地坐在中科大西校区的教学楼里，正在围绕毕业论文选题在浩瀚的资源库中搜集和阅读相关文献。正值深秋考研季，偌大的教室里坐满了神情专注的"考研党"，不少来自一路之隔的安徽大学龙河校区。

我邂逅了微信名为"坚"的男生。他在安大读电子工程，打算继续深造，目标便是中科大。

我将《我知道你终将闪耀》的链接推送给他，祝他锦鲤附体。

他简单回复"谢谢"，迅即又投入了书山题海，时而奋笔疾书，时而念念有词。

次年早春，料峭的寒气已挡不住扑面而来的阵阵春意。

我的毕业论文通过查重和盲审环节，进入答辩单元。差不多同时，"坚"的初试成绩揭晓，顺利入围复试。

暮春时节，我通过论文答辩，并获评校优秀毕业生。而"坚"，势如破竹地拿下了复试，得到了那张令人心动的通知书。

我们互道祝贺，相约在1958咖啡馆见面。

这是一家以中科大创立年份冠名的咖啡馆，坐落于东校区郭沫若广场一隅，属于远近闻名的网红打卡地。

"奋斗了十六年，终于可以名正言顺地喝上印有目标学校LOGO的咖啡了！""坚"喜不自禁。

"我知道，你终将闪耀！来，干杯！"

纸杯碰在一起，温热的棕褐色的液体溢出，那是胜利的泉涌。

"当时只是一门心思想着趁着大好年华去拼去搏，没有想到过什么闪耀"，"坚"的眸子里闪耀着质朴的光芒，"我将那篇网文转发给了我的同窗好友、考研失利的阳子，期望他来年重整旗鼓，实现骐骥一跃。"

我心头一热。这篇推文仍在以默默接力的方式延续着它的使命，在更多的执着向上的人的心湖激荡起涟漪。它的内核属于青春，属于拼搏，属于踔厉奋发的你我他，属于捋起袖子加油干的甲乙丙丁。而我更加坚信，每一个被它治愈的人终将闪耀，"如日光投射辽阔原野，如流星之于无垠天际。"

（本文刊发于2024年第8期《知识窗》杂志）

父亲的挥手

一晃，父亲离开二十余年。近来写的文字，带上父亲的不少，专门为他定制的不多。这与他在我生命里的分量是不匹配的。作为儿子，我很愧疚。

找准合适的情感触发点，是一件不容易的事情。前一阵子拜望父亲的几位生前好友，一位长者临别时的一个手势，瞬间激活了我的记忆——父亲也曾似曾相识地如是挥手。父亲的挥手，印象中既不少也不多。但有那么几次，特别的意味深长。以致一段时日在心头挥之不去。不经意回望，总能在心头荡涤起涟漪。

关注父亲的挥手，是从青春叛逆期的一次大考开始的。那一年，我15岁，参加中考。

考场设在了位于城西的第四中学，离家步程大约4公里。我不会骑自行车，以往上下学都是步行。小学和初中都在以家为圆心脚步可丈量的范围之内，至多十多分钟。这一次却令我举步维艰。

父亲经历过一场大病，体质已不复当年。他不是没有考虑过叫一辆三轮车，但终究还是放心不下，从小到大，父亲没有缺席过我的一切重要场合，包括小升初考试和各类学科竞赛。

这一次，父亲还是下定决心用自行车载我过去。

父亲老式自行车的后座儿时我经常爬上爬下，不过此时我却有了生疏感——"阔别"多年，我已显然迥异于儿时的模样，出落成能与父亲比肩、徒手负重数十斤的小伙了。我替父亲捏了一把汗。

父亲开始了他的"备考"。整整一个中午，片刻不停围着车子转，先是为齿轮和链条润上机油，再把车胎仔仔细细地查看一番，拿出气筒打足气，左捏捏右弹弹，最后把车子里里外外擦洗干净。一切妥当，父亲长吁一口气。

天气有些燥热。赶考首日，父亲骑车格外吃力。我能清晰地听见父亲沉重的喘息声和扑扑的心跳。

在上西门桥的拱坡时，我下车步行，父亲推车。提前到了考点，父亲才如释重负。这时候的父亲已是大汗淋漓。

父亲将准考证和文具交到我手里，我习惯地等着父亲冗长的叮咛。经历了心理断乳期，我对父母的唠叨颇多厌烦，也见怪不怪。蹊跷的是，父亲并未过多言语。而是殷切地看着我，少顷，朝我一挥手，嘴角微微上扬，去吧，一定能考好。这让我一阵轻松。进了戒备森严的校门，我下意识回头看了看父亲，他的目光仍在我身上投射，手依旧微微地挥舞，额上的汗珠在不断地沁出……

考完最后一门，我连蹦带跳走出考场。黑压压的人群中，看到父亲的手举过头顶，朝我用力挥舞，手里握着一份报纸。显然他已经看到了儿子。他个头不高，体形微胖，硕大的脑门上奄拉了些许毛发，一副中规中矩的框式眼镜架在鼻梁上，在人群中总显得有几分特别。那也是那个年代我对知识分子的初印象。我果断地挥了挥手。

那一年，我顺利进入重点高中。

三年后，我被录取到南京一所高校，报到时父亲欣然同往，仿佛在奔赴某种约定。

父亲托了友人，找了辆顺道去省城办事的小车，从被褥床单到衣裤鞋袜，一式数套，装备齐整，把不大的后备厢塞得满满当当。

那个时候，父母陪同报到的现象并不普遍。多数学生是像当年的刘强东一样，独自一人扛起了大包小包。有父亲压阵，我很有底气。父亲代我办完注册手续，又马不停蹄地安顿宿舍，看时候不早，决定回程。那时南京城出租车很少，费用不菲，父亲没有考虑。他需要从校门外最近的公交站台倒腾两趟公交，到中央门汽车站打票回去。

"18岁，成年了，要学会照顾好自己"。临别时父亲言简意赅地对我说。

想送父亲到校门口，父亲没让。走到宿舍楼下，他停下脚步，指着身后的宿舍楼，"这里就是你的新家，和天南地北的新同学多交心，处好关系，不要想家，打电话不方便就写信。"

父亲兀自往前走，不远的花台过去就是一个丁字路口。父亲身子一侧转，几乎同时又扭过头，我看见他在向我挥手！先是手心向外摆了摆手，后来手掌向外四指在空中划过一道弧线。我明白，那是让我回宿舍的"指令"。父亲的头发被风吹拂着，本就稀疏的头发显得更加零星。初秋毒辣的斜阳映照着父亲紫色的面庞，我蓦然想起父亲已过了天命之年，愈发苍老了。

后来，听母亲说起，父亲那天到家已是夜里9时，一身疲惫，饥肠辘辘。

大学毕业回乡工作的第二年，父亲的身体每况愈下。时不时气促、胸闷和乏力，咳嗽有时还会带有血丝。后来双腿出现水肿。送医总不见明显好转。母亲和我非常焦虑。父亲却很达观，他的表情似乎很轻松。从医院回家中静养后，几乎脚不沾地，终日与床为伴。床头柜上却始终摆放着讲义夹和书籍，他依旧在阅读和思考。

彼时我正处在岗位磨合期，加班成为常态。很难有闲暇在父亲的床榻前，为父亲尽一份孝道。父亲总是云淡风轻，"不要紧，职场起步很重要，千里之行始于足下……"

早春的一天，我下班后回家看父亲，胡乱扒了两口饭，心里全是工作上的事——后天就要去省里参加决算会审，很多工作还是空白。这一次加班，是打算通宵的。

　　父亲没有吃晚饭，他说不饿。他的面色很不好，有些蜡黄，和床边的一堆旧报纸很是相近。

　　我想和父亲聊两句，父亲推说工作要紧，等我得闲了，再好好聊聊彼此感兴趣的话题。我点点头。父亲粲然一笑，手一挥，去吧，带件外套，晚上加班不要冻着。

　　父亲的这一次挥手格外的短促。不似以往那般的不舍，那么的余韵悠长。我的目光停留在父亲的脸上。父亲瘦削的面部略显浮肿，口唇有些泛紫，眸光多有浑浊。自入冬以来，父亲一直与病痛默默抗争着，他很坚强，从没有在我面前表现出一丝的颓唐。

　　关上房门时，我扭头看了一下父亲。他在目送我，手臂没有抬起。

　　夜过四更，办公室的电话铃骤然响起。话筒里传来母亲悲恸的哭声，失魂落魄的我半晌没有回过神来。滂沱的泪雨中，数小时前病榻上的父亲形象如放电影般重现……

　　我永远失去了父亲。失去了人生最大的靠山。失去了一双奋力托举我的双手。那双手，能指点我，能推动我，能示意我！它的每一次挥动，都会给我带来温情、勇气和力量。

　　后来，我陆续经历了生命中的一系列重要场合，而这些场合，特别是那些具有仪式感的场景，父亲作为原本的最佳见证者，遗憾地缺席了。不过，我会选择合适的时日将这些与父亲分享。那个时候，尽管面对的是相框里的父亲，依然能真切感受到他在向我微笑，向我点头，向我挥手。

　　而挥手，是父亲留给儿子的个性签名。

敲下这些文字的时候，我似乎触摸到父亲特有的温度。进入夏季，又到父亲的生辰，他的轮廓一直在脑海里盘旋。几回慈父入梦来，半梦半醒间，我仿佛看到，一个严爱有加、内刚外柔的父亲，挥挥手，从如烟的往事中向我走来。

（本文发表于 2023 年 8 月 17 日《泰州晚报》副刊）

消失的负数

二十年前，一场以"三置换一保障"为主题的国企改革在泰州主城拉开帷幕。它推动了国有资产的盘活和重组，带来了社会生产力的巨大变革。但改革难免带来阵痛，其中之一便是一批工人的下岗再就业。为此，市里建立了职能部门与特困下岗职工的结对帮扶机制。每年，我们处都会分配到一个结对帮扶指标。2005年是个姓丁的贫困户，女性，38岁，2001年从市区某企业下岗，一直靠打零工维持生计。

处长非常重视，安排我和一位同事第一时间开展调查走访。

她的家位于城北临近通扬大桥，那里是一片老宅深巷。沿着曲折的小巷七拐八绕，我们的脚步在一栋绿树掩映的平房外停了下来，对了门牌号码，就是这里了。

接待我们的是一位大妈，她热情地邀我们进门。我注意到她的腿脚还算灵便，但是面色略显苍疲。

这家的户型非常小。一个正门会客间和两个小房间，延宕出的厨房和小院融为一体。我打量了一下，实用面积充其量也就四五十个平方米。陈设较为简陋，一张八仙桌已斑驳褪色，彩电还是老款小尺寸的，冰箱的年代也很久远，一台单缸洗衣机孤零零地落在屋檐下，里面堆着杂物。会客用的沙发堪称古董，入座能明显听到弹簧的"咯吱"声。虽然简陋，但收拾得井井有条。

我们帮扶的对象是她的女儿。2001年下岗后一直未找到合适的工作，谁知祸不单行，次年女婿也下岗，家里琐事增多，小夫妻感情出现波折。后来就去民政局办了手续，女儿随了母亲，前夫每月补贴200元的抚养费。目前女儿在熟人那里帮忙看店，每月收入600元左右。

"唉！"大妈叹了口气，布满皱纹的脸上掩饰不住内心的苦楚，顿了顿，哽咽着继续说下去。

"我今年60出头了，老公过世早，连女儿婚嫁还是我一手操办的。幸好的是，以前有份工作，退休以后在社区拿养老金，一个月也有好几百。可就是心血管的老毛病一直不见好转，吃药比吃饭还勤哩。"

我往桌角落一瞥，一大堆瓶瓶罐罐赫然在目。

"咱家每月收入不多，可支出却是无底洞，一家的吃喝拉撒、水电话费、小孩学费、我的药费，如果不掰指头算计，恐怕吃了上顿就没下顿了。还是我女儿心细，每天的支出都记了账，这样心里便有了谱。"

说着，她从小房间的抽屉里取出一个皱巴巴的小本子，想必就是所谓的账本了。大妈告诉我们，这样的账本有好几个，这是最近使用的一个。

这是一个小学生算术本，前面是算术作业和老师批的红钩钩，中间是小朋友最擅长的涂鸦。后面则是记录每日支出的账本。我随便翻了翻。字迹虽不是太雅，但清晰可辨。

记得某一日有如下记录：

买菜合计5.9元，其中青菜0.9元，土豆1.2元，鸡蛋3元，葱姜0.8元；大米50斤70元；感冒药12.8元。全天总计88.7元。

又一日记录有：医院吊针90元，取药22元，灯泡一只费用1.5元……

我发现，这里不单是支出明细，也有收入明细。连处理家中废旧物资的收入1.2元也赫然在列。不过用不同的彩色水笔标记。收入用红色，支出用黑色，满眼看来，红色仅是零星的点缀。女主每天都轧账，注明现金余额。

我留意到，余额在某一日出现了负数。查看当日明细，在女儿一项费用后标注着"向某某借款100"字样。

再放下翻，约莫数天后的一项支出，偿还某某借款100（元），当天有一串红色数字，工资收入580（元）。

看来她并不十分专业，不会区分往来与收支的关系，囫囵搞在了一起。

令我有些讶异的是，账本上居然显示不少捐款。旁白非常简短，看不出所以然。自家都捉襟见肘，还能有余力帮助别人，我忍不住发问。

大妈讪讪一笑，"女儿这些事都是和我商量的。前些日子，她的好姐妹的老公摔断了筋骨，她要去慰问，我觉得一百意思就到了，她偏要给两百。还有，就是外孙女参加的什么春蕾计划，给远方的小朋友写信，有时候寄钱寄物，我有些不舍得，看她妈支持，也不好说啥了。她妈说，人家自小吃不饱穿不暖，好不容易有了学上，怎么看咱家也要强一点"。

继续下翻，心开始纠结，手不知不觉颤抖。我发现，医疗教育方面的支出越来越多，"负数"的天数也越来越多，消化"负数"的时间越来越长。

我的工作就是和数字打交道的。深知数字反映情况、揭示问题。书香家庭长大的我，从来都是衣食无忧。家里是打着灯笼也找不出这样的账本的。而此时，我却为这位六旬老人的女儿、12岁孩子的母亲的一笔一画的阿拉伯数字所震撼。它无声无息，却勾画出一个家庭的烟火俗常。

我不知道我是如何将这个看似轻薄却又沉重的本子递还给大妈的，只是感到眼圈有些发黑，男儿的本能使我控制住了自己。

我们询问了女儿的手机号码，承诺尽一臂之力。

我们将走访见闻向处长作了汇报。经电话沟通，详细了解了帮扶对象的成长经历、个人特长和求职意向。综合考虑方方面面的因素，由处长出面物色了三家有接收意愿的企业，为慎重起见，决定和她本人详细面谈。

第二次上门，我们的"伴手礼"除了寻常的米油蛋奶外，还特意置备了一只亮丽的卡通书包，数本精装写字本和两个硬皮的三联式账簿。丁女士特意请了半天假等候我们。看到我们，连连鞠躬致谢。在接过账簿时，似乎很意外，犹豫了一下，脸一下涨得通红，但并没有推辞。我瞧见上次浏览过的账本翻开置于八仙桌的一角，中缝间搁一支笔，似乎刚刚作了记录，不过差不多快翻到尾页了。

处长将几家企业的情况向她做了介绍。其中开发区的一家企业是库管岗位，相对轻松，薪水也比她的期望值高出不少。不过考虑到家庭照料和通勤因素，她还是选择了西郊一家服装厂的普工岗位。她说，那里的计件制很适合她。

一切顺利。几次电话回访，雇主和她都很满意。丁女士就此从帮扶名单里"销号"。

第二年，我们接受了新的帮扶任务。但我不时仍会想到她，想起那个意味深长的账本。它的主人用简单的收付流水账忠实地反映了一家的收支余缺。我又猜度起那个新账本。它应该会被继续书写，正向"流水"会越来越大，"负数"会越来越少，直至彻底消失。

因为，"小康路上，一个也不能少"。

（本文发表于 2023 年 3 月 9 日《泰州晚报》副刊）

一次特别的祭祖

儿时的记忆里，每年的清明祭祖都是极其正式和隆重的。惯例有两道，墓祭和家祭。墓祭又称"上坟"，时间不固定，但一般在清明前数日至数周。而家祭，顾名思义，就是在家中祭祖，固定是清明的正日子。其中，墓祭最显仪式感，为祭祖的主流形式。但无论是墓祭还是家祭，父母会提前多日开始准备。垒纸钱，折元宝，置办鱼肉碗菜和茶食果品，丝毫不会怠慢。唯独有这么一年，眼瞅着大地回春，家中却异乎寻常的清寂。我有些好奇，去问母亲。

"在等一位远方的尊贵的亲眷呢！"母亲是文化人。值得她用"尊贵"二字"修饰"的人物屈指可数，何况还沾亲带故。他会是谁呢？他又从哪里来？

清明前两日的那个清晨，我被"嘭嘭嘭"一阵急促的敲门声惊醒。打开门，一下愣住了：一位陌生的长者站在门前，不远处停着一辆桑塔纳轿车。"请问，您找⋯⋯？"我的话音未落，父亲匆匆来到门口。古铜色圆脸、两鬓斑白、嘴唇厚实的白发老翁微笑说："我是松友⋯⋯""啊！二哥！"父亲激动万分，上前紧紧握住老翁的手，四目相对，泪眼婆娑。我恍然明白，来人，就是奶奶曾在病榻上念叨的"老二"，我的台湾的二伯！

"一晃四十多年，当年我离家时，你还睡在摇篮里呢！"

"可不，我考上大学那年，家里家外一片欢腾，母亲却表情凝重，仿佛有了桩心事，她是想起了你，说你二哥就是外出读书一去不回的呢！"

"回来啦，总算回来啦，不容易，不容易，一言难尽啊……"素未谋面的兄弟俩轻松打开了话匣子。细细咂摸，这二伯的口音里还依稀残存着丝丝缕缕的乡音呢！

原来，两岸"三通"以来，思乡心切的二伯经多方辗转打听，终于和父亲取得了联系。来信表达了回乡寻根祭祖的强烈心愿。但苦于通联不便，行程冗繁，父亲仅仅获知大致的归期，而无法确知具体时日。是年正月过后，细心的我发现，父亲仿佛心头有了什么牵挂，有时会有意无意地翻动日历，原来是在守候这一日的到来。

父亲将祭祖的事宜与二伯商量，二伯一字一句听完，点头表示同意。临了，一再关照入乡随俗，不要铺张。

祭祖的时间定在后日清明。彼时清明还不是法定假日。父亲特意代我向老师请假，说这是一个不容错过的机会。

清明一大早，小车载着二伯和我们一家去往公墓。这是我记事起第一次坐上小车，很新奇，也很期待。我看见二伯正在副驾驶位置正襟危坐，眼睛直视前方，满头银丝任春风吹拂。

车戛然而止。绿树和油菜花叠映的坟茔隐约可见。父亲指了指大致的方位。只见二伯一步从车上跨下，冲上土路，踉踉跄跄向前奔去，速度之快，连我这个走路带风的少年也自愧不如。

终于来到了爷爷奶奶的坟前。二伯抚摸着青灰色的墓碑，"扑通"一声跪倒在地，悲切地呼唤："父母亲大人，不孝游子回来看你们了！"边说边连连叩首，泪珠滚滚而下，颤抖的双手揪住坟前的青草，捧起一抔泥土，闻着，嗅着……立起身仍呢喃自语："太迟了！我回来太迟了！"

待稍稍缓过神，二伯再次抚挲石碑，又蹲身琢磨碑文，沉思片刻，手指左下角立碑人名字中那个刻在边沿既小又浅的"友"字，问："是后添的吗？"

父亲点点头："二十年前父亲下葬，母亲环顾四周济济一堂的儿孙，突然冒了句'就缺松友'，说着失声痛哭起来。拟碑文时，踌躇再三，叹了口气，在立碑人中还是划掉了你的名字。年前，辗转收到你的寻亲信，我激动地当天骑车来到二老坟前禀告，'二哥有音讯了，您二老可以放心啦！'我单膝跪在碑前，呵开上冻的毛笔，一笔一画补字，再请石匠凿刻……"

二伯连声"噢噢"，又簌簌泪下。

少小离家老大回，不见双亲谒坟茔。不过，盈盈一水终究隔不断两岸的血脉，似水流年无法淡化游子的牵念。我不禁浮想联翩。

"还是重新换块碑吧！"一旁的司机小声提议，"这碑时间长了，被风雨侵蚀得不中看了。"

二伯摇摇头，坚定地说："不！就这样好。再大的风雨也摧不倒游子的心碑！"

父亲把目光投向我，"二伯不远万里白首还乡，只为坟头的一个跪拜。这就是我，宁可请上半天假，也要带你上的一堂最好的忠孝感恩课。"

我明白了父亲的用心，认真地点了点头。

（本文作于 2023 年 3 月）

来自太行山的小米

二十多年前的一个周日，天空飘着淅淅沥沥的雨丝。

我在房间里翻阅报纸。雨敲打着窗棂，"嘀嗒、嘀嗒"，为我单调的阅读带来时而深沉时而激越的音符。突然，一阵猛烈的敲门声传来，"刘征胜，在家吗，你的包裹！"声音很洪亮，也很急促。

"在，师傅！"我一骨碌起身，迅即开门。一张包裹领取通知单递了过来。这是我工作后收到的第一个寄达家庭住址的包裹单。详情单上，大大的字体似曾相识。"山西省长治市武乡县"，我立刻明白了，是一位姓崔的小学生给我寄来的。

我迅速填写好包裹领取信息，撑起伞一路小跑，去往包裹单上注明的邮局。包裹是个宛如枕头的布兜，封口处来来回回缝制了好几道。颠了颠，有好几斤重。隔着布兜抚摸，细细的，沙沙的，密密的，不像枕头填充物的棱角和硬度，有些像小时候经常玩的掷沙包，不过沙包里我们灌注的都是米粒，手感粗糙，又不似。

我将包裹用左手托在胸前，右手撑伞，一步一个脚印往家赶。到了家，我欣喜地发现，包裹一滴雨星都没沾上。母亲也过来看稀罕。我小心翼翼地用剪刀启开封口。一股清香溢出，是黄澄澄的好似麦乳精模样的颗粒物。"这不是北方的小米吗，还是新米哎！"母亲一见如故，她曾在北方旅居多年。

包裹里装着一页小小的信笺。崔姓小朋友用稚嫩的笔迹揭开了谜底："叔叔，这是我们这里的主粮小米，也就是谷子，刚刚收获的，寄一点给您和家人尝尝。"

果然是小米！长三角水乡长大的我，日常主食都是大米，也仅是从书本上、同学的口中知道小米的存在，并未亲见。

我用手捋了捋小米，捻一把托在手心，任其缓缓洒落。粒粒金黄，这小米的来历非同寻常。

三个月前，我走上工作岗位，次月领到了平生第一笔工资。区区四百多元，但足令我兴奋不已。回馈了父母亲朋，便寻思着用余饷去做一件有意义的事儿。

单位订阅的《中国青年报》上，一个醒目的豆腐块引起了我的关注。那是一则"大手拉小手，开学不用愁"的活动倡议。只需二十元，与一名贫困山区的小学生结成对子，为他们捐上一只新书包。标题旁有一个艺术感十足的"拉手"图案和新书包的造型。

一只新书包，只是城市小康之家稀松寻常的开学"标配"，却是不少老少边穷地区温饱线上的孩子孜孜以求的梦想。我想，这是一件力所能及的事儿。

我立即办理了汇款手续。半个月后，收到主办方的捐赠凭证和受捐学生的回信。结对的学生姓崔，小学三年级，来自山西省武乡县韩北镇王家峪村。孩子简要介绍了家庭和学习情况。他在信中说，他们村是抗战时期八路军总部所在地，朱德总司令当年在村口种下的白杨树枝繁叶茂，树枝的切口剖面镶嵌有一枚五角星……信中夹带了数枚小树枝。我好奇地托在掌心端详，果然，截面处的那枚五角星赫然在目。信末，孩子说，等地里丰收了，就寄些土产给我。

字里行间的真诚和质朴，在我的心湖荡漾起阵阵涟漪。我在复信中回赠了当地特产，还有一些书本和文具。

下午，母亲的巧手一刻不停地围着小米转，蛰藏于流年岁月里的厨艺细胞仿佛一下子被激活。她耐心细致地用两只大碗反复淘洗小米，直到净爽为止。一半留在清水中继续浸泡，一半投入锅中开始熬煮。黏稠后拌上红糖，母亲说这是秋凉时令上好的滋补品。紧接着，沥干浸泡的小米，备好佐料和姜蒜，从冰箱中取出猪小排。约莫一个钟头，一股浓郁的鲜香味溢进我的鼻腔，惹得我一脸陶醉。母亲说，今天让你感受一下不一样的北方风味。

一碗小米红糖粥，米粒溶胀饱满，与红糖浑然一体，细细品啜，醇厚爽润。一份小米蒸排骨，金灿灿的米粒像是为排骨镀上了一层金，入口香糯，浓郁的豉香在唇齿间脉脉流淌。

窗外雨霁，朔风骤起。母亲说，一场秋雨一场凉，明儿要添衣了。而来自巍巍太行腹地的"粒粒皆辛苦"，却在我的心田翻涌起浓浓的暖意。这样的"秋膘"，真的很熨帖。

（本文发表于 2023 年 11 月 10 日《山西日报》副刊）

家城絮语

摇啊摇，摇到外婆桥

一

幼时寓居城南老高桥，门前潺潺流淌的是南城河。不甚宽阔的河面，上面架有一座年代久远的石拱桥。河的两岸遍布水草和芦苇，不时有水鸟掠过。夏日夜晚，我常随母亲搬张旧藤椅到河边纳凉，一边听母亲不知疲倦地哼唱邓丽君的歌曲："小河弯弯，流水不断来……"

我更青睐外婆家门口的那条大河。那是在城北西坝口，紧邻坡子街，大人们管它叫东城河。水面敞阔，景致也格外丰繁。夏日傍晚，我们这些赤膊的淘气包会跟着大人们身后屁颠屁颠地往河边跑，游水嬉戏，去除一天憋闷的暑气。常有小伙伴嗨得忘记了饭点，大人们寻至，还一个猛子扎进水里玩起了躲猫猫。

二

小学音乐课上，老师范唱儿歌《摇啊摇，摇到外婆桥》，"摇啊摇，摇啊摇，船儿摇到外婆桥……"老师行云流水般的手风琴伴奏，同学们整齐划一做着划船的律动，许久都有一种余音绕梁的感觉。

哼着旋律放学归家的我，瞧见水面上漂荡二三小舟，粼粼波光映衬下，仿若点点雀跃的音符。吱呀呀的划桨声间杂有突突的马达声，伴着汩汩的流水把船儿推向暮色阑珊的深处——一个奇想在小脑袋里冒了出来：这船儿能去到外婆家那里吗？

母亲笑而不语。父亲若有所思。

那一夜，我做了个梦。梦见踏歌行舟去外婆家，船头帆旗猎猎，浪花簇拥着小船一路欢舞，船儿的行迹在水面播洒出阳光的点点碎片……

三

中学读到乡贤描摹城河的生花妙笔，"西来一水绕城流，远客千帆次第收""穿城不足三里远，绕郭居然一水通"……对城河的身世萌生了浓厚的兴趣。研习乡土史志，知泰州城濠始建于南唐升元元年（937），积千载之功，方成逶迤十余里的城河围廓。而流经老家门前的南城河，其更古的名字是运盐河，发源于扬州茱萸湾，自西向东流经海陵城，在高桥与城河水系汇通，成就了史书上千帆随水绕城的盛景。

后对城河史作深度挖掘，知城河上原本有座吊桥，自古乃乡人东边出城的必经之处。历代官吏立春时节经此桥到东门外举行"打春"仪式，得名迎春桥。民国时，吊桥年久失修，为利于通行，于东城河上填埋了一条土堤，称迎春坝。至此，迎春坝阻断东城河和南城河河水相通近百年。

这时候我方才明白，"摇到外婆桥"不过是幼稚年代一朵凭空想象的浪花而已。

四

大学毕业回乡工作。办公楼矗立于环城河的人民东路，与外婆家隔城河相望。一个料峭的早春，一则消息传遍家乡大街小巷——迎春坝拆坝建桥，城河水将实现贯通！

拆坝建桥，不就可以实现儿时划船去外婆家的心愿了吗？我欣喜不已。

贯通后的城河被赋予了更具诗意的名字：凤城河。她被作为城市名片和核心景观斥重金打造，而夜游城河项目也成为"水城慢生活"休闲旅游品牌的主导流量入口。

我从城河东南隅的老街水榭码头登上古色古香的画舫船。徜徉河间，一边尽享水韵灵动和沿途美轮美奂的灯光秀，一边倾听导游绘声绘色地述说城河过往和经典趣闻。游船穿越迎春桥、抵达鼓楼大桥后在人声鼎沸的坡子街回转。我蓦然意识到，曾经如梦如幻的"摇到外婆桥"不经意地照进了现实。

五

我曾寻回梦想的起点——老高桥，那里早已旧颜不复。城市化改造和商业化赋能，这里崛起为一座人气爆棚的商业地标。立于原址西侧的新高桥的步行道上，凭栏远眺，拓宽疏浚后的城河明净通透，碧波荡漾。河道逶迤，重现了古籍里水绕城、城拥水的情境，串接起小城一南一北、一新一老两大商圈。假以舟楫，环河半周，即可抵达西坝口。

炎夏日暮，城河上形形色色的皮筏和划艇来回穿梭，划手们挥舞船桨嬉戏追逐，恣意的笑声伴着蝉鸣蛙啼，化为曼妙的合奏曲。我的耳畔回响起那支经久流转的童谣——"摇啊摇，摇啊摇，船儿摇到外婆桥……"

摇啊摇，摇出了水城优雅的慢生活；摇啊摇，摇出了故乡腾飞的金羽翼；摇啊摇，摇出了世人仰羡的尘世幸福多……

（本文发表于 2023 年 9 月 26 日《泰州晚报》；收录于《稻田精选散文集》，光明日报出版社 2024 年 4 月出版）

泰州老声音

少时寓居老城陈家桥。房子临街而立。名为街道，其实就是一条东宽西窄的巷子。

街头巷尾不时会传来各种扯着大嗓门的叫卖声。有的响如洪钟，有的脆若银铃。有的短促有力，有的绵延悠长。叫卖人或挑着担子，或推着小车，兜着大小不一的筐子或篓子。有的还提着杆秤，秤砣撞击秤盘发出"叮叮当当"的伴奏声。记得有个一大早叫卖水酵饼的，音调清脆悦耳，本以为是一名衣着时髦的妙龄女郎，一看是位面容枯槁的老妇人，令我大跌眼镜。

久而久之，我仅凭声音便能辨识形形色色的江湖叫卖人。有时候不同的叫卖声凑在一起，来个二重奏或是多重奏，令双耳应接不暇。

走街串巷的叫卖声大致有两类，一类是零售小吃的，以卖米酒酿、卖金刚脐、敲糖印象为深；另一类是兜售服务的，有如磨刀修剪子、修伞纳鞋底、炸炒米猫耳朵，不一而足。

叫卖声通常能产生一呼百应的效果。街坊邻居闻风而出，有大人家架不住小孩的哭闹买零嘴解馋的，有老人家把穿坏的用孬的物什拿出来重新翻修的。小小的摊点前常见三五成群驻足围观，叫嚷声、作业声、砍价声，声声入耳，好不热闹。

父亲对米酒酿情有独钟。每当吆喝声一起，必定大声应和。同时吩咐我拿出橱柜里的大号搪瓷盆，叮嘱我过秤付款后不忘让他多添一点米酒汤。回家后父亲照例会分享给我一小碗，清甜醉人的味道瞬间弥漫唇舌。

母亲每次听到"磨刀修剪子""修伞纳鞋底"的招呼声都会挺个神，里里外外张罗一下，哪些用具不灵便了，哪些物件不工作了，趁手艺人上门的机会保养修理。我对需要耐性的手工活没有多大兴趣，不愿尾随去看手艺人如何摆弄这些残损的东西。但当发现母亲带回的脱胶小皮鞋变得完好如初，断折的花雨伞重新收放自如，那欢喜劲还是溢于言表。

而每逢"炸炒米猫耳朵"的不速之音响起，我便一蹦三尺高，缠着母亲炸炒米。母亲通常执拗不过，将备好的大米取出，我便提着家中的零食袋屁颠屁颠地跟着母亲出门了。

炸小吃的生意人停驻在小巷的一角。他一手有节奏地上下拉风箱，一手不停地摇着一口躺卧葫芦样的密闭黑锅。熊熊的火焰嗖嗖地往上蹿，热烈地舔舐着锅体。不一会，提醒一旁的孩子们"要响咯"，我们纷纷把耳朵蒙起来。"嘭"的一声响，一股白烟腾空而起，浓郁的米糕香满溢开来。生意人将一个黑脑袋白身子好似西游记中的"后天袋"从头抖到尾，解开扎口，大颗大颗圆滚滚、蓬松松、滑溜溜的炒米哗哗哗涌出。

我在一声声的叫卖声中长大，走过金色童年，穿越青葱岁月。如今人到中年的我，不经意间发现，这些忠实陪伴我的老声音逐渐淡出了我的耳际，变得遥远而朦胧起来。

米酒酿变身为超市里一件件塑封包装的可批量采购冷藏的标准化商品；炒米和猫耳朵的竞品迭出，承包了"神兽"们的零食购物车；水酵饼虽沿承手工制作，但生意人不再沿街兜售，而是据守在菜市场或小吃点的一隅，化作市民早餐食谱里一个不起眼的勾选项；富裕路上的人们不再抱残守缺，转而吐故纳新，偶见修补手艺人零星蛰伏于后街背巷，却不闻昔日的喧哗。

曾经缭绕于古城上空一声声抑扬顿挫、坚韧有力的老声音，映照的是一幅幅百姓吃穿用度的寻常图景。也许老声音永远不会回归，但必定驻留我的记忆深处，成为一缕缕挥之不去的乡愁和勿忘来路的精神滋养。

（本文发表于 2020 年 12 月 14 日《泰州晚报》副刊）

煤炉情深

乔迁的时候，一个煤炉的去向令我颇为纠结。它原本搁在老宅厨房的角落里，个头不大，也不显有多笨重。妻说，扔了吧，这年头谁还用这个。我没有作声。最终，煤炉被带到了新居。我说，看到它，就看到了我的童年时光。

煤炉是我上幼儿园的时候进门的。筒状身材，青灰色的外立面。前下方有扇小铁门，可以左右开关。两侧各有一只"耳环"，用一根中间套有细圆木杆的钢筋绳串接起来。随同炉子一并入户的，是一摞黑黢黢的带孔煤饼和一把两腿修长的"黑剪刀"，俗称火钳。

父亲对煤炉呵护备至。晨光熹微，起床第一件事就是察看炉子。下班到家，马不停蹄围着炉子转。入夜，封好炉门方安心歇息。待我读小学，父亲手把手教会我煤炉的日常养护。而生炉子和封炉子这两个"拿大"的活计，仍由父亲亲力亲为。遇到炉火"掉链子"，父亲会让我礼貌地向邻家"过火"，用生煤饼借火加热后夹回，或者直接交换对方的熟煤饼。炉火为媒的邻里情分，纯粹而美好。

童年的时光是悠闲的。放学归家，开炉烧水，是我雷打不动的功课。水壶在炉火上吱呀吱呀哼着欢快的小曲，陪我做完一天又一天的作业，刷完一道又一道题。我喜欢坐在炉边看书，炉子不时噼啪作响，像在为我加油助威。也喜欢凝视炉火。火焰自煤眼泻出，交织舞动着，升腾翻涌着，不时变幻色彩。依偎炉火的日子，温馨而绵长。

那个时候的孩子喜欢抱团。三五成群去上学，放学后结队做作业。今天你家，明天我家。轮到我主场，总忘不了取出储蓄罐里积攒的碎银，换回伙伴们喜欢的食材。将馒头切成片，铺在炉盖上，不时翻动，待两面泛黄就开吃。用火钳烤山芋，将其支开小角置于炉上，山芋依次排放，卡在火钳两臂中。当山芋由硬变软、外表变硬变脆时，迫不及待掰开，任黏软的内瓤和蒸腾的香味填满我们空虚的胃。最野蛮的是在炉底的煤灰里丢上几只不大的土豆，估摸钟点到了，扒拉出来直接去皮虎吞。没有太多的讲究，那年那月，能打牙祭的东西委实不多。

彼时的隆冬，没有空调和油汀，一大家子习惯围炉取暖。焐热刚刚写字的冰冷的手，烘烤被雨雪淋湿的衣物，温情的炉火映红每个人的笑脸。而父亲"养炉要通气，为人要正气""人要实心，火要空心"的"围炉夜话"，也如点点炉火，照耀在我成长的心田。

父子司炉火，母亲掌厨艺。母亲围着煤炉，用她纤细灵巧的双手，奏响锅碗瓢盆，烹调油盐酱醋，将粗粝的食材调进光阴的色彩，融进岁月的味道。平日里也就一个菜，荤素混搭，但毕竟吃出了温饱的满足。煤饼一块一块地添加中，炉门一天一天地开合中，烟气一缕一缕地升腾中，黄口小儿成长为威武少年。

五年级，家里来了个又高又胖的"钢铁侠"。拖着长长的橡胶管，串接一个矩形的铁架，架子上排布有两个圆墩子。父亲隆重推介，这是咱家的新成员——液化气罐和燃气灶。转动灶上的旋钮，两团蓝色的火焰喷薄而出。继续转动，火苗忽大忽小，受控于股掌。

很快，"钢铁侠"组合占据了厨房间的C位。双火头的灶台，火力充沛，煮烧炒煲并行不悖。家里基本每天能吃上一荤一素一汤的小康餐。煤炉虽受冷落，但也没有完全弃用。当燃气青黄不接，或是家中宴客，常会请出"发挥余热"。尤其是春节前一周，民谚里的数日子时辰，家里会习惯性地生起煤炉，烹制各色菜肴和各味年食。入夜，炉火熊熊，我们对来岁五彩斑斓的新期盼，也像炉膛里燃烧的炉火一样，在心膛里绽放。

待我而立之年，管道煤气和天然气已进入寻常百姓家，为厨房烟火带来了更为清洁、安全、高效的"源头活水"。富裕起来的市民，一餐享用N个菜变得稀松寻常。家庭烟火气更足了，也更有质量了。而风行一个时代的煤炉，却在烟火江湖中渐行渐远。

转眼十二载，煤炉依旧静静地倚在新居的一角，周身布满灰尘，犹如一位饱经沧桑的长者。在妻子的叨念声中，它再次面临去与留的抉择。我用手缓缓地擦拭它，努力恢复它曾经的风貌，脑海里不断浮现出我与煤炉的过往。那些炉边的温情和感动，那些与炉火相依相伴的日子。我想，继续让它驻留原地，虔诚守望曾经的烟火流年吧。

因为我明白，它是那个红红火火奔小康年代的历史见证，它是千家万户的初心，亦是来路。

（本文系中宣部"学习强国"学习平台"我家的人世间故事"主题征文稿，发布于"学习强国"泰州学习平台，后发表于2024年3月28日《中国应急管理报》副刊）

苦楝居咏怀

寓居老宅，自垂髫至而立，廿二载矣。半生学问，多习于此。宝贵韶华，亦付于此。因门前长一苦楝，故命名为苦楝居。

有人讥之曰陋居，乃是实情。大瓦油毡覆顶，自是冬冷夏热。三九三伏征候，空调需加大马力。窃以为，一介草民，独占上下两层逾八十平方米，比起不少几世同堂蜗居一斗棚的邻里，幸运多多。

有人警之为危房，亦属真言。空心墙水泥梁，安全系数不高。倘遇地动山摇，较易樯崩栋折。窃以为，老福利房，日常起居必当无虞。诸如地震之小概率事件，吾邑百年难得一遇，不足为惧。

有人鄙之为公房，也为确事。一无地权二无房权，每月雷打不动奉上租金。遇拆迁，补偿会打个折扣。窃以为，公房姓"公"，由国家负责全生命周期管护，可免去不少劳神奔波之苦。何况"月供"低廉，一本书价而已，无足挂齿。

我则不遗余力向友朋列举其佳处：虽临僻街，须臾即达闹市，喧中藏幽，适宜伏案躬读；坐北朝南，冬日暖阳夏日凉风，宅前天然形成港湾式小院，晾晒纳凉，悉听尊便；沿街人文陈迹众多，陈厚耀故居、义学馆、陈毅赴泰谈判处，溯古通今，教益良多；邻里多平头百姓，或谈家长里短，或聊八卦趣闻，市井气息，俯拾即是。

与我灵犀相通，莫过于朝夕依伴的一株苦楝。

春开紫色小花，秋结黄色圆果，任凭世人冷眼，依然岁岁不断。乐于点缀街景，甘被系绳晾衣，纵不堪栋梁之大用，亦终非闲废之物，暗合我心。

　　曾遭断臂之灾，犹枝盛叶茂，显展翅腾飞之姿。时刻诚勉我漫漫岁月征途，即便"风刀霜剑严相逼"，依然要向阳而立，向上生长。

　　书桌置于二楼临窗，抬首可见苦楝身姿。皓月高悬，或展卷悦读，或纵笔兴酣，不时琅琅吟诵，忽见满树绿叶，片片竖耳。风乍起，簌簌作响，真乃"高山流水遇知音"。

　　后娶妻成家，追风赶潮去新城置业。新宅双层合体，空间翻倍，结构主流。顶层辟有大露台，日照丰裕，然地气不足。家家如同鸽笼，习惯闭门自嗨，非诚勿扰。两相对比，尤念苦楝之旧居。无他，"人间烟火处，最抚凡人心"也！

　　（本文发表于 2024 年 9 月 28 日《泰州晚报》"坡子街•新锐"专版）

宅家"去腻"记

步入中年，油腻发福是令人恼心之事。何以解忧，唯有运动！

庚子岁初，试行居家办公。"浅宅男"变"死肥宅"，有些措手不及。躺平显然是这个年龄不可承受之重，"三高"如影随形，岂敢松懈怠慢？打量腰腹部，一周内横生一堆赘肉，令我如鲠在喉，不去不快。

对于一般的运动达人，最有仪式感的场景不外健身房、各类运动场馆。但困居家中画地为牢，螺蛳壳里如何做得道场？社交媒体上，达人们个个使出浑身解数，亮出十八般武艺。

有从南到北从东到西在家中煞有介事数步数的，有下地俯卧撑弓箭步上床仰卧起坐的，有凝神屏气操练太极柔道八段锦的，有手足并举开练健身操瑜伽肚皮舞的。这些项目较为亲民，徒手便可习得。家备简易器材的内容则丰富不少，男士多举杠铃拉伸臂力器，女士多跳绳转呼啦圈。也见识一些"土豪"家庭，可以登上跑步机展示如履平地的力量，或是坐上划船机感受水上赛艇的气势。

这些都是值得我参考借鉴的选项。我根据个人偏好和设施条件作了取舍。拿出做小学生的耐心，像模像样制定了锻炼日程表，具体到项目和分时，穿插于读书和家务间隙。需要"划重点"的是，我"因地制宜"增设了乒乓球、台球和篮球三项球类运动。

这得益于我家是一栋小区住宅的复式，且位居顶层。酷爱运动的我早早就将二楼中部圈定为休闲运动区，置有标准乒乓球桌和台球桌各一张。阳台也较为敞阔，一侧立一简易篮球架，周边布设了围挡。不时会邀约同道中人前来体验切磋。户内户外，外主内辅，统筹相济，互为补充，便构成了我运动生活的全部。

俗话说得好，冬练三九。进入冬季，人变得格外地慵懒，楼上的运动区便很少光顾。特别是隆冬，不说别的，徒手触摸球杆和球拍都有一股蚀骨的寒意，这种寒意立马会向双手发出"龟缩"的指令。于是，"两桌一架"进入"冬眠"状态，徒落尘埃。但圈于家中，户内运动成为不二之选。遂费力清扫，推进B计划实施。

平日里家人各自忙碌，难得闲聚。此番居家，有了全家总动员一起做运动的机会。果然是一拍即合。上午乒乓球、下午篮球、晚上台球，就这么愉快地决定了。约定各人调整好作息时间，匹配到交集时段，去拥抱一场场酣畅淋漓的有氧运动。不过对手成为知根知底的家人，多少失去了求胜的兴致。这不打紧，只要能燃烧卡路里，甩掉让我烦心的脂肪包袱，皆可践而行之。

家人约定的时间之外，我坚持按运动课表执行，准时打卡，俯卧撑、跳绳、杠铃操、臂力器……意志坚如磐石。"五日三省吾身"，关注身形点滴变化。两周后，奇迹出现，视为眼中钉的肚腩居然憋回去了。待居家期满，家用体重器量化趋势图出炉：整个正月，体重在急速增重5公斤达峰值后缓步回落，比节前净减少1.5公斤，经历了一场惊心动魄的过山车。"去腻"成功！

意想不到的是，家人拍发了一组家庭运动视频分享到抖音，惊艳了一众目光，收获了一箩筐的赞。"城会玩"，"羡慕嫉妒恨"，"一场家庭版运动会，简直了"，"原来这里有家庭运动的高级模式"……围观的小主们互动频频，跟帖不断。尤其温馨的是，运动活跃了家庭气氛，越来越多的家庭话题围绕运动展开，不再如往常工与学主题那般的单调和沉闷。代际关系更加融洽，每个人都释放出更多的多巴胺。眼神交汇处，满满的默契和幸福。

今年中秋，再度"安居乐业"。经历了国庆黄金周的餐桌"车轮大战"，肚腩再现端倪。又到了用心"去腻"的时候了！这一次，我必然有充分的准备和必胜的信心。COME ON，搞起来！

我宅家，我心安。我运动，我快乐！我"去腻"，我健康！

（本文作于 2022 年 10 月）

舌上乡愁

泰州早茶

在江淮大地，有一种早餐，叫作泰州早茶。

泰州早茶，约定俗成为"一茶三点一面"。"一茶"为一盏茶一份烫干丝，叫一个茶头；"三点"，即包子、烧卖、蒸饺三种点心；一面，鱼汤面也。一场早席，以清茶开场，干丝开胃，各式小点填补饥肠，鱼汤面压阵出场，将早茶的热度推向高潮。

在泰州，吃早茶，又称赶早席。一个"席"字，凸显出无与伦比的仪式感。毫无疑问，这是一篇值得品鉴的鸿文。

早茶早茶，无茶不早。茶是头角，文之"凤头"也。

早席上，乡人享用的是福香茶，精选安吉白茶、汀溪兰香和绿杨春茶调配。茶在壶中冲泡后，色泽清澈，味郁香醇，有滋喉暖肠润胃之效。稍后于茶上桌的，必定是一份干丝，这在早茶系列里属于CP的存在。

泰州干丝，享有"中华名小吃"的名头。分煮干丝和烫干丝两种。其"飘""削"的庖丁解牛般的制作技艺已载入非遗名录。前者用大骨头汤或鸡汤炖煮，辅以火腿丝、鸡丝、笋丝、虾仁、木耳丝、蘑菇片，料足味美，用大口径的高碗盛装，适合团餐。后者按人头计配，浅口碗碟盛装，状如宝塔，一般人手一份。我吃早茶，烫干丝不可或缺。它是早茶的颜值担当。一份烫干丝上桌，瞅着色泽纷纭的"小宝塔"，仿佛在欣赏一件精美绝伦的艺术品。细腻柔滑的干丝托出"塔身"，姜丝、胡萝卜丝、香菜屑分层点缀"塔顶"，花生米、肴丁、虾米等配菜夯实"塔基"，淋上含有八角、花椒、白糖、虾子熬制的花色酱油，再添一勺芝麻油，色香味俱全，食欲指数迅速满格。提箸入口，利落爽滑，一碟食毕，唇颊留香。

"三点"，三种主要茶点，包括但并不限于烧卖、蒸饺、包子等。"三点"，为文之"猪肚"。

三种点心皆为大众化的国民茶点。不过泰州早茶里的阵容更显壮观。烧卖有糯米烧卖、八宝烧卖和翡翠烧卖三种。翡翠烧卖选当季新鲜的绿色蔬菜，加工后绿莹剔透的馅心在麦皮中漾动，像是被造物主赋予了生命的灵动。循季节流变，衍生出野菜烧卖、冬蓉烧卖、银丝烧卖等新花式，让舌尖品出四季的味道。蒸饺在馅料和口味上做足了功夫，拥有近10种馅料和清新、香甜、麻辣三味。而包子，按馅料区分的常规品种有数十种之多，循时令还会推出荠菜包、秧草包、龙虾包、螃蟹包。汤包属于包子中的细分精品，以"小入口，大嚼头"著称。通常可以一口吞下，汤汁伴随着咀嚼在唇齿间缓缓释放。我尤其钟爱汤包。无论何种汤包，皆来者不拒。对于蟹黄汤包这一汤包中的极品，更是"爱不释口"。

正统的待品蟹黄汤包是盛在一个特制的高脚碟子里的，酷似一朵绽放的白菊。外皮轻薄如纸，弹如凝脂，透过鼓鼓的皮，能隐约看见里面漾漾的一汪高汤，仿佛被灌注了一股鲜活的生命气息。吃法非常地独到，须牢记18字口诀"轻轻移、慢慢提，先开窗、后喝汤，吸完汤、再吃馕"。开窗喝汤是指用舌尖轻咬薄皮开启一个细小的缺口，用专用吸管缓缓吸出里面的汤汁，万不可心急火燎直捣黄龙，烫了舌头，毁了心情。我曾经创造了一餐吃7只蟹黄汤包的个人纪录，自是吃得肚皮肿胀难忍，至今不敢造次。

鱼汤面压轴出场，谓文之"豹尾"。

汤是其灵魂。制作极尽工巧。黄鳝鱼骨、猪骨和鲫鱼用文火慢工细活熬炖出白汤，出现奶白色的汤汁，醇厚得不见锅底，且不见腥味，才算功夫到家。手擀细面悬浮汤中，上面漂浮些许青蒜花，轻轻搅动汤汁，待热气未散，一筷提起，鲜香扑鼻。捞完面条，端起碗呼噜呼噜把汤喝了个底朝天，才算没有辜负鱼汤面里所有的精华。最后还会发现有一小撮虾子垫底的小惊喜。连汤带水入肚，霎时间眉目舒朗，灵与肉的厮合几达巅峰，仿佛尘世间所有的溢美之词都黯然失色。

《早餐中国》里有言，"在高速奔流的时代，寻找不变的存在。"泰州早茶就是这样的一种存在。无论时代的车多么迅捷，在泰州早茶档里，时光就好像凝滞了一样，永远那么守正，却又不失惊喜的创意。这里记录着吾乡源远流长的"皮包水"的文化密码。繁简相宜，丰俭由人。齿颊间流连的美味，是惬意中的享受，也是平淡中的富足。

泰州早茶，也是泰州"水城慢生活"的重要日课。它不需要风卷残云般的狂野，更多的是锦心绣口的慢条斯理。在吾乡百年传承的老店，或是口碑炸裂的新馆，袅袅升腾的烟火气中，一众茶客会将天南海北的话题堆在桌上，一顿早茶能轻松消磨半日光阴。聊得口若悬河，吃得春风浩荡，杯盘共笑语，人如坐云端，不亦快哉！

在泰州，没有一顿早茶不能解决的事情。如果有，那就再来一顿。

（本文发表于 2024 年 9 月 28 日《泰州晚报》"坡子街·新锐"专版）

小城烧饼

泰州是氤氲在饼香里的城市。

晨光熹微，大街小巷的烧饼铺开始了每日早课。泰州的早晨是被烧饼铺里一阵阵的擀面声唤醒的。

我隐约嗅到了饼香，开启了一次特殊的骑行。

5时许，小区烧饼铺的大伯已开始和面，一双粗粝的大手在面盆里来回搓揉；

半小时后，母亲弄堂口的烧饼店里，一老一少两双手翻来覆去地摆弄着酵面，碾棒有节奏地滚来滚去，发出一串串脆响，如节奏明快的打击乐。

又约莫半小时，城西那家网红烧饼店加工后的饼坯码放整齐，涂上黄油，撒上芝麻，推入烤箱，第一波买家已开始陆续扫码下单。

6时半，折回小区的路上，一家烧饼铺头炉烧饼出炉，围拢的人散去一拨。在等待下一炉的当口，很快又聚上新一波。

小区内，烧饼铺热气袅袅，大妈笑意盈盈地打包好三只烧饼，专用纸袋分装，外用塑料袋套装，将周到熨帖连同酥油麦香一并传递到我的手里。这是多年形成的一种默契。

我惬意地坐在自家餐桌前，和妻分享一大早关于烧饼的见闻。妻揶揄我为"饼痴"。

表层粘满芝麻的薄薄面壳，焦黄油亮。内层是紧密厚实的油酥和馅料。垫底的是坚硬的面盘。一口咬下去，焦脆、酥软、醇厚，满嘴噙香。

三只烧饼，我独享其二，且必须是我最钟爱的龙虎斗和萝卜丝口味各一。食毕，抹抹嘴唇，元气满满地搬砖去。

　　去往单位经过的是贯穿城市南北的主干道，两侧的店招没有烧饼店的踪迹，但却能真真切切地看到沿路伯伯婶婶手里提的、年轻上班族嘴里嚼的，确是散发着阵阵热气、弥漫着缕缕香气的烧饼。不用好奇它们从哪里来，这在小城早已司空见惯。

　　我打着饱嗝，开始了烧饼的翩翩浮想。

　　烧饼曾经承包了小小少年的幸福时光。《儒林外史》中那个一拍桌子，将零落于桌缝间的烧饼芝麻屑拍出来的情节，在儿时的我的身上多少有类似的投射，只不过没有那么的夸张而已——桌上掉下一小块，哪怕是薄薄的粘有芝麻的酥皮，也是会赶紧捡起来擦擦送进嘴里的。那个时候，烧饼是父母一次考试的奖励，伙伴们一次对赌的标的，也会是我款待大朋友小朋友的微心意。后来外出读书，烧饼是馈赠老师的伴手礼，是舍友一哄而上又意犹未尽的人间至味。大家尤嗜"龙虎斗"品种，在葱油椒盐的底料上混合了粉末状的脂油渣，并拌以白糖，那是那个年代烧饼的顶配。趁着余热，睡我上铺的山东兄弟迫不及待咬上一大口，最粗鄙，最豪迈，也最实诚。咀嚼起来舌头裹挟腮帮，一张一合，摇头摆尾道"贼香贼香"。

　　步入职场，实现早餐的消费自由。烧饼尽管单一，依旧在我富营养化的碳水组合中占据特殊席位。隔三岔五，我会光顾附近的饼铺，成为可以随意挂单的熟客。甚而对不同饼铺的烧饼品种的记号都了然于心。我探班过每一块烧饼的加工制作。还曾特意驱车去郊野，体验传统炭火烤制的烧饼，那里流淌着烧饼的"原香"。又曾打马探寻非物质文化遗产——300年延承的草炉烧饼制作技艺——那里烙印着小城饼香源远流长的基因密码。

中午的饼香是在土特产售卖店里寻到的。我要为远方的文友送上他钦点的百闻未能一尝的黄桥烧饼。

偌大的泰州城里，黄桥烧饼的旗舰店和连锁店有数十家之多，我径直来到了老字号荟萃的泰州老街。

黄桥烧饼个头较一般烧饼要小不少，却格外敦实。肉松、桂花、枣泥、豆沙等六种口味，每种六只，分两个牛皮套装。

老板慷慨，加送四只尝鲜。咬一口，撒一手。咀嚼着，回味着。行走老街的麻石板路，仿佛走过曾经的峥嵘岁月。

八十年前的黄桥决战中，当地民众冒着枪林弹雨，手担肩扛，把一筐筐热腾腾的烧饼送到前线阵地，谱写了一曲军民鱼水共抗外侮的壮丽凯歌。《黄桥烧饼歌》随之传唱大江南北，为这一地方特产烙上了红色的印记。新中国成立后，黄桥烧饼入选国宴点心榜单。今天，我要将国宴的佳品，连同经典永流传的轶事，一并惠赠远方的故友。

暮春的午后，慵懒的太阳透过窗棂斜射在工位上，令人心生些许倦意。

来杯下午茶提提神吧！吃货"搭子"们开始蠢蠢欲动。

下午茶配啥点心呢？有好事者发问。

一句"你懂的"，心照不宣。

南城有卖斜角烧饼的，且支持外卖配送，这一发现曾令我欣喜若狂。当即就拉入我们的下午茶列表。

斜角烧饼因形状为菱形而得名，两斜边敞口，馅儿出露于边角外。但品种不多，一般是内裹少量的韭菜花、葱花，也有椒盐的、糖的，没有太多的油酥和芝麻，口感也不比正统早餐烧饼。但入口酥脆，很有力道和嚼头。这种烧饼，能充饥，据说还有减脂功效，在有老烧饼情怀和瘦身需求的人群中颇有市场。

夜晚是朋友邀约的饭局。酒过三巡，菜过五味。轮到主食登场。

似乎是这里的不二之选，大麦粥搭小烧饼。大众点评长期霸占主食榜单前列。

甫一上桌，主家忙不迭地作现场解说。椭圆形的精巧小烧饼规则地排布于宽敞的餐碟中等待分飨。伴着麦粥香的烧饼散发出一种独特的香味，内含馅料的层次感立体而丰富，咬嚼起来格外地绵酥可口。

回家的路上经过朋友开的羊肉汤馆，里面弥漫着久违的油煎烧饼香。这是店里的招牌小点心。

我正欲拂了店主的美意。"给嫂子带上吧，刚出锅的，脆着呢！"正说着，取出打包盒。

盛情难却。

妻有滋有味地咀嚼着烧饼，我枕着饼香沉沉睡去。在梦境里叩问自己：

明天，继续烧饼吗？

（本文刊发于 2024 年第 4 期《青年文学家》杂志）

家乡的馄饨

来世间走一遭，入肚的馄饨不计其数。少时吃馄饨，充饥的成分大，被视若难得的美味珍馐。时过境迁，如今即便能大鱼大肉胡吃海喝，也要不了三五天，必有一顿馄饨入胃来。没辙，口腹之欲也！

馄饨最初源自北方。北食南渐后，在各地陆续生根，形成了面食的重要一脉。不但制作工艺日趋精细，也契合不同的水土产生了扁食、云吞、抄手等。吾乡的馄饨大体承袭北方，区别于外乡类同水饺一样的大馄饨，家乡人口中的馄饨特指小馄饨，那个能一勺数只入口稍作咀嚼即穿喉而过的物种。

西坝口夜市的馄饨，是家乡馄饨的初味道。简易搭建的帐篷里，一个火炉一台案板和数张桌子。一溜中等大小的白瓷碗（乡人称三连碗）依次铺开，倒进浓墨重彩的酱料，撒些许嫩葱花，抖一小勺味精和胡椒，添猪油一勺，兑热水冲开。长柄的金属筛子往大铁锅里一捞，上下轻抖，淘去水分，便往每只碗里配装。不用细数，每只碗里的数量七不离八。在全民为温饱奋斗的年代里，这种口福可遇不可求。朔风劲吹的寒夜，来上一碗，通常是我一半，父母一半。连汤带水，热气浩涌，犯困的我刹那间满血复活。

后来，馄饨又出现在家门口的早茶店里，颠覆了我对传统茶点唯鱼汤配面的固化认知。黄鳝鱼骨、猪骨和鲫鱼用文火慢工细活熬炖出的奶白色的汤底，配上新鲜出锅的白里透红的肉疙瘩，"鱼汤馄饨一相逢，便胜却人间无数"。捞完馄饨，端起碗把汤喝了个底朝天，咂咂嘴，直让我鲜掉了下巴。

再后来，读书行路，邂逅过南京柴火馄饨、扬州虾子馄饨、江阴刀鱼馄饨，各有各的味道。兜兜转转，总觉得缺少了点什么，想来吃馄饨，还是回故乡的好。

未承想，千禧年后，吾乡馄饨进入春秋战国时代，各种招牌的馄饨店如雨后春笋般蜂拥而立，细数下来，居然有数十种之多。各表各的历史，各展各的秘方，当然，也拥有各自的粉丝群。其中，有一类馄饨以地域名作为前缀，典型有如宣堡小馄饨、庄桥馄饨、茅山馄饨，酷似一件件地理标志产品，赋予了馄饨鲜活的乡土气息。

声名最响的当属宣堡小馄饨。坊间盛誉如潮，认为其皮薄馅嫩，味满汤鲜。街面上的宣堡小馄饨很多，要品最正宗的，还是去原产地为好。我不止一次驱车至数十里之外的宣堡小镇，只为亲尝一口土生土产的宣堡小馄饨。还曾饶有兴致地探班了其从食材到工艺的精益化制作流程。

精选优质面粉，拌水搓匀揉透，擀制过程中不间断撒入干淀粉。直至碾成一片片约莫一寸半见方的薄而透明却极富韧性的面皮。据说，这样的薄皮见火即燃，下水后在锅里历经千滚万沸，也与馅料不离不弃。肉馅的取材是当地土猪的前夹肉，手工剁成肉糜，掺入姜末、葱屑和油盐酱精等调料拌匀。

制作也极其规整。左手托皮，右手用刮子挑入馅心，左手自小拇指始依个把皮向手心靠拢。最后右手配合把皮向内蜷一下，左手一拢，一个状如麻雀头的精巧尤物便成型下线。整套动作行云流水，一气呵成，可以用秒杀来形容。

必须得用小锅煮，这样才能最大程度留住馄饨的原味。待水烧开，将生馄饨倒入锅内，勺子轻轻搅动使之起身，两三分钟后，气韵十足的馄饨陆续浮于水面，似水中盛开的朵朵玉莲。盛在碗中的小馄饨，散发着袅袅娜娜的热气，在油渣末、葱屑、蟹黄、虾籽、猪油等配料的加持下，活色生香，撩拨着我的腮帮。用勺子盛一只肉肉的精灵放进嘴中，用齿尖小心翼翼地嗑，用舌尖慢条斯理地磨，直到剩下寡淡的薄皮才吞下。扒拉完碗里的精灵们，一仰头，将汤汁一饮而尽。馥郁的汤汁在腹腔里四处漫溢，顿觉熨帖安舒，春风浩荡。

小镇宣堡，因其标志性的美食，吸引了一波波饕客舍近求远奔赴而来。

近来，品红汤馄饨，除了小区内和邻近的馄饨店外，去得较多的是位于南园小区北入口巷内的茅山馄饨店。店面并不高大上，但整洁有序，这里拥有别处无法比拟的人文气息——女主玫瑰大姐是泰州晚报"坡子街"副刊的人气妙手，这里成了众多文友的雅集之地。侧墙上方显著位置裱有本邑著名作家王干亲题的"茅山馄饨"行草一幅，俨然就是货真价实的背书。大姐热情厚道，不但端出了一碗碗实打实的良心馄饨，也在这个小小的窗口里察人观事，端出了一篇篇氤氲烟火气息的文字。在这里，舌尖上的美味与脑海中的美文，交相辉映，相得益彰。就连著名乡贤、中山大学刘根勤教授也将回乡省亲后返程的最后一餐定在了这里。缕缕别愁，尽在碗汤馄饨之中。动情之处，教授一言蔽之：乡愁，就是一碗馄饨。

（本文发表于 2023 年 7 月 28 日《泰州晚报》副刊）

油炸臭干

"卖——油炸臭干！""卖——油炸——臭干！"夕阳西斜，小城中心的一条老街巷，传来阵阵叫卖声。一缕特别的香气，伴随吆喝声，从门窗的罅隙里飘进屋内，惹得一个孩童馋虫涌动。他探出头来，左右张望一番，扯着嗓子大嚷："卖油炸臭干的！""卖油炸臭干的！"一个挑着担子的中年男人停下脚步，开始寻找就近的落脚地点。孩童迅速踅进内屋，从床头柜上的储蓄罐里摸索出几粒钢镚，揣在手里，一溜烟冲出家门，朝着担子的方向跑去。

担子停在了离家不远一个凹进去的避风处。担头挂一晃悠悠的玻璃罩灯。灯下一炉，炉膛内冒着柴火燃烧的烟气。炉上一锅，盛约半锅的油，"吱吱"轻响。锅上延弧面搭设一带有围挡的铁丝网架，占据了锅面上方小半幅的空间。孩童将数枚钢镚交到摊主的手里。担主打开半掩的炉门，拉开担尾的竹制小抽屉，取出切好成型的生臭干，左手掌托住，"哗哗哗"倒进油锅。臭干钻入锅底，霎时间"噼啪"声起，油气沸腾。

担主手执长竹筷，前后左右不停搅动，臭干伴随着筷子的节奏，在油浪的裹挟下顽皮地上下打转，体态也渐渐由平实饱满变得鼓胀轻盈起来，一股特别的香气越发地浓酽。不一会儿，锅里的声响渐渐趋于平缓，金灿灿的臭干漂浮油面。担主半闭炉门，把臭干一块块夹到铁丝网架上。少顷，操起一根细长的竹签，将网架上的臭干一块块扎起，递到孩童的手里。孩童手持竹签，到担尾的辣椒罐里挑起一勺水辣椒，将臭干淋了个透。张大嘴巴，顺着竹签方向挨个儿嚼食，三块入肚，辣得鼻尖冒汗脸颊通红。

这是三十年前老家巷陌的寻常一幕。画面中的那个孩童就是垂髫光景的我。

倏忽间白驹过隙。孩童长大成人，外出升学谋事，足涉大江南北。在橘子洲头品过长沙黑色臭豆干，特制的豆干以茶油浸润经文火煎炸后蘸上辣酱和香油，撒上葱花酱菜，味道不赖。至于皇城根下的王致和臭豆腐和秦岭南麓的洛源豆腐干，虽然名声赫赫，但技术路线上和故园的臭干制作相去甚远，也难以勾起我特别的食欲。羁途愈久，愈发触动味蕾上的那份莼鲈之思。

待到回归故土，发现街头巷尾寻不见昔日的吆喝之音和挑担之影，取而代之的是一爿小小的门面，或是一辆简易的小吃车，主家也无须广而告之，自有一波又一波食客蜂拥而来。小城臭干的气息丝毫不减当年，甚而愈发浓烈。

我来到了位于临街弄堂内的一家店铺，门外簇拥了十多位望眼欲穿的买主。店主是一对老夫妻，在此"守业"20年。夫妻俩分工明确，配合默契。大爷司"一头一尾"，前端的切配和后端的打包，核心的炸制由大妈担纲。

我的目光停留在大爷的手上。两块豆腐干垒叠置于掌心，提刀沿对角线轻轻一切，手一拢，四块三角形的豆腐干顺势滑入一旁的不锈钢托盘。继续操起两块豆腐，亦复如斯。我有些担心，切豆腐的力度拿捏。力度不够豆干不能自如分开，需要补刀；力度过猛，很可能就会酿成血豆腐，不堪想象。我忍不住发问。大爷笑了，我这老刀法三十多年了，没有出现丝毫差池。哦，莫非是切豆腐版的卖油翁，唯手熟尔。

大妈将托盘上的干子投入油锅，锅比儿时担挑的要大一倍。稍作打量，发现旧时的柴火炉已升级为煤气罐，那股不受人待见的柴烟味已荡然无存。我看到了那双似曾相识的长竹筷，还有那个带有铁皮边沿的沥干降温用的铁丝网，似乎也格外地大出了一号。大妈的操作手法与脑海里几无二致，不过胳膊肘摆动的幅度更大了。我发现，炸出来的臭干色泽更加的土气，外形更加起酥。大妈说这是油料比以前更加讲究的原因。这样的臭干口感更好，放很久都不会变软。

一锅臭干出炉，旋踵之内，一抢而空。打包带走的居多，现场涮吃的很少。盛装的器具包括塑料袋、一次性方便盒，也有顾客自备的碗碟瓷盆。竹签串的也还是有的。打包客若有需要，也可以在包装里插上几支竹签。辣椒用特殊的小塑料袋封装。我还是打算体验儿时当场涮吃的感觉。

我要了一支长串的，趁着七八分热度，淋上水辣椒。略带斯文地用牙齿和舌尖咬下一角，格外劲道。越吃越欢快，越品越过瘾。一块块臭干，在舌尖上奏出暌违已久的麻辣鲜脆的交响曲。

"嗯，不丑不丑！"我啧啧道。

看我不是熟脸，虽操一口乡音，阅人无数的大妈很快推断出我常年在外。我也顺便打开了心中的疑窦，询问起那个臭干的臭从何而来的。

还是大爷接过话茬。"这个臭很有道道。要先得制卤，集芥菜、雪里蕻、苋菜梗藏于罐内把盐发酵生成。将干子浸泡入臭卤中，夏季两日可浸透，冬季需三至五日。时限一到，捞出去除卤水晾干便可加工。"

看来，入嘴三秒钟，熬制数日功啊！

臭香不怕巷子深。这个臭，值得细细嗅闻，更值得慢慢品嚼。

我打算再等上一锅，打包回家作为主食的开胃佐餐。听大妈说，这是时下上班族流行的吃法。独乐乐，不如众乐乐嘛！

晚餐的台桌上多了份特殊的菜品。满屋子氤氲着令人沉醉的臭香。小嘴里一声声质感十足的"咔嘣脆"，牵引我的味蕾找回了弥散在旧时光里的味道。我念起了儿时和邻家小伙伴自制油炸臭干的苦辣辛酸，忆起了用一串臭干"利诱"我在课堂测试时行个方便的同桌阿成，想起了吃完臭干后把辣椒水一饮而尽面不改色心不跳的"辣妹子"，还有那一声声犹在耳的"卖——油炸——臭干"……

　　故土的记忆，或许只需那一口味道。那带有地域标签的熟悉的味道，在悠悠时光的熬煮下，历久弥香。

　　日啖臭干一两串，不辞长作三泰人。

（本文作于 2023 年 10 月）

草炉原香

烧饼，是泰州人舌尖上的一种不可或缺的味道。在泰州城，随便过条马路，转个巷子，总会见到一家小店，弥散着芝麻油酥的香气。没错，十之八九是家烧饼店。

尝惯了城里的烤炉烧饼，多少怀念起儿时的炭炉烧饼。友人指点，郊外的乡村还是有的。不过推荐去品一品草炉烧饼，它是炭炉烧饼的前身。数百年历史，制作技艺已进入非物质文化保护名录。何况就在市内的老街，何必舍近求远呢？

想来有理，那就去一趟呗。

这是一家开在老街南门入口附近的铺当。店堂不大，容夫妻两人。丈夫姓王，年近花甲，草炉烧饼第七代传人，承继家业37年。待到生意稍歇，获准进店观摩。

夫妻俩开始张罗下一波生意。切醇团，揉圆条，掐剂子，包油酥，包馅心，滚响子，涂色油，撒芝麻……动作行云流水。切看饼坯制作与一般烧饼无异。不过王师傅说，里头讲求的道道不少。发酵，要用酵头子自然发酵，搓条，放条，涮料，上芝麻，都有讲究，丝毫不能苟且。不一会儿，案板上一只只烧饼坯子排列有序，等候入炉。

店铺一侧角落有一口明晃晃的炉灶，约莫半人高，炉身向里横卧，炉膛深度足有一条半膀臂那么长。定睛细观，炉膛其实就是将砂缸的底部凿去，砂缸口就是炉膛口。炉膛自上一波烧饼出炉后一直处于预热之中，不时往里面添一把麦草。

最惊心动魄的是人探身炉膛的场景。我的目光停留在王师傅戏称"两鬼把门"的炉口。

王师傅双手沾上水，拿一只饼坯，拍打几下，使底部沾上水，半仰着探进炉膛内，一只一只依序往炉壁上贴。出入炉膛的过程中，无论寒暑，王师傅都是赤膊上阵，有时还需将身子完全探入。一不留神，触碰到哪一个部位，轻则起泡，重则留下斑痕。我惊讶于王师傅上身和双臂被火烤得几乎找不到一根汗毛，他笑道，"早就让太上老君的八卦炉舔光咯！"

饼坯上壁后，王师傅用火叉挑着一头着火的麦草把，伸进炉内，围贴着烧饼舞动。他双目紧盯炉膛，不时拨弄火苗。两个草把后，师傅自信已有八九分熟。为防止有的地方火力不济，又将落下的高温草灰挑起在炉膛内上下反复抖落，直到炉壁出现黄灿灿的一片为止。

该起获了。王师傅右手执一长铲，左手提一深篓，伸进炉膛，精准地夹起一块烧饼，放到篓里，旋即再去夹另一块，一起一落，数十只烧饼在篓里叠起了罗汉。篓子递到妻子手里，妻子按照形状和记号，在售台前的竹匾里摆起了田字格。一锅既出，一锅紧跟。老师傅为炉膛续上麦草，开启又一轮"肌肉记忆"。

刚出炉的烧饼，热气四溢，能嗅出几分麦草香。王师傅介绍，草炉烧饼的吃法很特别，把饼面托在掌中，手上扯劲撕饼的底板，慢慢用牙切，在口中腾挪多个回合再吞咽。吃面子的时候，再把它裹起来，放到嘴里嚼。一扯一切，一裹一嚼，保准能吃出原汁原味的草炉饼香。我循王师傅的指导，果然，麦香，柴火香，芝麻香，馅料香，在反复地挤压咀嚼后慢慢弥散开来，一齐在舌尖上奔涌，感觉非常不错。

夫妻俩每日凌晨三更就到饼铺忙活，数十年如一日。原本店铺在城郊，后来老街引进老字号，把这颗沧海遗珠给请了进来。由于地处核心景区，面对一拨拨游客，白天几乎片刻不得安闲，每日的产出量多达两千只。在这里，我领略了"守"艺人一张一贴、一挑一舞、一拨一抖的虔诚和执着，更体味到"一事精致便能动人"的那份自信和满足。

（本文发表于 2024 年 5 月 10 日《中国劳动保障报》副刊）

山川异域

梦里安徽

江苏安徽，原本一家。

生我养我的小城，位于苏中之中，与安徽并不搭界。从敝地驾车，西北折行约百公里，方进入最近的安徽地幅。然而时空距离不能阻隔对这座比邻之省的脉脉念想。或许是前世缘定，或许是后世修行。

一直关注安徽，那里的改革、发展和民生。时常梦见安徽，那里的风情、人物和逸事。

一

杏花雨飘梦一场，一梦到徽州。

直到旅居海外的伯父20世纪90年代回乡省亲，我方知自己的根脉在安徽。那个古徽州今歙县的地方。

从父辈往上数六代，也就是父亲曾祖父的曾祖父，在那个徽商走遍天下的年代，背井离乡，辗转漂泊，终落脚苏中，在异乡开枝散叶，绵延子嗣。

不见家族史料存照，只有代代口耳相传——伯父也是从祖父口中粗略获知"歙县"二字，而对久远神秘的家园故人并不详知。

寻根的欲望愈发强烈，终于来了次说走就走的旅行。

根确切在哪里？我不得而知。那就去趟徽州古城吧！

杏花烟雨的午后，我从南城门进入，扑面而来的是厚重的沧桑感。古民居、古桥、古塔、古街、古巷、古坝、古牌坊，犹如展开一幅巨型的历史画卷。画随人走，人随画游。我在徽州府衙前驻足，感受封建府治的威严和肃穆。三重院落、东西两路，这是彼时的我除故宫外见到的最为恢宏的古建筑群落。移步仪门、公堂、二堂、知府廨、南谯楼，好想来一次穿越，化身五品大员，在这一方天地立命安民、造福桑梓。

这里的牌坊数不胜数。说三步一牌，五步一坊，并不为过。八脚牌坊的许国石坊最为吸睛，由前后两座三间四柱三楼和左右两座单间双柱三楼式的石坊组成。我从不同角度对其全方位聚焦，留意每一个细微之处。石柱、梁柱、匾额、斗拱图案密布，栩栩如生，令我叹为观止。就连那些尊镇守牌坊的石狮子，我觉得比其他地方所见的都要威武三分。

斗山街隐藏着太多的深邃，长街幽巷，古井回廊。淅淅绵绵的细雨中，独自撑伞穿行，忽而踯躅倾听，宛如有细碎脚步声渐行渐近。这是历史的回音吗？这是栖身于此的徽商大佬在纵论商道吗？

徽州是美的，养在深闺，清丽脱俗。且看山峰拱秀，溪水回环，宛若人间仙境。那种天然之美，清水芙蓉般，无须雕饰，无须浓妆艳抹。

"一生痴绝处，无梦到徽州"，吾根徽州，真的值得拥入梦中来！

二

布谷声中梦一场，一梦到榴乡。

榴乡，是皖北县邑怀远的别称。

这个季节的怀远，石榴花竞相盛开，远看似一簇簇熊熊燃烧的火焰。

我当然不是来观赏石榴花的，而是因为心头的那份牵挂。

坐标怀远县河溜镇永济村。一个与中国农村改革第一村——凤阳县小岗村直线距离不足百公里的寻常村落。

第一次踏上榴乡的土地，是在北京举办奥运会的前一年。去村子的路上坑坑洼洼，被溅起的泥块石子不时在汽车底盘下跳舞，一路胆战心惊。那个时候，轿车在村子还不常见，一帮农村娃围着"灰头土脸"的小车指指点点，满脸的欣羡。

村里的农家屋舍低矮陈旧，偶有几栋外观水泥色的楼房鹤立鸡群，显得格外突兀。村小学孤零零的教学楼仿佛成了那一带的地标建筑。夜色苍茫之下，村子显得格外沉寂，偶有狗吠和小孩哭闹声入耳。除了麻将、扑克和电视，乡亲们几乎没有其他消遣。

区区一纪时光，这里早已今非昔比。

通村的水泥路一马平川，两侧的小洋房鳞次栉比，来往的大小车辆川流不息。一户一楼一车渐成农家标配，即便我开着四个圈标识的SUV，也不再是那么地夺人耳目。

村里建起了文化中心和超市，村民赋闲有了好去处。村部响起了大喇叭，大妈扭起了广场舞，大爷打起了太极拳。年轻人回村带来了订单、揽起了快递、跑起了物流，村干部中也出现了新生代的面孔，他们给沉寂的乡村带来鲜活的力量。麻将扑克的洗牌吆喝声却越发显得稀疏起来。

这些年，王大爷家的日子越过越红火。两个儿子相继翻建了新房，清一色三层带阁楼，外墙瓷砖美观洋气。门前的水泥地上像模像样划出了双车位，室内家私电器一应俱全。家中的富余劳力从土地抽身，南下江浙，有的承揽工程，有的进厂务工，有的打理生意，除去在外的吃喝拉撒，全年净收入达六位数。这在以前是想都不敢想的。

2018年，怀远官宣"退群"，在安徽31个扶贫县中首批成功出列。

正值冬麦收获的时节。风吹麦浪，金色漫野。乡人舒展眉梢，活络筋骨，开启年中"双抢"的忙碌。他们的脸上洒满金色的阳光，眼里充满金色的希望。在外打拼的大叔小伙不约而同回来了，农忙是这些"候鸟"雷打不动的回迁时点，这一次，他们都是自驾而归。"土地是咱的命根子，富裕了也不能忘本哩！"他们的脸上永远镌刻着泥土般的质朴。

乡村振兴的鼓点正在擂响，榴乡大地上必将酝酿更大的嬗变。

怀远的县名极富情怀和诗意。思乡怀远，是华夏游子亘古不变的炙热情感。"不堪盈手赠，还寝梦佳期。"榴乡怀远，不梦也归。

三

桂花香里梦一场，一梦到庐州。

庐州，是安徽省城合肥的旧称。

世人习惯将负笈求学的外埠尊奉为"第二故乡"，那么，合肥便是我的第三故乡，因为我在那里度过了三载孜孜以求的研究生时光。

是年金秋，我满怀憧憬向合肥报到。期待在这里，遇见更好的自己。

在合肥，包公园、逍遥津、三河古镇，都不是我心仪的打卡之地。我迷恋的是这座城市的"科"文化。用现在最火的说法，叫作"科里科气"。

我决心去探寻合肥几乎所有冒"科气"的地方。科大自然"科气"氤氲，可峰值在哪里呢？我不厌其烦、小心翼翼地用脚步丈量"科气"的浓度。东南西北中各个校区、先研院，一处不落。发现东区南沿的微尺度物质科学国家研究中心和西区西南角的同步辐射国家实验室是"科气"浓度最高的两幅地块。出了"蜗壳"的地盘，合肥哪里的"科气"值居高不下呢？我想到了科学岛。

研一那年，我骑上单车，独自去科学岛探营。从金寨路出发，一路向北向西，再折向北，倏忽间一汪碧波呈现眼前。经过一座长长的桥，进入三面环水的静谧小岛。一尊巨石上镶刻有时任国家主要领导人莅临视察题写的岛名。这里水光潋滟，草木青翠，楼宇俨然，被视为科学界的世外桃源。

"人造小太阳"是镇岛之宝，学名"热核聚变反应堆"，一直是我渴望"解锁"的对象。奈何她却十分高冷，拒我于数米之外，只可远观而不可亵访焉。我心生失落。但一转念，何尝忍心去惊扰里面心无旁骛一心追日的"夸父"们呢，还是择机再来吧！

此后我也曾想方设法，能一睹"小太阳"的真容，但由于专业方向的原因，直到毕业仍未得良机眷顾。遂为我在肥研学的一大憾事。

如今，加冕国家综合科学中心的合肥"科"气更是一路开挂。"大湖名城、创新高地"成为这座黑马城市傲视同侪的新名片。尤为不可思议的是，"中国最牛赌城""霸都"这样的封号居然奇迹般地赐赠给合肥。或许，正是不解风情的"科里科气"成就了舍我其谁的江湖霸气吧！

在合肥，有一个很有意思的发现。在与合肥火车站咫尺之距的胜利广场，喜庆的"红立方"上矗立有一行立体造型的数字"1949.1.21"，庄重而醒目。这一天是合肥解放日。同一天，我的家乡泰州也迎来新生。一个"为皖之中"，一个"苏中之中"，无巧不巧。

合肥入梦，理由太多，知遇恩师，莫逆好友，大美林湖……"梦中未比丹青见，暗里忽惊山鸟啼"。或许，梦境也是量子之都向我呈现的一种纠缠式存在？

走笔至此，手机微信提示音骤然响起。一看，是"安徽"微我，"良久未见，甚是挂念，期待老家相逢，杯酒言欢。"

"安徽"是我的老铁，属于一见面便可互击对方一拳、彼此无边界调侃的那种。皖北人家有个习俗，晚辈出生后会被赋赠一个小名，并伴随终生。"安徽"便是老铁的小名。至于为何会以省名作为小名，他说他也不清楚，也没有探求过。"安徽"的微信名"缘分"，我和他的缘分始于十余年前的夏日。其时他是初为人父的青涩奶爸，如今已为子女绕膝的沧桑大叔。数年间未能聚首，但有语音微信互通。

又是一年大地回春。我聆听到青鸟自安徽衔来的声声啼唤：陌上花开，可缓缓归矣！

遥想一树树的繁花闪耀着烂漫的心事，洇染着江淮大地，连成锦绣一片。春之盛景，岂忍辜负？

　　安徽，我来了！赏春光，拜导师，会旧友，重拾记忆中的愉悦时光。此时此刻，我更加愿意相信，曾经儿时意识中天高地远的安徽，已经像一枚芯片，根植于我的血脉和骨骼。抑或，她已熔铸进我的生命密码，和江苏一样，成为DNA双螺旋结构的一支，须臾不会分离。

　　　　　　　　（本文刊发于2023年第12期《文化时空》杂志）

渭北窑洞纪行

雷子邀我去他渭南的老家耍耍，说带我体验一下窑洞风情。

一听是窑洞，我起了兴，那是足不出长三角的我只有从影视和画报中窥见的神一般的存在。只可惜彼时交通不便，未能成行。"身不能至，心向往之"。我郑重地在邮件里如是抚慰雷子。待到2005年家乡火车站开站，始发陇海线的西行直通列车，终得偿所愿。

列车在铁轨上疾驰，我的耳畔回响着大学舍友扯着嗓子的信天游，脑海里竭力地搜索文字里关于窑洞的种种描写，贺敬之的《回延安》，抑或是路遥的《平凡的世界》。忽而闭目，开始天马行空的漫想：在隆起的黄土高坡的沟壑崖岭中，窑洞是一个怎样的存在。

列车出了三门峡，进入八百里秦川。这是我从未游历过的大西北。天蒙蒙亮，我的睡意全无，从卧铺上支起身子，斜着脑袋打量车窗外的一切，那天，那地，远山，近水，屋舍，村庄……

渭南站。雷子守候多时。稍事休整，我们登上了去往澄城县城的巴士。一路上，雷子向我作进一步的剧透。他的老家澄城县赵庄镇，那是一个紧邻革命圣地延安的镇子。那里多的是不知名的小土丘，没有特别高大雄奇的山脉。两条河流自北向南穿镇而过。乡人倚山枕水而居。家家住窑洞，户户喜洋洋。

他讲得认真，我听得入神。当听闻"两条河流……"时，我一阵兴奋，莫非又是一个"双水村"？

抵达赵庄的时候，已是霞光满天。这是一个宁静悠闲的小镇子，镇区不大，土丘环绕，鸡犬相闻，一股浓郁的乡野气息扑面而来。

机动小三轮载着我们沿着泥土和碎石交杂的乡间小道颠簸前行。未多久，隔着玻璃侧窗，看见右边一孔孔的窑洞鳞次栉比，似乎在列队等候我这位远道而来的朝觐客。往远处看，再一会儿，又见一排排窑洞依山错落而建，不时叠映在一片片的枣树、梨树和叫不上名字的树丛中。

车子在拐过一个小果园后不远处的一个门檐下停了下来。这是雷子家的外门，门修得蛮高，顶上铺着瓦片。雷子说，当地人管它叫作门头巷子。我留意到，这里一溜好几家门头巷子比肩而立，造型大同小异，不是当地人很难辨识出谁家谁户。我正张望着，却见门内浓浓的炊烟袅袅升腾，在上空盛开成一朵朵烟花，格外醒目。

进了门是个四四方方的院子，两侧有栅栏，我想是圈养家畜或牲口用的吧，不过这个时候里面空空如也，只是置放有少量的农机具。院子深处就是居家的窑洞，一共四孔，背靠一座小土坡，黄色是窑洞的基色，应当即是就地取土开凿出来的。从日行的方向来辨识，当是坐北朝南无疑了。粗略看来，与《平凡的世界》中润叶二爸家的院子——"一共四孔窑洞，一个不大的独院"，颇有几分形似。雷子的父亲在左侧的洞口前笑盈盈朝我点头，一双粗糙有力的大手旋即缓释了我旅途的劳顿，"雷子天天念叨你，总算把你盼来啦"！

第一次和窑洞"零距离"，欣喜又局促。窑洞异乎寻常的古朴和粗犷质感，给我带来无以言表的视觉冲击。我像极了睁眼看世界的孩童，好奇地把这里的里里外外张罗个了遍。

窑洞的外墙面由砖块砌就，两侧和窑顶覆盖着黄土。砖块的色泽与我在家乡常见的无异，青色和黄色的兼而有之。砖块整体呈横平竖直间隔分布，非常的规整。令我惊诧的是，每孔窑洞均自上而下用砖块勾砌出一道硕大的拱弧，仿若一个顶天立地的量角器。弧上砖砌的方向也异乎寻常。居然是斜着砌的！细细察看，弧形有两层，里层砖块砌的方向直指弧心，外层则呈切线状排列。那么多的倾斜着的砖块严丝合缝，悬在空中掉不下来，令我叹为观止。

这应该就是接口窑吧！我依稀记得《平凡的世界》中主人公的愿望就是将父母的土窑建成接口窑。看来，雷子家的起点还是可以的。雷子的父母应该和孙少平差不多是同时代的人吧，我寻思着。

拱弧内布设了一扇门两扇窗。门上高处的地方安高窗，和门并列的地方安低窗，大体呈左右对称设计。门是砖红色的木门，有些许斑驳的锈迹。与我在家乡司空见惯的玻璃窗不同，木质窗框上，糊了一层薄薄的贴纸。窗棂上点缀着精心绣制的窗花，使得色调灰暗的窑洞充满雅韵的生气。弧外的右上方是一个烟道口，方才看到的炊烟，正是从这里溢出飘散开来的。

进入窑洞，直入眼帘的是一张方方正正的大床，上面铺了一层毛毡。雷子说这个在当地叫作炕，今晚我和他们弟兄俩就睡在这张炕上。炕四周的墙上围了一圈色泽明快的图画，约莫两尺高，雷子说这叫炕围子，是窑洞特有的装饰。墙壁上张贴着喜庆吉祥的年画，我浏览了一下，主题大致是和气致祥、五谷丰登、六畜兴旺之类的。我小心摩挲着窑洞的内壁，是用石灰涂抹的。轻轻敲了敲，确是非常硬朗结实。

雷子母亲热情地招呼我在炕上坐下。我这才察觉到，窑洞的上部空间居然也是拱弧状的！完全颠覆了我对于房屋空间线条的习惯认知。洞内灯光暗淡，恍惚间有一种置身江南水乡乌篷船的感觉。打量四周，陈设异常简单，一桌、一柜、一台，仅此而已，但置放得井井有条。门靠里侧是一个锅台，高度及我的腰身。大妈正在热气腾腾地忙活着。灶底噼里啪啦响个不停，炉膛里火焰闪烁跳跃，映红了雷子胞弟泽子的开心小脸蛋。

雷子告诉我，院子里的四孔窑洞，西边两孔是他家，东边的两孔是他三爸家的。三爸两口子这个时候外出务工去了，农事托由雷子父亲打理。隔壁一间是雷子父母的住处。我扫视了一下，空间架构与主窑雷同，但物设更显简陋，一块不小的空地上还用堆放的粮食和其他杂物来补白。

我正和雷子在炕上闹着磕。忽然一个和雷子母亲年龄相仿的大婶扯着大嗓门进门来了。"难得来串门呀，是什么风把你吹来的？""没见侬家那股烟气，把肉香都吹到额家（我家）来了吗？你瞧瞧，今儿晚上，就数侬家的烟气最旺！想必来贵客咯！"说完，咯咯咯笑开了。

果然是"家中宴客，墙外人亦望见烟火"，我讪讪地笑了笑。

探明我的来意，大婶非常客气地让我明儿去她家看看坐坐。雷子母亲应承着，是的，婶子家有咱家的两三倍大呢，准能大开眼界。明儿我带你去！

整整六道菜，鱼、肉、鸡，应有尽有。酒是过年存下来的杜康酒，雷子陪我干了两小盅，不胜酒力的我已然晕晕乎乎。主食是馍馍，黄黄的那一种。担心我吃不习惯，特意备了一小锅米饭。"渭北农家土菜，味道不抵淮扬菜那般细腻，多担待哦！"雷子的谦和，令我很不好意思。倒是小泽子非常有趣，一开始有些怯怯的，看着母亲的眼神不敢随便动筷。渐渐地放开了，吃得很起劲，似乎好久没有这么大快朵颐了。

酒足饭饱。大妈仍歉疚地说，今天集市上没瞧见羊肉，本想买些炖汤的，不过也担心烧不好。你若要是秋冬季来的话，定让雷子带你去吃澄县特色的水盆羊肉。

我向雷子打探起窑洞的年头。大妈接过话茬，"有二十多年了，比雷子年长，当初没这窑洞的话，我妈是不会答应这门亲事的"。说着，眯眼瞟了一下雷子父亲，"那时亲家光景不是很好，只修了两孔窑，很简陋，但总算有个屋了，金屋银屋不如自己的窑屋嘛！"

大妈热心地为我做起了"科普"。她说，窑洞是这一带乡民的主要居住形式。最原始的是土窑，就是在山的一侧土壁内开凿横洞，所谓'靠山吃山'。这样开凿的窑洞常常数孔相连，一般每孔长六到七米，宽约三米。我还是姑娘家的时候住的窑洞就是土夯的。随着生活条件的改善，土窑逐渐过渡到接口窑和砖窑。接口窑是在窑的外面再用砖块砌上外墙。而砖窑完全用砖头堆砌的，一般建在平地上。这个是雷子他们这辈人的目标了，我就等着住进去带孙子咯！大妈的脸上露出憧憬的笑容。

"这窑呀，虽不如城里的楼房那么中看，却是非常地宜居。最大的特点就是冬暖夏凉，是天然的绿色空调。你若是冬天或是夏天过来那感觉可好了。"

大妈再次允诺第二天带我去周边乡邻家里走走，特别是那些修了好几孔的大户人家，就像城里几室几厅的大户型一样。明天她来当导游。

那一夜，我躺在窑洞的大炕上，头脑里过电影似的翻涌起一天来的种种情境，竟不知不觉坠入了梦乡。

鸡鸣催人醒。由于时差的原因，渭北的白天姗姗来迟。我有晨跑的习惯。回来时已见雷子家的烟道口游出一股灰白的烟，袅袅地映出灰蓝的天幕，大妈在灶台前又开始一天的忙活了。我想，窑民的一天应该是从灶台的烟火开始的吧！

上午，大妈带着我到周边的窑家打卡。首站便是昨晚串门的婶子家。

一排五孔，有两孔储粮和堆放杂物。居住的有两孔窑连成一体，分前窑和后窑。后窑的侧面居中开了一个洞口，从前窑的正门进去，穿过侧门可抵达后窑。"窑中窑，宛如中世纪的魔幻城堡，的确够大、够壕！我啧啧叹道。

走东家跑西家，悉心捕捉家家户户的共性特征和个性表达。最显著的共性莫过于无处不在的由外及里的那道标志性的拱圆弧了。单体窑洞从外立面看大同小异，但内部却不拘一格，有的口小室大，有的口大室小，有的大窑纵深达一二十米，盘有好几个土炕，可供四世同堂一大家子欢欢喜喜过日子。走进那些有年份的老窑，仿佛走进了深幽的时空隧道，土黄色的粗糙墙面不经雕饰，大妈说这才是最原汁原味的。

我继续追随大妈的脚步。每到一处，都竭力地脑补《平凡的世界》中窑洞的细节刻画，不自觉地进行着对照。窑洞人家大多单门独院，有的人家有如书中描写的石磨、水井，有的人家还在院里置有一口水缸，不过遗憾的是始终没有见到马棚。木窗格上粘贴的窗花也是形形色色、五彩斑斓。我不时取出相机，定格下一张张或古朴凝重或生动活泼的建筑美工艺术品。

窑家的早饭似乎吃得特别晚。我们串门的时候不少人家刚刚生灶炉，热情地招呼我们入座加餐。这个时候，我方才知晓，彼时乡民的生活普遍清苦。平日里只吃上下午两顿。我来了，是按照一日三餐的卡点来安排的，算是上等的待客礼仪了。难怪不谙世事的小泽子开心雀跃，毕竟一年里难得打一次像样的牙祭。

农家无闲时，五月人倍忙。干完早饭，窑民们纷纷扛起农具出门了。乡亲们说，现在赶上了好时辰，国家免除了农业税，户户干活的劲头格外足。我心生歉疚，由于我的到访，耽误雷子家的农时了。大妈却说不打紧，雷子这两天回来能顶得上忙。

大妈告诉我，窑洞算是庄户人家的一笔厚实的资产了。这里的乡民辛勤操劳一生，最朴实的愿望就是修建几孔窑洞。有了窑才算有了谈婚论嫁的资本，也算是迈出了成家立业的关键一步。

"一样一样的，我们那里的农村也必须建好房子，筑巢才能引凤嘛！无论是房子，还是窑子，无论是南方，还是北方，这都是雷打不动的'丈母娘需求'。"我适时幽了一默。

大妈心有灵犀地笑了。"四邻八乡的农人当中，都有专事窑洞建造的能工巧匠，一生中给自己打过窑或帮助村民邻里建过窑。除了勘察窑址需要一定的风水知识外，不少村民都掌握这一安家技法。有的造窑能手被村民们称为'窑把式'。打个像样的窑洞需要个把月的时间，匠人们多会选择在冬天农闲时动工。"

　　我点点头，暗暗佩服起这些将土石玩弄于股掌、化寻常为神奇的匠人来。

　　不觉已至晌午。径回路转，又见雷子家烟雾升腾，这次是雷子父亲掌勺了。

　　我是利用五一小长假出行的，行程仓促。为赶返程的夜班火车，我向雷子一家辞行。

　　大妈非常地不舍，"来去匆匆，满打满算不到一天哩！"小泽子扯着我的衣袖，扑闪着纯真的眸子，"啥时候再过来呀，妈妈说让我哥带你去吃羊肉的。"

　　我抚摸着虎头虎脑的小泽子，无语凝噎。

　　大妈嘱雷子送我到县城，带我去吃碗当地特色的手撕面和肉夹馍，并告诉雷子哪一家的味道最正宗，务必去那里。雷子点头应允。

　　大妈忙不迭地往我随身的双肩包里塞上核桃和苹果。似乎又想起了什么，急切地回窑洞取出一个绸巾包裹的布兜，里面装着六双精美的十字绣鞋垫。五颜六色的花纹图案，非常别致。"这是我妈前几个晚上赶织出来的，知道你过来，送给你留作纪念。"雷子抢话道。大妈一脸的实诚："我们这里除了农产品，也就是这祖传手工艺品了。这刺绣技艺还是姑娘家的时候学的，现在手眼没那么灵便了，绣得不好不要嫌弃啊！"

　　我的眼睛瞬间朦胧了起来，豆珠在眼眶里直打转。眼前仿佛出现了大妈坐上炕上，就着灰暗的灯光，飞针走线的情景。读大学的时候，曾从陕西同学口中了解些许三秦大地的风土人情，若非尊贵的客人，是不会轻易以鞋垫相赠的。眼前这凝聚了大妈数夜心血的鞋垫，其饱含的真情，又岂是"临行密密缝"的古诗句所能道尽！

我和雷子一家在窑洞前合影，为这一特别的"怯魅"之旅画上了句点。

回程的列车上，我的心绪久久不能平静。脑海里反复回放此行的幕幕场景。不时打开数码相机，重温那一帧帧珍贵的影像。金黄厚实的土地，略呈阴灰的天空、"天圆地方"的窑洞、精巧艳丽的窗花，勤劳质朴的乡民，共同构成了这片渭北土地的画风。我蓦然意识到，此行亲见的那一孔孔与黄土地血乳交融的窑洞，不仅仅是乡人把盏温馨灯火的栖身之所，更似一座座人文历史和家园情怀的碑刻。

深沉的暮色中远眺广袤的大西北版图，连绵起伏的山峦间窑舍星星点点的微弱亮光，串接起山脊线的一道道亮弧。我不由联想到"星星之火"的力量。那些播撒在渭北土地上的扶贫开发的点点政策星火，会延续苦难辉煌年代的奇迹形成锐不可当的燎原之势吗？

我想这是肯定的。

续记：

浮云一别后，流水十年间。

当雷子再次发来邀约的时候，已是2022年暮春，距离初次窑洞之旅过去了整整十六载。

雷子说，此番是让我去他落成不久的新家。雷子将这次定位为"民宿之旅"，"碰瓷"了"民宿"这个现今时髦的叫法。

新家令我耳目一新。房子坐落在既不靠坡、又无沟壁倚傍的平地上，若忽略背景，丝毫看不出附着于黄土地的任何迹象。雷子说，那是砖窑的升级版，现在通俗的叫法是平房，和南方惯常的平房非常相近。

单门独院的布设，院子格外宽敞。地面水泥铺就，一侧砌了个非常气派的花台，里面种植了花花草草，正值绿肥红瘦的时节，一片盎然生机。靠墙布设有一个藤瓜架，上面爬满了绿油油的藤蔓。另一侧开辟了约莫两三个车位的停车场，雷子兄弟俩的座驾霸气地横卧在车位上，靠墙是一片晾晒场地，不锈钢晾衣架上五颜六色的衣装迎风招展。

房子外观以藏青色为主色调，外墙镶贴着横条瓷砖，线条很是规整。屋顶碧瓦朱檐，飞阁流丹。一左一右两个独立的大套房呈对称布局，中间有廊道连通。廊道中间设正门，铝合金玻璃门窗装帧，看起来非常美观大气。"高堂大户"，我头脑里不由蹦出这四个字来。

室内延承了窑洞的部分建筑特征，最典型的如那个顶天立地的标志性弧形，一以贯之地洞穿了整个空间格局。地面铺着光洁的地砖，阳光通透、窗明几净。液晶电视、冰箱、空调、沙发等现代化的家私一应俱全。

"太赞了！"这栋黄土地上新宅的颜值，毫不夸张地说，丝毫不逊于江浙地区的农家小洋房。

早有耳闻近些年雷子家的境况越来越好。若不是亲见，的确不敢奢想。

雷子说，国家推进脱贫攻坚和乡村振兴，曾经聚居的窑洞村落发生了翻天覆地的变化。一栋栋美观适用的平房如雨后春笋般拔地而起，成为渭北土地上的新风景。现在，到处都是渭北的好江南。

"不过，我还想住窑洞，那叫不忘初心。"我逗趣道。

"没问题，主随客便。"

随后，我见到了曾经叩访过的窑洞。这里许久没有了人烟。院子被荒草淹没，窑口那道弧形拱圈的墙皮，也坍塌了小半幅。大妈精心绣制的窗花也已无影无踪……

我的心里翻涌起丝丝酸楚。可转念一想，黄土地上一代代生民的赓续奋斗，不就是追逐弃窑进屋的梦想，致力于让人居更加美好、生存更有质量和尊严吗？雷子家容家貌的焕然一新，仅仅是千家万户欢天喜地奔小康的一个剪影而已。

也许，若干年后，渭北大地上甚而北方大地上的一孔孔窑洞终将"遗世而独立"，成为后人的"惊鸿一瞥"，但它确是无数生民记忆的窑所，即便抹去，也是昔在今在永在的。

（本文为纪念路遥同志诞辰 70 周年而作，首发于"金水文学"微信公众号，后增补续记后刊发于 2023 年第 8 期《西部散文选刊》杂志；2024 年 4 月，获评第二届刘成章散文奖单篇作品奖）

"扶贫" 兄弟

腊八节刚过，手机屏幕跳出了一段微信文字："兄台，地址没换吧，寄个包裹给你。"

我心领神会："没变，我永远是你的精准扶贫对象。"

"哈哈哈"，他回复了一个大大的表情包。

微信里的兄弟，和我是本家，小名秧秧，老家陕西略阳，西北大学毕业后"乘风破浪"来到江苏，成为一名"苏漂"，先后供职过几家外企的技术部门。与我头脑里寻常的理工男形象不同，秧秧博闻强识，涉猎宽泛，彼此交流话题无所不包。一番愉悦的头脑碰撞后，常相视一笑，莫逆于心。

次年春节，秧秧做了"原年人"。大年三十，公司的跨年活动后，他独自在宿舍和老妈煲了半宿的电话粥。第二天瞧见他熬红的眼睛，他说，他仿佛看到了母亲在巷口张望风雪夜归人的身影。清明闲聚，秧秧再次接到母亲的电话，我隔了屏幕都能感受到儿行千里母担忧的那份执念，那是每一个游子内心深处最柔软的地方。

"母亲反复劝说我回老家发展，我答应了。老家虽说是十八线小城，经济贫瘠，民生多艰，但有后发潜力，相信能够找寻到适合自己的舞台。"

回乡后的秧秧稍作休整便投入了公考的备战，次年成功入职国家统计局陕西调查总队。虽然专业跨界，但他信心满满。

秧秧在体制内干得风生水起。不久便成了家，翌年升级为奶爸，三口小家其乐融融。就在此时，他领受了一项硬核的任务——脱贫攻坚。

"咱们略阳地处秦岭南麓，是全国832个脱贫攻坚县和陕西省11个深度贫困县之一，我们派驻机构和当地部门一样承担扶贫工作任务，挂钩一个贫困村，每人联系一个贫困户。"

"任务艰巨，使命光荣，为你打call！"

由此，扶贫扮演着他的重要日常。他的微信朋友圈成了扶贫政策的发布圈、扶贫行动的记录圈和扶贫成果的展示圈。这些离散的文字和图片串接成一组惊心动魄的扶贫日志。

（2017年）5月26日：蜀道扶贫，难于上青天。

9月3日：扶贫天路，最高海拔1128米，垂直落差400多米。

11月29日：扶贫路上，奔波并快乐着。

（2018年）7月26日：暴雨后的扶贫路，险象环生。

9月19日：扶贫路上，还在掉石头！

12月2日：扶贫路上不舍昼夜，久久为功。

12月14日：踏雪扶贫，人雪相映。

（2019年）3月3日：我扶贫，我骄傲！

6月21日：扶贫干部的状态就是5+2，白+黑，还有"夜总会"。

10月12日：扶贫，努力到无能为力，拼搏到感动自己。

……

字字千钧，图图走心。秧秧翻山越岭、蹚河过溪、进村入户的场景，即在眼前。

2020年早春，我收到秧秧的一则推送，略阳正式退出贫困县序列，近6万乡亲全部脱贫，95个贫困村全部出列。那些日日夜夜的鏖战与坚守，终于迎来了最好的报偿。

"感谢'苏大强'的驰援助力。国家深化了东西部扶贫协作机制，有了江苏方方面面的赋能，陕西的扶贫进程突飞猛进。作为曾经的'苏漂'，我很暖心。"

"三年的脱贫攻坚，我已不再踌躇和迷惘。我在这里修炼了心性，达成了他乡与故乡、远方与苟且的和解。两杯酒，一杯敬扶贫，一杯敬自己！"

"兄弟，我敬你，你是一个硬气的扶贫赶考人！"

又是一年山花烂漫，朋友圈再见秧秧打卡乡间的九宫格。年年岁岁花相似，岁岁年年景不同。相册里的田埂变齐整了，民居变敞亮了，乡人也变精神了，组图中央还嵌入了一只憨态可掬的小动物。

我点赞留言："春风十里，不如扶贫有你！"

"哈哈，'奥特曼'了吧，现在是振兴！"

"哦哦，巩固脱贫成果，推进乡村振兴！"

"耶，明年让你继续分享红利，振兴包裹将会准时送达！"

"新使命，新回馈，期待有加！"

"哈哈哈"……

（本文发布于"新长江文学"微信公众号，2021 年 5 月）

墨冲山坳里的布依情缘

20世纪60年代后期，大学毕业留校待分配的父亲响应国家"好人好马上三线"的号召，踌躇满志地挥别同济校园，奔赴热火朝天的三线战场。父亲随原国家建委一施工队进驻贵州，在黔南墨冲山区开建"战备油库"。

施工队在平整好的小山包上搭起一排排活动工棚，就算安上了新家。山下民宅星星点点，是个布依族集聚的村寨，不时见到青布缠头、青巾扎腰、腰间插把砍刀的布依族汉子。文弱书生的父亲一开始有些发怵，不太敢轻易接近他们。久而久之，熟络了起来。山里人举凡上点档次的"买买买"，基本上都被五湖四海的队员们"代劳"了。而作为回礼，他们通常会邀请队员去家中做客。父亲便得以有机会体验当地风情的待客之道。

第一个向父亲发出邀约的是生产队副队长老王，比父亲稍长，是寨子里出了名的能人，飞叉叉鱼，扎笼捕熊，一把砍刀斗倒过在玉米田里乱拱的野猪。

那是一个暮春。父亲一早从工棚出发，走了一个多小时的乱石子路，来到长着一株大樟树的寨口，几十户人家傍山临溪而居。寨民们看到队员同志从山上下来了，纷纷招呼到自家做客。得知父亲此行是去老王家，一位中年汉子自告奋勇在前面引路。

老王家的宅子是座颇有气势的三层木楼，婚后不久新建的。等候许久的老王激动地与父亲握手，"可算把你给盼来了"，一面向楼上喊："刘同志来啦！"一位身穿紫红灯芯绒衫、奶着婴儿的妇人疾步走下楼梯，边走边说："老王正念叨你呢！"老王摆摆手："我领刘同志四处看看，你准备饭菜。"父亲跟随老王参观家中的布设，后来又到邻近的亲眷家小坐。待小转回来，看到火塘里柴火熊熊，不时发出噼噼啪啪的声响。

这是顿山里人难得一见的奢华午餐。父亲瞧见支在火塘上的铁锅里是漂着一圈圈油花的菜汤，铁丝吊着的竹筒里盐巴已所剩无几。老王的妻子端来一碟过年剩下的腊肉，一盘油炸鱼干，一碗红辣椒，又捧出珍藏的半坛自酿糯米酒。老王知父亲不胜酒力，仅斟了小半碗，他则以满碗的高粱酒作陪，接连三碗皆一饮而尽。老王的妻子带着她的妹妹过来向父亲敬酒，夸赞代她们买的灯芯绒既厚实又美观，在寨子里很是风光。灯芯绒在彼时的山寨里是抢手货，订婚要，娶亲要，父亲只不过是修书一封请母慈操办而已，未曾想竟受此礼遇。吃的是谷米饭，老王捡肉捡鱼直朝父亲碗中推。还不无遗憾地说，去年没有打到狗熊，不然今天让你尝尝熊掌哩！

次年冬天，因照顾年迈体弱的祖母，父亲结束了五年贵州的三线生活调回家乡，临行前特地前去老王家道别。老王恋恋不舍地拉住父亲的手："什么时候再来呀？"老王的妻子说："刘同志，本想和你商量合养口猪的，你买猪仔我来喂，过年对半分，哎！"待缓过神来，她回屋取出两块蜡染布，"送给刘同志作个纪念，希望不要嫌弃。"父亲噙着泪花，连声道谢。老王执意送父亲到寨口。当父亲爬了好一段山路回头望时，他还在大樟树下向父亲挥手。

时光荏苒。当父亲将这段尘封的往事巨细无遗地向我道来的时候，已是天命之年。流水光阴里，父亲和布依人家虽有鸿雁传书，却再无"面缘"。

世纪之交，国家相继启动东西部扶贫协作工程和西部大开发战略。病榻上的父亲临窗西眺 —— 回望大三线的倥偬时光，回望布依寨的纸短情长——淳朴坚毅的布依族人民啊，你们的未来一定会更好！

（本文刊发于 2023 年第 2 期《乡土文学》杂志、2023 年第 4 期《江河文学》杂志）

尼斯小哥

尼斯的迷人，从我落地蓝色海岸机场，走出机舱门的时候便真切地感知到了。空气柔柔的，湿湿的，扑入鼻子，咸淡相宜。

机场的出口，一幅醒目的立式中文海报，背景是蓝天碧海，内容格外简洁，"欢迎来自中国的朋友"，令我顿生亲昵之感。我想，这是一座对中国人友好的城市。

我预订的旺多姆酒店位于尼斯的老城。行前，做过攻略。从尼斯机场航站楼外的公交候车区，有机场快线可直达市中心的尼斯火车站。酒店距火车站1公里多一点，不到20分钟的步程。

抵达尼斯火车站，已是巴黎时间晚上8时许。我打量着这座享誉全球的地中海旅游城邑，非常精巧和典雅。或许我到访的是老城，整座城池复古韵味浓厚。城市很静，路上少有喧哗，有一种快快的沉睡感。我一边欣赏尼斯的梦幻夜景，一边寻找着目的地。很快便发现，我在一个十字街口迷失了方向。

和国内不同，尼斯的马路是没有路标的，商家和住家有门牌号，但暗夜里看起来非常地吃力。提前下载过电子地图，并没有酒店的确切标注，甚而连道路的标识都粗疏不详。那是一个没有智能手机，无法借助卫星导航的年代，分不清东南西北、两眼一抹黑的我，手里唯一揣着的是那个放大打印出来的酒店地址：26 Rue Pastorelli。

问路吧！貌似这里的年轻人都是"路盲"，或者所遇皆是这座城市的过客。他们耸耸肩，满脸歉意地摇了摇头。好不容易邂逅了一对年长的夫妇。他们明白了我的求助，但先生的回答却令我云里雾里。一旁的女士耐心地重复了一遍，我还是不明就里。我意识到，他们可能说的是并非英语，极可能是法语。而我对法语一窍不通。夫妇俩笑了。开始用手势比画，不时蹦出几个我能辨识的英语词汇。

真诚地谢过以后，我推着笨重的行李箱，向他们指引的方向进发。走出老长的一段路，依然寻不见酒店的影子。再询路人，依旧是"法语＋手势"作答，却给出了近乎相反的方向。我一脸蒙，难不成走过了？小心翼翼往回挪步，依旧目无所获。到了一个丁字路口，再询，似乎又是另外一个方向。我脊背一阵发凉，踯躅在原地。刚想挪动，腿脚又不听使唤地缩了回去——我已不能确定自己是否走在正确的道路上了。

看了下手机，已是9时20分。从离开公交站台算起，我已经在街头兜兜转转了一个多小时。没想到这"最后一公里"，却令我遭遇了异国他乡的"人在囧途"。我由衷紧张起来。木然地杵在尼斯的一条叫不上名字的街口，茫然无措。一家面包铺熄灯，打烊。里面走出一个身材高挑的年轻人。我欲言又止。他注意到了我。

他居然用英语向我问好。

"先生，有什么需要我帮忙的吗？"

"我想去旺多姆酒店，地址是这里，但是我迷路了。"我一边急切地应答，一边把酒店地址的纸展开递给他看，我不确定酒店地址是否读得正确。

"好的，我认识，请随我来。"

他一脸真诚，语气笃定，我没有理由不信任他。

一路上，我们作了简短的交流。我告诉他我来自中国，来尼斯参加一个学业交流项目。他说，他是尼斯本地人，英法混血，母亲是英国人。

走了一段宽敞的马路后，拐进一条脚下铺满鹅卵石的小道。走出百米后左拐，过了两个路口，再直行二三十米，他指着右手边的一栋欧式风情的建筑，"OK，就是这里了"。

我定睛一看，果然，上方招牌上镌有酒店的名字，艺术动感的字母和三星标识，在轮廓灯的映照下非常醒目。

我连声道谢。他莞尔，轻轻一句"祝你愉快"，便消失在茫茫的夜色之中。

数日后的一个午后，是此行的空档。我与同学结伴去尼斯天使湾游览。傍晚返回，经过了来时的那个街口。我留意到那家位于街角的面点房，外墙条砖砌就，以灰为主色调。透过门右侧的玻璃橱窗，看到小哥忙碌的身影。

我向同学描述了那一夜的经历。大家感到新奇，对小哥滋生了几分好感。

我们推门而入。小哥正专注地将加工好的面坯推入烤箱。回过头来，眼神稍显迟疑，很快脸上浮现出灿烂的笑容："欢迎你们，中国的朋友！"

小哥头戴一顶白色的帽子，身上套一件蓝色的围兜，他热情地招呼我们，邀请我们观摩他的"作品"。我们看到展示柜的货架上摆满了琳琅满目的面包和各式甜点。长吊灯投下的柔和光晕赋予了"作品"一层浓厚的韵致。各类泡芙、派和挞的造型极具艺术观感，用料精致细腻。看得出，小哥是一位对生活、对事业非常用心之人。

小哥请我们随便品尝。我们有些不好意思。于是采购了法式长棍，焦糖奶油酥和一些泡芙，还有说不上名字的"秀色可餐"的甜点。同行的一位女同学询问起她钟爱的巴斯克蛋糕，混搭樱桃果酱的。小哥不无歉意地说，今天备的食料已用完，需要的话明天可以来取。女同学有些犹豫。因为我们明日的行程是去"法国硅谷"索菲亚科技园参观，傍晚还要乘高铁去往巴黎，行程非常紧凑。小哥说可以送货上门，由酒店代收。女同学随即支付了定金。

次日，我们结束活动回到酒店。服务员从冷藏柜中取出两份精致套装的蛋糕，小心翼翼地递给我们。女同学有些惶惑，她仅预订了一份。服务员笑着说，另一份是时下热销的南瓜栗子巴斯克蛋糕，小哥特意关照赠送给你们的。他请我转达对你们的美好祝愿，祝你们在法国学习生活愉快。

噢！原来是小哥的友赠。我们相视而笑。

打开爱心赠品，金灿灿，黄澄澄，六颗饱满的板栗附着在白色巧克力做成的基座上，在蛋糕表层呈对称分布。尝一口，香甜软糯，口感绵密。色香味形，满格在线。

谢谢你，尼斯小哥！

生如雄狮

美东的最后一日，白天的行程是个空当，我报名参加了一家华人旅行团的纽约一日游项目，导游使用中英文双语介绍，特别适合英文听说差强人意的我。打卡的地点有华尔街、时代广场、自由女神像、联合国大厦等，几乎囊括了我期待中的所有地标。

集合的地点是在曼哈顿下城的唐人街。我提前一刻钟到达。那里停靠着不少旅行车辆，导游清一色的华人面孔。对了车牌号，是一辆轻型的旅行车，也就十多个座位的样子，看来团组规模不大。导游在车门前扯着旗子吆喝待客。一旁的走道上，零零散散的人头，携简易的旅行包，或挎或背，想必就是同行客了。

我发现，游客并不都是中国人，或者说东亚人。有一位高鼻梁蓝眼睛的男士，可能是美国人，也可能是欧洲某国人；有两位肤色黝黑、口大唇厚的女士，可能是非洲人，也很可能就是本土黑人。还有一位，从背后看，身形高大健硕，背黑色双肩包。迎面看，椭圆脸，络腮胡，发际线蛮高，面相冷酷，甚至有些狰狞，有些凶神恶煞。我不禁倒吸一口凉气。

导游招呼我们上车。"络腮胡"在我前面上车，坐在了中间排座的左侧临窗位置，旁边的位置空着。他看到了我，眼神飘过一丝期待，我却佯装没看见，选择了最后一排的中右空位。直觉告诉我，此人并非善类。异国他乡，远离为妙。

一路上，我两眼不间断地在"络腮胡"座位停留。只见他从双肩包里取出播放器，插上耳机听音乐。一会儿又从包里取出矿泉水瓶，呷上两口。他的视线忽而左转投向窗外，忽而又收回直视前方，一系列动作看似"无邪"。

首站华尔街。游客纷纷在那尊象征牛市的金牛铜像前留影。同行的两位黑人女士邀请他为她俩合影，他热情应允，并不厌其烦地为她们调适拍摄视角和姿仪。我听得他们之间简短的言语交流，他的音调不高，甚至有些纤柔，与彪形大汉的形象颇有"违和"。

第二站是自由女神像。自由女神像位于哈德逊河中的一个小岛上，由于没有提前预约，不能登岛游览，只能在游轮上远观。我们依次登船，按序就座。我坐在了前数第二排的中部，他入座了第三排左手边的第二个座位。我回头瞟了他一眼，目光交遇，我一阵耳热，尴尬地扭过头去。

那天风力不小，游船行进途中有些起伏颠簸。我的水杯不知怎的从背包的插袋里滑落，滚到了后排。刚想起身去捡，却见他从座位上跃起，向右挪动了两步，俯下身去，逮住了那只正在地上缓缓漂移的水杯，用手纸擦了擦，递给我。我有些意外，弱弱地从牙缝里挤出"谢谢"。他笑笑，"没事儿"。

中午的行程是在时代广场。一日游属于简配，不含旅游餐。我们需要在这里补充膳食。因此，停留的时间稍长。没有导游，自己可以信马由缰，只需要在规定的时间在规定的地点集合就行。我在熙熙攘攘的人流里漫无目的地穿梭。人地两疏，我没有同行客，有种落单的感觉。在一个路口附近，寻到一家麦当劳，决定在这里用餐。点餐坐定后，开吃没两口，我吃惊地发现他推门进来了。

他也看到了我。他向我点点头，嘴角露出笑意。我有些无措，机械地点头回应。

蹊跷的是，他进门后并没有径直奔向售货台，而是在靠门的一张座位坐下，在黑色双肩包里翻找什么东西。果然有几分诡异，我心头一凛。但很快，他好像发现了什么，拿在手里扬了扬，冲着我这边看了看，脸上露出欣喜的表情。那是一张差不多名片大小的本本。我舒了口气，猜测是优惠券之类的凭证。

他取餐后坐在了我的对面。他告诉我刚才在取学生证，凭学生证的ID码在这家店可以享受2成的折扣。他把学生证递给我看，顺便介绍了自己。他来自加拿大安大略省，来纽约哥伦比亚大学读博士，一年级，主修生命科学。我们边吃边聊，从各自学业到旅途见闻，聊得竟有几分投缘，表情也逐渐生动起来。话题首先从他就读的哥大切入。他说哥大有很多的中国留学生。他身边就有，他们都很优秀。我说哥大和中国渊源很深，我聊起了冯友兰，胡适之，徐志摩，李政道和吴健雄，还有刘强东和奶茶妹妹。他认真地听着，向我竖起大拇指。他说，中国是一个伟大的国家，他希望有机会前往中国学习或者旅行，并邀请我方便的时候可以去哥大。我表示感谢，婉转地告诉他我即将回国，他面露遗憾之色。我们又聊到了彼此的专业领域，聊到了基因工程和人工智能。

不知不觉快到集合时间，起身离座。我突然问起他为何选择华人旅行社，他说理由很简单，一是价格便宜，二是中国人友好，有安全感。他笑了，我也笑了。我再次打量他那张脸，竟不觉得有丝毫的狰狞，反倒显出几分的坦诚。我们并肩走向了约定的地点。

傍晚，行程结束，返回唐人街。下车后，他叫住我，递给我一张信笺，上面写着一串字符，是一个电子邮箱的地址，纸上印有一头威风凛凛的狮子，他告诉我，这是哥大的吉祥物，代表着激情、勇气和力量，哥大学生的座右铭就是"生如雄狮"（Live as a lion）。

在去往肯尼迪机场的路上，我郑重打开这份信笺，不禁想起老祖宗的识人箴言：人不可貌相。

"生如雄狮"，纽约"驴友"，与你共勉。

（本文刊发于 2024 年第 1 期《鸭绿江》杂志）

休闲篇

家人闲坐

大姨爹的"小红书"

儿时的我是个故事迷，喜欢听大人们讲各种各样的故事。爸爸的阿里巴巴和四十个大盗，妈妈的白雪公主和七个小矮人，都曾令我如醉如痴。不过我最喜欢听的还是大姨爹口中的战斗故事。大姨爹讲故事绘声绘色，那个军号吹、战鼓擂的气势，直让我摩拳擦掌、热血沸腾。

大姨爹的故事，仿佛《一千零一夜》书里写的那样，讲也讲不完。久而久之，我发现一个秘密，大姨爹藏有一本"小红书"，红皮封面，有爸爸床头的《唐诗三百首》那般厚实。给我们讲故事前，时常会翻开瞄上几眼，口中念念有词，仿佛在做什么玄妙的法术，然后便放进一个有铜拉扣的黑色抽屉里。那个"小红书"就像个魔法盒，源源不断地飞出很多很多的故事。

那时候，我在府前路上的机关幼儿园上学。大姨爹住在友好巷，离幼儿园不过百米。

我常常一放学就往姨爹家跑，缠着他讲故事。听了很多故事后，我就想探个究竟，那本"小红书"里到底有什么秘密。有一天，我瞄准机会，趁大人们在院子里拉家常，壮起胆子，蹑手蹑脚溜进屋里，拉开那个黑色抽屉。只见左边整齐地码放着一摞红彤彤的证书和金灿灿的奖章，右边正是那本我心心念念的"小红书"。谁知，我刚触碰到"小红书"的封皮，大姨爹神不知鬼不觉地出现了，"小孩子家，挺机灵的嘛"，说罢摸摸我的脑袋，乐呵着将抽屉推了回去。

小学三年级，一个草长莺飞的时节，大姨爹来我们学校讲故事了。那是在实验小学的大操场，师生们席地而坐，大家听得津津有味，掌声一波接着一波。讲台上的大姨爹扎着大大的红领巾，容光焕发，仿佛又回到了峥嵘岁月。离场时，大姨爹被"红领巾"里三层外三层簇拥着，那阵势堪比时下的人气明星。

这是我第一次从"官方""认证"了大姨爹的"身份"，他叫肖克围，早年在泰兴古溪参加革命，当过儿童团团长，是那个烽火年代的风云少年。后来经历过大大小小的战斗，屡立奇功，十里八乡流传着他的战斗故事。他的故事鼓舞了很多人。

时光如梭，待我成长为追风少年，终于按捺不住心头之于"小红书"的那份执着，偷偷地问大姨妈。大姨妈一脸错愕，"哪里有什么小红书？"待我描述一番，姨妈笑了，"你们这些小鬼，天天缠着他讲故事，他哪来那么多亲身经历的故事，掏空了以后，就把战友讲的、书里写的、电影里演的、电视里看的，认认真真记下来，岂止是一本，这里有好多本呢！"

姨妈拉开抽屉，那一本本码放整齐的"小红书"赫然在列。她抽出其中一本，打开给我看。虽然纸张有些斑驳，但蓝黑墨水的蝇头小楷和勾勾圈圈的痕迹清晰可辨，本子褶皱深处闪耀着一种特别的光泽。

四年前的腊月，这个讲了一辈子红色故事的可亲可敬的老爷爷安详地走完了他传奇的一生。"小红书"里那一个个荡气回肠的故事深深根植在我的脑海里，并将一代代传述下去……

（本文发表于2021年5月27日《泰州晚报》副刊，后为人民网转载）

不服老的“仙人张”

姨父又要开办画展了！消息首先在家庭微信群里引爆。晚辈们纷纷表示祝贺，亦有长辈戏称他“不服老”“张不老”——年已耄耋，激情不减。

姨父本名张执中，江苏省文史研究馆馆员，民盟江苏国风书画院副院长。因其擅画仙人掌，在书画界得一雅号——“仙人张”。“仙人张”笔下的仙人掌，明艳质朴，元气满满，工与写、意与象完美融合，被誉为一绝。

画展首日，云气氤氲，微风不燥，举家前往观瞻。画展由省文史研究馆主办，当地文联承办，设在海陵艺术展览馆。慕名而至的宾朋络绎不绝，一时间人声鼎沸。画展展示了姨父逾半个世纪艺术生涯中的数十幅国画作品，取材以花鸟为主，辅以人物风情，蔚为大观。沿展厅绕行一圈，犹如徜徉于墨香浮动、溢彩流金的艺术长廊，人在花鸟间，浮生半日闲。

简约的开幕式后，移步观展。正厅迎面的四幅屏风，列展了为毛主席纪念堂和钓鱼台国宾馆珍藏的作品影印件，气度恢宏，笔力刚健，墨韵高雅。犹见姨父作此巨制，奋力挥毫之状，即在眼前。

我在《春风心底来》画作前流连驻足。和风、繁花、飞鸟、青石、流泉，春天的诸元素巧妙糅合，笔墨线条勾勒万千气象。凝眸视之，不知不觉一股和风荡漾于心田，仿若一脚踏进了一个莺歌燕舞、山花烂漫的春天。

东厢房展示一幅《成果不易》图，八尺宣纵式，自上而下，挂满整个墙壁，下面还卷起些许。如此宏幅，刻画了一干一枝一果，墨色层次丰富，笔力遒劲苍老，那一粒枇杷果尤为璀璨夺目，大写意着实令人震撼。一位艺人风范的长者啧啧赞许，忽又自言自语"这画是如何画的？是挂起来画的呢？还是铺在地上画的？"我看了也惊心动魄，百思不解，究竟是如何成画的？也许这恰恰印证了画题"成果不易"吧！

经穿堂抵达后厅，迎门正中悬挂有约3米长的《乔园全景图》。乔园是江淮地区最古老的园林，现为省级文物保护单位。《乔园全景图》是姨父83岁时的呕心之作，荟萃了园林的大小风物。静观默察，从这幅艺术存照的细微如芥子的单元里，读出流淌的文脉和乡情，如丝如缕，如梦如幻。

姨父十多年前应邀在泰州乔园内设置画室。有友邻见他在小区和乔园工作室间来回奔波，多次劝他，"您老八十多岁了，还不在家歇息？"他总是客气地回应人家的关心："习惯咯。"云淡风轻的"习惯"二字，饱含着不懈的人生价值追求。所谓习以为常，绘画就是他的生命常态。我记得他曾对我讲过，绘画就是他的生命，他的生命就是绘画。他自刻有一方印，"不画丹青负此生"，常常钤于画端。

为了将建筑乔园升华为艺术作品，他不辞劳苦地用脚步反复丈量整座园林，每一个角落、每一栋建筑、每一株古木都留下他蹒跚的脚印，将数千张不同角度的风物草图深深镌刻在脑海。苍天不负有心人，《乔园全景图》甫一问世，便在全城引起轰动。

全景图两侧布满了姨父门下高足的习作，其画风和笔力承继了姨父一贯的绘事要旨。展厅西侧置一案台，不少粉丝围拢，观看"仙人张"现场挥毫。他手持长锋毛笔，凤翥龙翔，草书四字"幸福海陵"，熠熠生辉，博得满堂喝彩。

姨父在众多画作题跋中均落笔"三师堂"，此为画室斋号。起初我有些不明所以。姨父笑而释之，"三师"，乃师古人、师今人、师造化也，为书画界老前辈田原先生所赐并亲授牌匾。联想起姨父方才致答谢词，恭恭敬敬的"五鞠躬"大礼，不无感叹：谦谦画翁，卑以自牧也！

浮思漫想间，不觉已至日暮。缓步走出展馆，一时思绪万千。姨父一介本可颐养天年的老翁尚且为毕生的艺术抱负焚膏继晷，我们这些处于盛年的后辈们岂能安享岁月静好？那支为生命执起的画笔，仍将在守正创新的画心纸上续写不老之传奇。

（本文刊发于 2023 年第 9 期《青年文学家》杂志）

家有"青椒"

"青椒"一词近来大火，初闻颇有些不明觉厉。

百度有云：青椒者，高校青年教师也。原来是一群象牙塔里担当传道授业解惑大任的"白骨精"，须仰视才见的傲骄派，为何故弄玄虚摆弄槽点呢？

待贤妻过门，耳濡目染，方渐渐怯魅。

年后宅家，过了阵百无聊赖的日子。可这位青椒却丝毫没有偷得浮生半日闲。每天忙不迭地统计上报学生的身体状况和接触人群信息，还要不时接听四面八方处于"囚徒困境"中的神兽们的五花八门的心理热线，忙得不亦乐乎。一日大早，我睁开惺忪的睡眼，瞥见青椒在写字台前面对电脑正襟危坐。原来线下教学停摆，客串起视频主播来。书房秒变录音棚，连空气里都氤氲着比特的气息。啧啧，青椒的居家生活就是不一样的烟火。

行走于学术江湖，论文是硬通货。青椒们纷纷埋首于实验室里和文献丛中，化身键盘侠将按键敲得抑扬顿挫。无奈这年头顶刊、核心资源稀缺，发刊如同中彩。于是，青椒们一窝蜂挤上了教学大赛这个赋能KPI的新赛道。俺家那位也不落下风，火速组建了项目团队，好在锦鲤眷顾，省赛榜上有名，也算不虚此行。

新学期鸣锣开张，青椒们各就各位，不遗余力地提升"后浪"们的竞争指数和安全阈值。"神兽"们的考学考证、心理生理、毕业就业，林林总总的大事小情，第一时间望闻问切。他们忽而变身循循善诱的贴心暖妈，忽而化身和风细雨的知心大姐，为了护佑这群即将乘风破浪的后生使出浑身解数。而当学有所攀和业有所成的后浪们带来了积极的情感回馈，那便是为师嘴角上扬的高光时刻了。

这便是一组画风特异的高校青年教师的"囧象"图鉴。头顶"三高"光环，任凭琐碎吊打。无论是学校凿的路，还是学生挖的坑，他们的使命就是见招拆招，以变应变。他们自谦为学术民工，在人文理想和师德情怀的夹缝中义无反顾地弯腰捡拾地上的六便士。可吃定了青椒这碗饭，自我革命抑或自我蝶变的道路又该如何走呢？

且观且行之。

（本文发表于 2021 年 5 月 27 日《泰州晚报》副刊）

"吝啬" 老妈

　　老妈什么都好，就是有些抠抠搜搜的。方言里有一个词，叫"啬什么豆"来着，非常适合她。有时候我干脆私下叫她"啬妈"。"啬妈"昨天又怎么怎么，"啬妈"今天还如何如何……揪住老妈的这个"小辫子"大做文章，我自然颇有底气，这里不妨一一道来。

　　老妈似乎天生喜欢与老破残旧打交道。毛巾用到掉线了不舍丢弃，改作抹布用。牙膏非得挤压成前胸贴后背，榨光它的剩余价值方才善罢甘休。难以拿取的碎肥皂头，装进旧丝袜里，继续发挥它的余热。平日里她穿的不是打折品就是换季的地摊货，给她买的品牌衣服，则常年陈列在柜橱里。当垃圾分类还是天马行空概念的时候，老妈俨然先知先觉，在家里就着大大小小的袋子进行了对标摸索，能回收的分门别类后放到楼下车库，坐等收废品的大爷吆喝上门。

　　老妈的大脑里嵌有一幅实时更新的比价地图。啥啥打折扣，哪哪搞活动，她都"门清"。这些信息都是她一板一眼琢磨出来的。我们避之唯恐不及的花花绿绿的促销海报，她当宝贝似的翻来覆去，在茶几前大大咧咧地摊开，抄起老花镜，在各大超市琳琅满目的图片间比对，一番口算脑算机算之后，总能把折扣最大或性价比最优的商品挑选出来，分享到一帮志同道合的老妈子自建的微信群里。时不时地，她会跟着一帮淘菜婆，奔菜场，赶超市，不亦乐乎。有时候还会坐上十几站的公交到集镇上打卡。用她的话来说，那里农民自种蔬菜，又便宜又新鲜，说得眉飞色舞，还不忘掏出老年公交卡：免费呢！

一次我赶早去小区附近的超市。那个点的超市人声鼎沸。一打听，原来是店庆日，前百名顾客凭会员卡和小票可免费领取鸡蛋一份。我霎时间没了购物的兴趣，赶紧从免购通道走人。未承想居然和眼神犀利的老妈狭路相逢了，她在神龙见首不见尾的结账队伍里。不用说，肯定是冲着早鸟福利而来。老妈刚想在我面前抖机灵，我便没好气来了一句，"至于吗，这么拼"。老妈的"一致行动人"则在一旁帮腔，"你们孩子家就是不懂"。下午，接到老妈来电，"超市赠送的鸡蛋已制成茶叶蛋，放在车库，下班了别忘记拿上楼"。我一时语塞。

老妈习惯将冰箱里里外外塞得满满当当，一拉开冰箱门，各种包装码放得严丝合缝，几无插手之地，那些都是她"大眼对小眼"货比三家的战果，仿佛囤货才能带来足够的安全感。有一阵，肉价一个劲往上蹿，就在"猪坚强"让我们感慨消费"不自由"的时候，老妈嘚瑟开了，咱家冰箱里的肉呀，多着呢，足够你们吃三个月呢，你看看吧，还是老人家有经验，我们走过的路，比你们吃过的肉还多。那自鸣得意的神情，仿佛赚了老天一个亿。

老妈还对残羹冷炙有着异乎寻常的亲近感。早在国家提出光盘倡议之前，老妈已在家里家外的餐饮场景中自觉实践着，从来不会轻言放弃一克一钱的可食之材，并时常在我们面前开启"谁知盘中餐、粒粒皆辛苦"的碎碎念。老妈的冰箱里永远滞留着或大或小的食物包装，那些包装里的残食，她会不厌其烦地炖热多次，直到吃干榨尽为止。有一次，我趁着老妈出远门，对冰箱来了一次彻底的大扫除，换上了新鲜的蔬菜。老妈回来一脸的不悦："你们怎么又糟蹋钱了，要是摊上个自然灾害，唉，你们不懂！"

我很是不解，老妈好歹也是懂文善技之人，退休收入躺赢不少996的打工人，如此死抠活省，何苦哩。

我不止一次问老妈。她总是一笑而过，一句"你不懂"，抑或是"习惯了"，丝毫不会动摇根深蒂固的"吝啬"逻辑。

前不久，老妈神秘来电，让我去小区西门的公交站台等她。我正疑惑着，瞅见老妈从银行方向提着一个买菜用的袋子过来了，"儿，拿好了，知道你和媳妇商量着换车，算上老妈一份。"还没等我回过神来，老妈头也不回上了公交车，留下我独自在风中凌乱。回家一看，足足好几叠呢！唉，老妈的心思果然"我不懂"。

我再也不忍心对老妈的"偏执"进行"降维打击"了。或许，这是从那个物资匮乏的"小时代"走过来的人的普适思维，是属于那代人的"小确幸"。我的"吝啬"老妈，如今，这"吝啬"二字我是真的"吝啬"得难以说出口了。

（本文获河北省临漳县文联、临漳县作家协会举办的第二届"情感"全国征文大赛优秀奖）

老妈"触屏"记

妈妈的第一部智能手机是儿媳给她的生日礼物。老人家摩挲着精制的小方盒乐不可支。给她做了简单的开机示范后，便小心翼翼封存好没舍得使用。待到姨妈串门，拿出来"显摆"，却对开机后的屏幕束手无策。妈妈躲到阳台上call我，那个"囧"啊，我隔了手机听筒都能感受到。

在我眼里，妈妈是个心灵手巧之人。她早年担当单位总账会计，算盘珠拨得行云流水。后来推广电算化，也是同行中的一把好手。临退休的时候，她学会上网，操控鼠标漫步网络，丝毫不输初入职场的我们。然而，日益渐长的年岁，渐渐令她与时代产生了疏离。在信息社会的渡口，她需要儿子来担当她的摆渡人，来扶助她拥抱移动互联的新生态。

起初我以为这事易如反掌。就着微信这个常用社交工具给妈妈做起了面对面直播。点击图标，注册，登录，五花八门的功能展示。一顿操作猛如虎，老妈愣是没看懂。自个儿用起来依然哆哆嗦嗦的。我意识到，智能手机对老年人委实不太友好，要将寻常操作转化为老年人可接受的语言输出，得有一番传道授业解惑的功夫才行。

对零基础的妈妈，我客串起老师，对微信的子功能进行分类，从常用到一般，将对话聊天、添加朋友、发朋友圈动态等常用功能列为优先级，条分缕析地讲解。熟练后逐步过渡到加入群聊、添加表情包、订阅公众号等一般性功能。妈妈像个专注的小学生，按我的口述反复操试并不时发问。初尝快意的妈妈在朋友圈狂秀自拍，不时捣鼓出一幅九宫格。有段日子，隔三岔五更换微信头像，我惊呼：老妈变潮妈了。

过了一阵，妈妈问我微信支付是咋回事，她也想用，出门买菜就不用"腰缠万贯"了。她尝试着点进去，说要认证，吓得不敢轻举妄动。我帮妈妈关联好银行卡，开通了密码支付功能，然后带着她去邻近的小店开展消费实践。妈妈端起手机对着商家亮出的二维码一扫，瞬间钱货两讫。她又挑选了几件商品，一件件扫得不亦乐乎。自从实现了微信支付，妈妈逢年过节都不忘给我发红包，我当初压根儿不会想到教会妈妈微信支付居然是件无本万利的美事。

网购时代，我不时动动手指，帮妈妈点些外卖上门。妈妈很是心动，也想尝尝足不出户的便捷。我帮她下载了美团App，告知她选菜下单的基本要领。第二天，妈妈就在家庭群里上传了网购食品的截图。一个周末，我接到外卖小哥来电，让下楼取两杯奶茶。我和妻面面相觑。待我下楼取件进门，听到妈妈在和媳妇微信聊天，咯咯咯地笑：原来是老妈给咱点的！惊不惊喜，意不意外？

后来，妈妈又陆陆续续学会了用小程序申领各种优惠券、用音乐播放器居家K歌、在直播平台围观各地风土人情，触屏操作的"段位"越来越高。她像年轻人一样享受着"一机阅遍天下""一机在手万事无忧"的便利。我为妈妈在移动互联时代的每一步进阶、每一份获得深感欣慰。

（本文发表于 2021 年 3 月 24 日《泰州晚报》副刊）

以下为本文后记：

时下年迈父母使用智能手机已成为一个社会热梗。更多的父母陷入无助的智能焦虑，加剧了与主流时代的违和感。曾经，父母是我们的眼睛，教会我们看图识字，指引我们辨识实体世界的风云气象。如今，老去的他们需要我们心手相牵，教会他们触屏社交，带领他们洞见虚拟世界的五彩斑斓。让我们趁着春节归家团圆的档期，赋能父母的智慧生活，将手机屏幕里一个个浮动的图标，变成一间间有温度的聊天室，在彼此的手指比画点击间触发代际共情，追逐那一份掌上家庭特有的温馨与浪漫。

凡人影像

老兵王嘎子

寒露时节，老兵羊肉馆在春晖路开张了。

掌柜姓王，我的老朋友。早年在济南服过两年兵役，得了个"小兵王嘎"的诨名。退伍回乡相互串门，见他一本正经地将被子叠成豆腐块，忍不住调侃他。他嘿嘿一句"习惯了"。

王嘎子先是凭借在部队练就过硬的驾驶技术，在一家运输公司干了几年专职司机，后又跑起了的士。而立以后，试水便民餐饮，主打海鲜炒饭。一开始在街头练摊，风里来雨里去。后来操盘羊肉汤这个项目，屈指算来，已有五个年头。

那一年，国家推动大众创业，满大街都是激情澎湃的身影。王嘎子也跃跃欲试，加之手头有了些积蓄，便琢磨着做个像模像样的生意。时至深秋，应季的羊肉很是热销，欲入行分一杯羹。他随一厨师朋友见习了两周，习得了羊肉打理的一些基本套路，打算现学现卖。

王嘎子在南通路师范学校附近租下一间店面。借鉴同行的设计效果图，请搞装潢的发小依葫芦画瓢装修了一下，选定皖北地产山羊作为食材来源，马不停蹄办妥了一系列证件。是年平安夜，老兵羊肉馆鸣锣开张。亲朋道贺。加冕"老板"的王嘎子容光焕发，信心满满。

王嘎子走的是大而全的路子。烤全羊、葱爆羊肉、明炉羊肉等几乎大牌羊肉店的招牌菜品都能在A4纸大小的菜单上找到。他说这是为了全方位满足食客们舌尖上的需求，让他们到店点到吃到。刚开始，在亲朋的招呼下，食客盈门。好景不长，进入腊月后，食客反而日渐稀疏起来。好不容易撑到春节，盘点一个多月的流水，小有毛利。但若考虑房租、水电、装潢和亲人帮忙张罗的人力成本，妥妥地赔本赚吆喝。

生意不好做呀，王嘎子叹息道。

春节后，王嘎子默默撤下了羊肉汤的招牌，回归海鲜炒饭的老本行。

转眼又是一年，街头巷尾开始飘溢起令人垂涎的羊肉味。王嘎子的房租快到期了，续还是不续？不干，心有不甘。干，底气不足。王嘎子陷入两难。

他邀一干好友茶叙。大家直言不讳。"你才学了几个时辰就心急火燎地开店，心急吃不上热豆腐！""价格还算公道，肉品也正宗，就是口味不咋的，我朋友去了一次就没下次了。""街上的羊肉店多如牛毛，凭什么来你这里，没有特色，食客们用脚投票！"

大家你一言我一语，王嘎子脸上红一阵白一阵。

说归说，大家都希望他把羊肉馆的牌匾扛下去，好歹有了基础，浅尝辄止的话意味着往日的辛劳都白费了。吃一堑必定长一智！

王嘎子认真地点点头。

大家又七嘴八舌头脑风暴了一番，为羊肉馆的后续经营把脉问计。

王嘎子像在部队听领导作训词一样，把大家的意见一字一句记到本子上。

这一次王嘎子决定专攻羊肉汤，不再贪大求全铺摊子。他依托战友关系，联系徐州一家老牌特色羊肉汤店，蹲点跟班足足一个半月，熟稔了从选材、配制到出品的整个流程。出师后一度闭门谢客，蛰伏店中打磨厨艺，从大锅熬汤，到烹制主食，到搭配小菜，每一道工序、每一个环节都反复操试，将羊肉汤的N种打开方式整得行云流水。那一阵子，他浑身的羊臊气，张口闭口"羊羊羊"，大家都笑他成了"羊癫风"。

初冬，整葺一新后的老兵羊肉馆重新亮相。

一开始生意不温不火。大家劝他沉下性子，用心经营，守得云开见月明。由于羊源正宗，口味不错，渐渐地销路活络起来，陆陆续续有了回头客。从原本一天不足一只羊的食材量，增加到两天三只羊。年终轧账，低开高走红盘报收，王嘎子喜不自禁。

第三年，王嘎子继续厉兵秣马。他重回从师之地精进技艺，观察羊肉汤品流行的新趋势，尝试效制一些"爆款"。从此以往，入秋回炉进修成为他雷打不动的热身。日复一日，年复一年，他对熬汤炖肉有了自己独到的见悟，学会了标准化制作和个性化营销。后来，王嘎子一不小心触碰了"共享经济"的风口。他和龙虾店的老板谈妥，分时段共同租用同一店面。每年3月至8月为龙虾季，9月至次年2月为羊肉季。房租成本腰斩，意味着净利将"多收三五斗"。

"一个好的羊肉店，在于用最好的食材、最笨的工艺，真正经得起时间检验的，是那份坚守。"他对师傅的教诲念兹在兹。

隆冬的傍晚，我路过老兵羊肉馆。只见王嘎子在锅灶上忙活，炉火映红了他紫色的面庞，一股股烟火气升腾弥漫开来。我端详着他那张未至不惑略显沧桑的脸，嘴角微微泛起皱纹，发际线后移明显，白发渐成燎原之势。创业路上摸爬滚打，历经岁月磨砺的他变得坚韧、成熟和理性。祝愿他能永葆纯良率真、坚毅果敢的兵哥本色，在创业路上一路驰骋，被岁月温柔以待。

加油！

（本文发表于2021年1月26日《泰州晚报》副刊）

斜桥弹棉人

海陵城东斜桥附近有一小巷，小巷北侧有一排出租房。中间一爿为一间棉花铺，铺面不大，约莫15个平方米，来自湖南的一家三口"蜗居"于此做着弹棉花的营生。他们来泰州弹棉花已有多年，辗转多处，后来落脚斜桥。

男主姓周，左邻右舍称其为"老周"。其实老周的年龄并不大，不过四十出头，看起来却有十足的沧桑感。他手艺好，为人实诚，价格公道，对有传统棉胎情结的中老年人颇具吸引力。每逢秋冬旺季，一天能加工出品六七条棉胎。日子单调清寂，老两口很是满足。

弹棉铺后身不远有家台球室，我经常在这里"开杀"。老周的大儿子小周在附近一家酒店打工，也是"球粉"，不时光顾，和我切磋两杆。

一切祥和静好。不承想，一场猝不及防的疾病，撕开了这个外来务工人家不为外人所知的脆弱一面。

那天子夜，一阵急促的手机铃声把我从酣睡中惊醒："哥，我爸晚饭后肚子一直不舒服，现在痛得在床上打滚，要送医院，麻烦用车送一下。"

我不及细想，飞身下床，很快将车停在了他们的店铺门前。母子俩一左一右搀扶着父亲移步出门。待他们安稳入座后，旋即驶向最近的第四人民医院。

经化验，是胃溃疡出血，急需住院治疗。老周两口子战战兢兢地问医生，要花费多少费用。医生让他们先准备3000元。老两口问医生，能否不住院，开些药拿回家吃。医生不敢承担责任，要他们签字画押，如果病情有变与院方无关，并直言相告，如果不及时治疗，会有生命危险，而他毕竟才四十多岁。

一家人陷入沉默。

我在一旁，心里直打鼓。我才知道他们的难处。弹棉花其实是个利润微薄的生意，老周说，去年一年，除去房租水电和吃喝拉撒，赚了不到八千块钱，勉强满足在老家读高中的小儿子一年的学杂费和生活费。大儿子在酒店打工，每月不过数百元进项，加上处女朋友方面没有经验，女友没交到，却贴了不少钱。一家人为了省下盘缠，没有回老家过年。节后生意一直不温不火，现在即便倾其所有，也无力支付数千元的住院费用。我看到，他们的目光里闪烁着泪花。

长吁一口气后，小周打破沉寂："爸，必须住院，我去想办法，大不了卖掉手机。"我知道，那部手机是他去年在太平洋电子城咬咬牙买的换型打折机，他一直视为宝贝。我一阵心酸，从随车的包中取出银行卡，去最近的银行取了一千元现金，递到老周手里，作为住院保证金。老两口紧蹙的眉头终于微展。父亲转入病房输液治疗。

第二天一早，小周去了手机回收点。令他意外的是，这部使用仅7个多月的手机，回收价仅有原价的一半。他犹豫了半天，把手机又拿了回来。此后的几天，母子俩一直为筹款奔波，老乡、朋友、邻居、酒店同事，三十五十，一百两百，东拼西凑。每日治疗费用不菲，疗程尚未结束，老周便央求医生让他早些出院，开些药回家慢慢调补。医生复查后，勉强同意了他们的请求。6天住院和回家用药，共计2200多元。出院那天，老周拉着我的手："小刘，你的钱是一定要还的。你的恩情我让儿子以后报答你。"

老周的身体一天天好起来，可短期内难以恢复到先前的劳动状态。他的妻子撑起了生意的担子。小周也变得懂事，下班后便来店里打理，很少在台球室流连了。我有时路过那爿小铺，目睹母子俩戴着口罩弓着腰身如陀螺般劳作，那一声声机响、一片片花飞、一线线牵拉，在我的脑海里深深定格。他们的脸上依旧挂着笑容，我的心里却有些莫可名状的感伤。

数年后，斜桥片区纳入了旧城改造的版图，那排门面房面临拆迁。市面上的廉价铺位一时难寻，老两口思量后决定先行回老家，顺便在老家为小周张罗对象，把终身大事给操办了。临行前，小周打电话让我去一趟他们的住处，嘱我开车过来。我到后，老周两口子细心地打开一个用洗净的床单包扎得方方正正的大包裹，里面是四条崭新的棉胎。小周母亲对我说："小刘，我们走了，给你做了四条棉胎留作纪念，两条大的你和媳妇盖，两条小的留给娃儿……"我自恃"泪点"很高，但此刻已泪如泉涌……

（本文发表于 2021 年 8 月 6 日《泰州晚报》副刊）

蓝色三轮车

儿时，周日下午随父亲去浴室洗澡成为一种习惯。通常是去离家不远的乔园浴室或是雅堂浴室。浴毕，在躺椅上休憩，父亲会为我点上一份小吃，有时是一串糖葫芦，有时是一串油炸臭干，那是嘴馋的我最为期待的。

四年级暮春一个周日，父亲突然决定不在家门口的浴室洗澡了，而是要骑车带我去很远很远的扬桥口。那里有一家北海浴室。更为反常的，居然是上午洗澡。我好生讶异，不明白父亲的葫芦里装的什么药。

父亲骑着二八杠的永久自行车，10点从家中出发，从城中一路颠簸到城北。我开始了翩翩浮想：莫非那家浴室很高档？擦背和修脚师傅很厉害？或者，有更多的我喜欢的零嘴卖？想到这里，我竟"扑哧"笑出声来。

约莫半个小时，来到北海浴室。门口停靠着一辆蓝色的三轮客车，后背靠椅印有"包接、包洗、包送"字样，车体有些掉漆，但整体看起来干净整洁。进门稍作打量，有些失望，这里无论外观还是内设，并不比家门口的两家浴室气派。

进入大堂，一位白发皓髯、敦厚壮实的老人迎上前来，微笑着和父亲握手寒暄。父亲让我叫他"佘爷爷"，又指了指靠墙椅上坐着的两位老人，管他们也叫爷爷。我觉得有些生分，但还是照做了。

父亲把座位安顿在他们三人的对面。我这才近距离观察到这两位老人：一位个头较矮，眼神不怎么利落，腿部似乎有恙，在认真地咀嚼一块烧饼；另一位个头蛮高，低头掩目，悠悠地吸烟，拐杖斜靠在躺椅上；那位精神矍铄的佘爷爷，正蹲在地上，搓揉丝瓜一样的东西，先用热水浸泡，再扯揉，挤压……父亲告诉我，这叫"皂角"，擦身去垢用的。

稍许，佘爷爷走到矮个爷爷身边，熟练地替他解扣脱衣，顺手抹去残留在他嘴角处的几粒芝麻。他的腿蜷缩着，佘爷爷将手伸进他的裤脚管一点一点往下褪；然后托住他的腰部抱紧他的腿部，在两侧肩上搭上一大一小的毛巾，小心翼翼送入澡堂……再回身帮高个爷爷脱衣去裤，搀扶他站稳，缓缓移步……

我和父亲跟随进入澡堂。许是刚刚放汤，水雾气还不是很浓。澡堂内除了我们五位，再无一人。我瞧见矮个爷爷惬意地躺在池边的旮旯口，身下垫了条大毛巾；高个爷爷悠闲地坐在靠墙的木椅上。佘爷爷告诉父亲，旮旯口宽敞，伤残人坐卧安全，铺上浴巾，防滑又透气，而中风病人坐在椅子上洗最为合适……

原来一个残疾，一个中风。父亲特意过来，就是看病残老人洗澡？我觉得匪夷所思。

待二人身上微微出汗，佘爷爷端来盆子，俯身给高个爷爷洗脚，双手搓揉脚跟、脚掌和趾丫，再托起大腿，用皂角擦洗下身，轻揉慢搓，反复数遍……

父亲问："洗澡先洗下体，这种洗法很少见，是不是有什么说法？"

佘爷爷答："中风病人不宜先洗头，要防止血压上冲……"

父亲点点头。趁着去澡堂外间透气的当口，问我："你猜猜佘爷爷与另两位爷爷是什么关系？"

我不假思索："应该是亲戚吧，三兄弟？"

父亲摇摇头："他们非亲非故，佘爷爷是这家浴室的职工，两位是他多年的服务对象，这一切都是免费的……"我有些不相信自己的耳朵。稍顿，父亲将佘爷爷的"底细"向我娓娓道来。原来，父亲是为采访佘爷爷而来。

再入澡池，看见佘爷爷正在替仰卧在池面上的矮个爷爷洗背，佘爷爷一手扳腰，一手用大毛巾蘸水搓擦，一连几个回合；洗下身时，手掌贴住小毛巾沿着僵硬萎缩近乎贴在一起的两腿罅隙缓缓下插，一遍复一遍……

一洗一搓，一插一擦，震撼了我的心。我被一股莫名的暖流冲击，眼帘再也承受不起泪珠的重量。我回忆起不久前和小伙伴们学雷锋的种种场景，带盲人爷爷过马路，去孤寡奶奶家里打扫卫生，参加义捐支持山区同龄人重返校园……这些在父母面前不知道添油加醋"表功"过多少次了。现在，在佘爷爷数十年如一日的爱心服务面前，是何等的渺小，何等的微不足道。刹那间，佘爷爷的身姿在我面前显得格外的伟岸，格外崇高。

离开北海浴室的时候，我向那辆蓝色的"三包"服务车投去久久的敬意。同一片蓝天下，这辆来回穿梭于小城大街小巷的蓝色精灵，该温润和慰藉了多少病残无助的心灵啊！

佘爷爷，本名佘鹤桐，全国劳动模范，原县级泰州市第二位全国五一劳动奖章获得者。

（本文系中宣部"学习强国"学习平台"温暖我的瞬间"主题征文稿，发布于"学习强国"泰州学习平台，后发表于2024年3月31日《工人日报》副刊）

老尤的"老字经"

老尤，说老不老，姓尤不"油"。数年前，从市商务局领导位置退休。未得闲，便去新成立的商业联合会"发挥余热"。延续熟悉的主题主线，琢磨起"老字号"这个细分行当，为擦亮泰州的老字号品牌鼓与呼。

"老字号是穿越历史尘烟的宝贵遗存，是地方产业和民生的'活化石'"，老尤说，"老字号原本散落于民间，组织化程度低，我现在就是要用'看得见的手'，把他们聚拢起来，托举起来，守护好、褒扬好这些稀有'物种'。"老尤，显然是有备而来。

他仿佛永远不知疲倦。在位时风尘仆仆，像个片刻不得安闲的陀螺仪。部门业务协作，随他去基层调研，他的步速很快，语速也快，令晚一辈的我赶上他的节奏都颇感吃力。我暗暗吃惊，半生戎旅锻造出来的筋骨，果然不一样。如今年过花甲，那股精气神丝毫不逊当年。谈到泰州老字号，老尤眉飞色舞，如数家珍，一口气说出不下二十个。兴起时，插播几句"鼓儿书"。他自谦"鹦鹉学舌"，模仿鼓儿书传人范正德。这本"老字经"，他念得不亦乐乎。

"老字号是一个充盈地域特色的文化符号，每个老字号都带有鲜明深邃的文化印记。"老尤在他的工作笔记上如是写道。他念的，首先是"文化经"。

老尤地毯式调研了全市数十家老字号，下厂房，进铺间，望闻问切，逐个"建档立卡"。不久，十万余字的《走进泰州老字号》专辑出炉，全面翔实地辑录了泰州老字号的渊源、掌故、历代传人和知情人"亲历、亲见、亲闻"的第一手资料。我饶有兴致地展读，辑中图文并茂地展示了老字号伴随新中国成长的蓬勃风采和传承人踔厉实干的精神面貌，给我留下深刻的印象。

为了将"文化经"念出"文艺范"，老尤费了一番心思。与非物质遗产"鼓儿书"的传承人范正德合作，将《走进老字号》凝练改编成鼓儿书的脚本，由范正德亲自排演。去年阳春，我有幸观摩了泰州老字号鼓儿书开唱仪式。范大师左手一面锣，右手一根槌，面前一架鼓，边敲边唱，现场气氛热烈。"老字号"借力鼓儿书唱出了新生机，其文化精义也在不绝如缕的曲艺小调中收获了更多的共情。

"每个老字号的来路，都是一段商业传奇，要实现可持续发展，必须嫁接现代营商理念，立足守正创新，才能永葆金字招牌不褪色。"老尤又适时念起了"商业经"。

他再度遍访老字号企业。"老字号不能吃老本，要把目光从往昔的辉煌转向时下的消费市场，老字号有先发优势，只要抓住了消费者心理，远比一个新品牌更容易赢得市场。""好酒也怕巷子深，运用现代营销思维，不断固老纳新，把好货卖好，卖出新高度。""代际传承中，要注重创造性转化和创新性发展，弘扬精益求精的工匠精神和诚信为本的商业道德。"……老尤走深走实，为每家老字号送上高质量发展的"小贴士"。

老尤的"道场"不囿于本土。他带领老字号走南闯北，拥抱各大展会，以特有的"老字号"自信，去赢得更大的市场和更广泛的口碑。"摆擂台""走红毯""纳新粉"，成为他的常规操作。他的朋友圈中，中国老字号博览会、省老字号"三进三促"、大运河旅游博览会、国际餐饮博览会，场景频频切换。新媒体时代，精准推送的泰州老字号时常博得各界赞誉。从新华社到央视，从抖音到快手，打卡视频屡屡成为爆款登上热搜。老尤不时转发视频和点赞截图与我分享，我感受到了泰州老字号"出圈"的加速度。

近年来，驾轻就熟的老尤又协助有关部门启动乡愁记忆馆的布设工作。海棠春早茶、富春茶社、知味堂麻油、顾木匠红木、留缘照相、梅兰春酒，这些耳熟能详的老字号品牌纷纷响应入局。荟萃老字号元素的乡愁记忆馆，将向世人展示泰州这座历史名城的深邃与厚重，以及老字号品牌扎根乡土的血脉与缘分。

秋日的一个周末，我和老尤面对面。"服务老字号，光大老字号，是我的义务，更是我的责任。"致力于念好"老字经"的老尤，目光如炬，表情坚毅。如今的他，不仅是老字号泰州分会的当家人，还拥有省商业联合会副会长、泰州商业联合会驻会负责人等一众名头，并受聘市早茶产业发展协会顾问。这位不服老的"斜杠"老人，仍将会为他钟情的志业倾注毕生的心力。

莫道桑榆晚，为霞尚满天。老尤，加油！

（本文刊发于 2024 年第 3 期《文化月刊》杂志）

三野村的"三和大神"

三野，我所在城市南郊一个不起眼的村子，紧邻综合保税区。无人机影像里的三野村，巷陌纵横，屋舍俨然。一批大体量的制造项目落地保税区后，打破了这里原本的安闲和沉寂。大厂带来的庞大用工，使得这里的人流量骤增。很多人不习惯或者不便于入住集体宿舍。于是，拥有富余民舍的三野，便成了承接打工人外溢的近水楼台。这里永不疲倦地升腾着异乡租客们辛勤谋生的烟火气息。

"三和大神"，近年来兴起的网络热词，原指聚集于深圳三和劳务市场一带，打低端日结零工，干一天玩三天的准无业游民。后来，这一称谓不胫而走，逐渐泛化为遵从这类生活方式的所有人，勿论地域、年龄和工种，成为一类特殊打工人带有自嘲意味的群体标签。

三野，正是"大神"们的出没之地。他们中的绝大多数，为85后生人。他们或蛰伏于廉价群租房，或寄居于日店旅社，或以网吧为家夜以继日地打怪升级。狭小逼仄的空间，常年难见阳光，也难见升腾的烟火。从他们的落脚地抬眼，总觉得天空灰蒙蒙的，空气里充斥着一种慵懒的味道。

阿刁

阿刁不姓刁，阿刁是他的微信名。

我认识他的时候，他还是一名流水线上兢兢业业的打工人，和介绍我认识的小钟很要好。小钟是我大学同学的老表。

他是随他的女朋友来到这座城市的。女朋友在东城的一所大学读高职。他的角色是资助和陪读。他说，他们的老家在青海德令哈。

我当然知道这么一个地方，那是海子的诗中所描写的，"雨水中一座荒凉的城"。

他们是镇初中的同班同学。她从小就是块学习的好料。中考那年，考上了外省的五年制大专。在偏远的村子，也算出息了。在收到通知书时，她犹豫了好久，一度想放弃，因为家中经济窘迫。是他的责任感让她坚定了求学的决心，"没事，有我在，你放心，我供你读。"

他们从德令哈转道西宁、兰州，然后坐了一天一夜的红皮硬座，来到了这里。虽分居城市两翼，但不影响两颗年轻的心同频共振。

他们每天都会抱起手机嘘长问短。周末更是形影不离。在那个小小的租屋里，他们编织着未来的梦想。

一切岁月静好。直到他的父亲被确诊肿瘤。发现的时候已错过了最佳治疗期。去了西宁的大医院，没有带来惊喜。"不堪回首的那个春天，家门口的山桃花开了，我的父亲循着花香远去了，留下了母亲、我和正在读书的妹妹，还有十多万的欠条。"触及心伤，阿刁的语调格外的深沉。

那一年，女友已开始了实习。按照两家约定，毕业后操办婚事。然而家庭的变故摧毁了预设的一切。眼看着未来的亲家光景暗淡，女孩的母亲撤回了口头之约，怂恿女儿提出分手。理由是，"为了以后不受苦受累"。女孩左右为难，终日以泪洗面。最终不得不屈从家庭的压力。

他请假回了趟老家，想尽最大努力挽回。计划请假一周，结果前后差不多一个月。没有任何结果。家中顶梁柱没了，债台高筑，他已无力为这桩婚姻提供任何背书。女方提出的适当补偿，是一张远期支票，但这已经不重要了。他被残酷的现实撂倒在地上，犹如脚下德令哈的土地，荒凉冰冷。唯有家门口不远的那条巴音河，流水潺潺，不舍昼夜，默默地凝视着尘世间的人情变故。

回到出租屋的阿刁，像是换了个人。由于超长时间请假，他已被视作旷工而除名。这个并不重要，工作可以再找。但情变的伤口却难以独自舐舐和疗愈。看到他俩曾经生活的痕迹，再度悲从中来。两天不吃不喝。小钟拉着我去劝他。他半躺在床上，胡子拉碴，面色菜黄，仿佛大病一场。那一天，阴云将天空压得很低很低。好像，起一阵风，随时就能有一场来势汹汹的大雨。

他干起了日结。是为了不让自己挨饿。干一天结一天工钱，两不相欠。这个，挺好。他说。我戏称他为"三和大神"，他笑笑，并不拒绝。他知道有这么个称谓——抖音短视频里刷到过不少。

在那里，他遇到了一群"神友"，"一天打鱼，三天晒网"。他们的生活轨迹也很相似。挣的钱，三成打牙祭，七成交网咖。没钱了，去干日结，有钱了，继续泡咖。连劳务公司的通勤车，也默契地停在"网咖"的门口。他们的"团宠"是一款叫作《王者荣耀》的端游，绝大多数已达王者段位。他说，网游能够消解一切哀愁，在里面找回快乐的自己。

他越来越瘦，也越来越黑。他喜欢戴一顶灰色的帽子，他说，"他是只自由的鸟"。

他特别喜欢一首歌，习惯在手机的音乐软件里单曲循环播放。旋律很好听，但似乎很伤感。我问起歌名，他说叫《阿刁》。他喜欢这首歌很多很多年。

我能清楚地听出这首歌的歌词，大致是这样的："……灰色帽檐下凹陷的脸颊／你很少说话／简单的回答／明天在哪里谁会在意你／即使死在路上／阿刁明天是否能吃顿饱饭／你已习惯饥饿是一种信仰／阿刁不会被现实磨平棱角／你不是这世界的人没必要在乎真相／命运多舛痴迷淡然／挥别了青春数不尽的车站／甘于平凡却不甘平凡的腐烂／你是阿刁你是自由的鸟

/……/阿刁爱情是粒悲伤的种子/你是一棵树你永远都不会枯/"……

他说,《阿刁》就是为他而唱,他就是阿刁。

小天

当小天决定加入备考大军的时候,他也选择加入了"大神"的队伍。

在他看来,干日结最大的优点,在于时间机动灵活。他有足够的时间做自己想做的事——通过考试继续改写命运。他是我认识的"大神"中唯一持有本科文凭的人。

小天的母校在江城武汉,属于"双非"系列,名不出省。他是2020年夏季毕业的,当年的就业形势很不理想,校招的单位很少也很次,社招的简历也如泥牛入海。很多同学选择考学考编。

大学期间,家境贫寒的他居然咬咬牙没有申请助学贷款。除了大一那年学费是向亲友借的、大二的学费是父子俩干建筑小工挣的,最后两年的学费都是在这里的厂子做暑假工赚的。大三暑假,两个月不到,1万多元进账,交了下年度的学费后,又给自己新置了一部手机,说是此生犒劳自己的最大手笔,找工作总得要体面一点。在学校里他一直勤工俭学,发广告拉培训啥都干过,终于熬到了毕业。他对这里很熟悉,毕业后几乎未加思量又来到了这里。

这一次,持有本本的他与学生工不同,并不用做流水线上的螺丝钉,而是负责车间的技术维护。工程师的工作并不是他想象的那么清闲,近乎996的节奏,他无暇拾起书本。干满两个月后,他离职了,目标很明确,就是继续做"烤鸭"。人还是要有些梦想的,万一就实现了呢?他笑着勉励自己。

他采取的是"特种兵"式的考编战略。我认识他之前,他前前后后参加了好几个地方的编制考试,有省级的,也有市级的和县级的,足涉三省一市，均折戟沉沙。最好的一次，以笔试第二的成绩闯进面试，但没有下文。不过小天并不气馁，始终抱定他的"红宝书"，打算继续"卷"下去。不卷，似乎没有更好的出路。他说。

这是一张人畜无害的面孔。身材瘦弱，个头不高，皮肤偏黑，其貌不扬。他常自嘲，身高属于四等残疾，长相上了《非诚勿扰》会被团灭。大学的时候他收到过两张"好人卡"，非常沮丧和挫败，打那以后，便下决心没有体面的立业便不再考虑感情之事。

房东阅人无数，很快对这个与众不同的租客另眼相看。时常带着她的孙子孙女来求助作业题。次数多了，觉得过意不去，干脆免去了小天的房租。小天也很乐意，意味着他有更多的时间从繁杂的日结工里解脱出来。不过小天也说，其实干日结还是劳逸结合的好路子，能舒缓部分备考压力。

在我的心目中，我一直觉得小天是个好"大神"、好"打工人"的形象，几乎找不到明显缺点。但他自己却不这么认为，他认为自己最大的缺点是缺钱。我一听笑岔了气。这里谁不缺钱呢，"大神"缺，打工人缺——不为碎银几两，谁愿意背井离乡？马云倒是不缺，所以马云不会出现在三野村。

他的故乡贵州安顺，这个地名很有寓意。平安顺遂，或是衣胞之地给予每一位远游之子的贴心庇护。他说，他的家乡是彩色的，像一幅幅浓墨重彩的油画，他的家离黄果树大瀑布只有十多公里。

强子

三野村一家小饭店的西隔壁巷弄里，时常驻泊着一台白色的长安SUV。车的后挡风玻璃偏右侧喷涂了四行醒目的大字："北上广不相信眼泪/90後（后）闯荡社会/不喝清晨的粥，只干最烈的酒/90後（后）加油！"每一行的字体、大小不一。"北上广"三个字以红色背景打底，最后一行字前绘制了一个"烈焰红唇"的形象，煞是夺人眼球。

这是强子的座驾。

强子哪里人，似乎没必要问。车牌号陕G多少已经"出卖"了他的户籍。

早年他在车间流水线待过，枯燥地拧螺丝，一天一个动作成百上千次，条件反射似的肌肉记忆，令他苦不堪言。不能随便有小动作，不能随意上厕所。最要命的是烟瘾上来了还得强忍。在他看来，在流水线上，人和机器没有本质区别，所有的青春活力都会被埋葬。换了一家厂子，活计倒是人性化一些，但组长是个婆婆嘴，对他横挑鼻子竖挑眼，并扬言，"不干就走人，这里唯一不缺的就是人"。

"话糙理不糙，只要钱到位，鬼都能推磨。"他苦笑着还是逃离了。

他决定用这台车养活自己。附近几个大厂，十余万外地打工人，通勤，外出，每天来来往往，特别是周日，一车难求。每一个打工人仿佛都是一张张流动的钞票，在厂区内外的空气中躁动地飞舞。

然而好景不长。开车过来打工的越来越多，蹲点厂区跑车的也越来越多。收入日渐微薄。重返工厂，他不是没想过，但终究还是过不了心理那一关。离开产线的桎梏越久，越发觉得自由的宝贵。

他想到了日结。想干就干，不耽误出车，也不耽误其他玩乐，比如游戏，比如飙歌，又比如泡妞。他的算盘打得贼精。不得不说，作为90后，他还是蛮注重生活品质的。挣钱就是要开心。不找乐子，没点情调，这日子不如不过。日结就是这一点好，遇到不对路的上司，直接甩手不干。"大不了搭上一天的工钱，爷不伺候了"，他笑笑，"男人嘛，总要硬气一点"。

强子生有一副好皮囊。他的荷尔蒙极度亢奋，这也成了他的一大弱点。他挣的钱，不少用在了撩妹和约炮上。有车加持，似乎这一切来得更加疯狂。

"这里的厂妹不要太多，脸皮厚一点，大方一点，没有搞不定的。"他很厚颜，从不顾左右而言他。

小天对他的做派很是鄙视。他看到强子车的副驾驶上不断变换的"小可爱"的面孔，很是不适。他俩住在同一房东的大院里，墙壁的隔音效果不佳，小天时常听到他的出租屋里传出"哼唧哼唧"的声音，搅得看书的他心烦意乱，还有那垃圾袋里时常浮现出的脏东西，不忍直视。

强子以为这是逢场作戏、各取所需，可入戏三分的"女主"们未必温良恭俭让。一日，一个"烈焰红唇"、眼眶粘有长长眼睫毛、染着五颜六色指甲的女人叩开了强子租屋虚掩的门，与一个低胸穿吊带衫的女人狭路相逢，两人怒目圆睁，一言不合撕扯起来。污言秽语，不堪入耳。闻讯赶来的房东、小天和其他租户拉扯了老半天才勉强收场。那是小天第一次进强子的租屋。床上零落着两盒杜蕾丝，墙上挂一幅"三点式"女图。"宫斗"发生时，强子正应朋友之约在出车途中。

殊不知，更大的凶险正在酝酿。那一次，他被三个凶神恶煞的男人堵在了巷口。"老子的女人也敢动，我看你是活得不耐烦了！"带头的花臂男狠狠地甩出话来。"左膀右臂"也随之破口大骂，顺带问候了列祖列宗。两个人推搡着他，给了他几个大耳刮子。强子的脸上霎时间红得似火烧，好汉不吃眼前亏，他憋住不敢吭声，手忙脚乱地递烟赔不是，"对不住，对不住，有眼不识泰山。"不想又被其中一人踹上一脚。另一个仍觉不解气，又随手操起一块砖头，砸在了车子的后挡风玻璃上，玻璃顿时四分五裂，而"震中"位置就是那个"烈焰红唇"的绘图。

小天是现场的目击者，这一次，他没敢上前。

收拾残局的时候，他和小天说起，他有家室，老婆在老家留守，伺候一双年幼的儿女和年迈的双亲，儿子正在咿呀学语。想到家，他的内心是愧疚的。小天看到了他的眼里闪烁的晶莹的泪花。

大震

大震好喝酒。这在工友圈中是出了名的。一日不酌，便心神难安，食之乏味。且有一个癖好，收集酒瓶。在墙角码得整整齐齐。每天回家眼睛必定一扫，像检阅仪仗队一样，嘴角露出胜利的笑容。

他也吸烟，烟瘾不大不小，两天一包。私下抽的都是不到十块钱的孬烟，车间里拿出的都是二十向上的，以玉溪居多，偶尔也弄包"华子"嘚瑟嘚瑟。

喝多了耽误第二天上班是常有的事。好在他懂得人情世故，时不时拉上班长撮一顿，送包烟，班长也就睁只眼闭只眼，只管帮他请假打圆场。

他不在组装线上，但干的是累且脏的抛光或是烤漆。那活儿工价高，他是奔着高工价而去的。大震做活是认真的，这一点有目共睹。

这一次，他喝出大事了。大醉一场后一个人走回家，看到一辆快递车停靠路边，稀里糊涂地"牵"走了上面的一部快递扫描用的手机。警方根据监控很快锁定他的行迹，次日上午在出租屋内将酒意未消睡意沉沉的大震一举擒获。扫描手机被随手扔在了桌上的一角，旁边是一个剩有半瓶酒的酒瓶。人赃俱获，但他已全然不记得昨天做的啥事了。

酒多就犯傻，这不是第一次。

他老乡说，那年在老家，也是喝得不省人事后，与邻桌发生口角。然后，抢起啤酒瓶向对方砸去。未待酒醒，人已经进了局子，从此留下案底。

不喝不犯事，喝高易犯事。这是老乡对他的断语。

这一次，由于案值不大，在老乡替他交了保释金后，被准予取保候审。

消息传得飞快，尤其是坏事。旋即大震被厂里除名，并被拉入黑名单，终生不予录用。房东更是不容分说把他扫地出门。他一次性预交的三个月的房租仅仅住了一个多月。他认栽，知道没处说理。

取保期间，是不能自由择业的，因为随时可能被传唤。公安、检察院、法院，一个都少不了。一个电话，随叫随到。

他加入了日结大军。为了偿还老乡垫付的保释金，也为自己蹲看守所筹备银两。此前咨询过律师，或将面临半年左右的刑期。

快递物流业近些年野蛮生长，用工紧缺，尤其夜班工人。男工承担的基本是上卸搬运的苦差，平日里200元一夜，双十一、六一八等关键节点日价达到240元以上。工作地点在偏僻的郊外，但有专车负责接送，他觉得蛮好。

不过快递活确实累人。分配给日结工的多是大件流转，需要两人甚至多人合力完成。一夜干下来，腰酸背痛，力乏神疲，倒头就能睡着。因此，能坚持每晚打卡的人并不多，通常今天一拨人，明天又是另一拨人。所以大震也不是每天都去干。大震的活儿间断还有一个因素，那就是考虑物流公司的作业和中介公司的通勤时间与传唤时间是否产生交叉，若有冲突，无条件服从于司法传唤。从这一点来看，大震的"大神"状态多少带有非主观因素。和一般意义上的"大神"颇有不同。

大震的优点是吃苦耐劳，属于"只要干不死，就往死里干"的特种人。他对活计不挑不拣，只要有钱挣，啥活都愿干。比如，中介打电话问他田里喷洒农药的活计，220元一天，干不干，他想都没想就答应了。当然，他也会给自己放假，上上网，遛遛歌。三十好几的人了，孑然一身，优哉游哉。

取保期间的大震居然遏制住了酒瘾，这令所有人瞠目结舌。他说，唯一的一次饮酒一定是在确定服刑之前。有人附耳他，他的原房东在清理他的租屋时骂骂咧咧，原因是那浩浩荡荡的酒瓶阵列让她的手不小心划了一道口子。但一想到自己不地道地趁机"鲸吞"了一个多月的房租，也就打掉牙肚里吞了。大震呵呵，不说话。

但大震的烟瘾是没法控制的，甚而变本加厉了，由原先的两天一包倍增到一天一包，有时还会透支第二天的计划，不过市价无论如何不会超过十块钱。

这一日姗姗来迟，但没有缺席。大震被法院裁定5个月拘役。去法院领刑的前一天中午，大震狠狠地喝了一顿，陪酒的有他的老乡、小天、强子，还有一帮只有他自己认识的日结工。当然，酒后大震的一举一动都在小天的严密监视之下。

第二天，是强子开着车带他和小天去的法院。他把所有的行李托付给小天，所有的朋友中，他觉得他最靠谱。

小天搬走大震打包好的两大包行李后，再次折回，担心有没有什么重要的物品落下。四处张望了一番，发现窗台上遗留一只孤零零的蒙着灰尘的豁了口的空酒瓶，和上方天窗透照出的空荡荡的天空。

光头和银凤

他和她是在生产线上结识的。眼波流转间，她不可救药地爱上了他。他也顺水推舟接纳了她。

他离婚独身，两个女儿随他，托双亲抚养。她育有两儿一女，与丈夫若即若离。如同干柴与烈火，他俩越碰越红火。他说，他嗅到了睽违已久的爱情的味道。

打工苦，打工累，打工的人儿一对对。这样的露水夫妻在中国背井离乡的男男女女中，见怪不怪。甚至可以说，比较寻常。

光头仪表堂堂，国字脸，大眼睛，有着古铜色的面孔，浑身上下散发着阳刚的气息。他的江湖诨名"光头"，其实并不符合实际。毛发还是比较富有的，只不过喜欢剃成光头而已。他认为，光头才是男人的本色。

光头和金凤，一直是规规矩矩的打工人，本来和"三和大神"沾不上边。戏剧性的转折发生在一件事上。

那天，光头接到一个尾号为110的固定电话，对方自报家门：街道派出所。问他有没有给某某人某某账户转过账，让他速来派出所一趟，做个笔录。

他一听直冒冷汗，支支吾吾，又果断地否认，"没有没有"。

对方答，你的情节不严重，请务必配合我们的工作。说完便挂断了电话。

光头当然心知肚明。他将自己的银行卡信息"出卖"给某神秘人物，对方承诺"按指示操作"后给予丰厚报酬，每笔效益根据转账金额大小不等，最低500元，上不封顶，每月保底获利2万以上。

这不啻天上掉馅饼。苦于养家糊口的光头未加犹豫便上了"贼船"。

冷静下来后，光头作出理性分析，警方既然电话上门，肯定掌握了确凿证据，也肯定会有下一步的工作手段。刻意逃避，或者置之不理是不明智的，唯有积极配合，争取宽大。

由于他在诈骗链条中的角色属于万千末端中的一个，加之金额不大、认错态度好，写下承诺书后被免予处罚，但问题来了：银联系统将他拉入了黑名单，名下所有的银行卡被冻结。

这是相当致命的。几乎所有的规范工厂都实行工资实名制管理，委托银行打卡发放。银行卡被冻结，意味着自己无法正常领取自己的工资。他咨询过，厂里是不接受现金结算的。这时候的他，终于如梦方醒，命运馈赠的礼物，早已在暗中标好了价格。他懊恼不迭。

必须得另谋出路。他决定去干日结，成为临工中的一员。

他和她同时从厂里离职。她不希望他一时一刻离开她的视线。

日结其实并不能每日保证有活干。它属于中介的副业。资源丰富的中介还行，"神单"不断，但报名的人也多，有时候得按年龄性别进行筛选。小中介资源不足，揽活多凭运气，做一天和尚撞一天钟。他们投靠的中介算是不大不小。但也常东家西家地跑。哪个厂子有催急订单，追加订单，或者那种大厂转包小厂的"二手单"，就是他们奔赴的方向。人随单跑，这是日结工的一大特征。有意思的是，两人还达成默契，干活要在一起，起码得是同一厂子。但不同的厂子有不同的工需，有的要男不要女，有的适女不适男。他俩"绑定"的诉求无疑加大了匹配成功的难度。她笑笑，宁可华丽地错过，也不要孤独地挨过。没活或者活儿不能两全的时候，光头会操起他心爱的钓鱼竿，"夫钓妇随"。

不管干哪类日结，重要的是要在一起。这是他俩认定的死理，面包重要，情感更重要。

众"缘"和合

我和"大神"们的聚餐有两次。第一次是2021年中秋前夕。我做东。我想为独自异乡为异客的"大神"送去一份团圆的温馨和祝福。

阿刁、小天，强子，大震，光头和银凤，悉数到场。阿刁还拉来数位混迹网咖的"神友"助阵，大震带来了那位帮他办理取保的老乡，我叫来了小钟。

众"神"入席。银凤作为唯一的女性，引发了大家的特别关注。我不知咋地聊起女"大神"的话题。

强子抢答道，"女孩是不用做大神的，因为她们是女神，有男神供着，大家都懂的。"并作出了挤眼努嘴的狡黠微表情。

小天立马怼他，"竖子，嗜色如命，不足论大事。"他似乎永远改变不了对强子的成见。

"我是说真的，天地良心。"强子认真起来的样子很是有趣。大伙哄笑。酒席开场。

大家频频举杯，热情似火。但高潮过后，气氛渐渐沉郁下来。

他们似乎不愿意过多谈及当下，对未来更是讳莫如深。尤其是大震，脸上写满了不确定的心事。

中秋的话题始终绕不开家园。一个说，对不起娘亲高堂。另一个附和，对不起妻儿老小。

愁上加愁愁更愁，酒后愁意上心头。

小天吟咏起："我寄愁心与明月，随君直到夜郎西"。夜郎，是他家乡所在的黔西大地的古称。

有道是，月是故乡明，人是故乡亲啊！

而千里之外的那轮他乡明月，却难以抵达游子的心扉。

戏剧性的是，大震和光头居然攀上了老乡。我知道他俩连省份都不一样，却没有察觉乡音竟如出一辙。两人亮出身份证。大震的故乡宁夏回族自治区固原市彭阳县与光头的故里甘肃省平凉市和环县毗邻。大震说去过光头的那个镇子，小三轮二十分钟的车程。我蓦然懂得，老乡的认同不只是户籍，还可以有乡音。

那一天晚上，云层很厚，"月明多被云妨"。偶尔见得圆月，也不见四周的星辰，只是孤零零地悬于天幕。

第二次是在2022年的入夏，端午后。小天的不懈努力终于迎来了回报。他收到了湖北荆州一家事业单位的录用通知。打算回乡看望父母后，去往陌生的城市报到。他想感谢大家近两年来对他的支持和关照。

这是天大的喜讯。考虑到小天的状况，我有意资助这次庆宴，小天坚决不允。磨破了嘴皮，勉强接纳我的酒水赞助。我从强子处得知，为了筹办这次餐聚，小天不声不响连续干了两周的日结。

那一餐定在了中午，我去得稍晚。甫一入座就察觉出了异样。居然有三位女嘉宾在席。除了银凤熟悉，另两位皆为陌生的面孔。"莫不是要邂逅寻寻觅觅难相见的女大神吧"，我暗忖。

大家看出了我的惶惑，笑着揭开谜底。

阿刁相遇了一个懂他的她，并发展了一段亲密关系。在她的影响下，阿刁告别了网吧进了她所在的厂子。这一次是携她一起来的。

强子相中了厂区宿舍外的一片门店，和家人商量，打算经营小生意，主打肉夹馍和凉皮。老婆数天前从老家过来一起张罗此事，刚巧赶上。

光头和大震也分享了各自的近况。

光头和银凤结识了一个劳务外包商，与城西一家大厂有稳定的协作关系。工价不赖，按月计薪，从外包商处现金领取，重要的是岗位固定，不需要东奔西走。

大震出来后与先前干夜工的那家快递公司签订了劳务合同，刚刚领取了第一个月的工资。他想做回东家，请大家赏光。

小天随即插话，有一个微信名为"小女纸"的工友主动加了他的微信，近来聊得热火朝天。大震讪讪地笑了。

原来好消息不独独属于小天一个人。

小天是当然的主角。开席时，他斟满酒，起身举杯恭敬地向大家致谢。

他的祝酒词很长，但客套话很少。他说，他不会忘记大家对他的好。外出考试，每次都是小天来回接送，从不肯收一分一厘。手机发送邮件不便，蹭的是阿刁的网。阿刁对他说，专门为发邮件上网没必要，这个钱可以省着。光头钓的鱼烧好后，总不忘打包一份送过来，让他"增强脑动力"。大震时不时塞些面包和泡面给他，说是晚上干活的加餐，他一个人吃不完……

小天说得动情，连干三杯。

气氛瞬间被拉满。大家仿佛有说不完的话，喝不完的酒，碰不完的杯。或祝贺，或感激，或畅聊当下，或寄语未来。

"哥俩好，三星照，四喜财，五魁首，六六顺……"

他们都夸我带的酒好，愈品愈醇，愈饮愈香。

酒足饭饱大震提议去唱歌。园区附近那种量贩式的，价格亲民。唱歌当然离不开酒，且必须是啤酒。大家呷一口啤酒，飙一首劲歌，呷一口啤酒。阿刁首先抢麦，唱的永远是《阿刁》。不过他说，他现在是幸福的阿刁，不再是凄凄惨惨戚戚的阿刁。我和阿刁碰杯，他嘴角带笑，眼里有光。随后，强子的《兄弟干杯》、大震的《在他乡》、小天的《明天你好》陆续登场。光头和银凤联袂带来毛不易的《消愁》。"一杯敬故乡一杯敬远方/守着我的善良催着我的成长/所以南北的路从此不再漫长/……一杯敬明天一杯敬过往/支撑我的身体厚重了肩膀……"大家自发伴奏同唱，慷慨激昂的音符仿佛将包厢的空气点燃。

我给他们献上的是郭峰的《永远》。

从KTV里出来已是落日余晖。我第一次清晰地看到三野的天空是那么的澄澈高远。片片浮云好似被施了魔法的神物，不断变幻着艺术的造型。一群鸟儿轻捷地迎面飞来，它们的翅膀被夕阳染镀成了金色。忽而，从容不迫地扇动羽翼，啁啾着，嬉戏着，迎着万丈霞光飞向远方。

结束语

鲁迅说，无穷的远方，无数的人们，都和我有关。

怀着这份特别的关切，我走出书斋，走向郊外的三野，走进"赛博朋克"风格的亚文化群体复杂又单纯的内心世界，洞见大时代下小人物的漂浮与命运，悲戚与发声。

在我看来，"大神"是一段特殊的生活经历，无关乎好与坏。它是处于生存漩涡里的打工人的一种临时自适的避世方式，也是一种选择性的自我保护。它注定是一种阶段性的状态，不会过于持久。

三毛说，爱是人生唯一的救赎。文中的"大神"，都在爱的召唤下重新寻回了自己。这份爱，可以是亲情之爱，可以是恋情之爱，也可以是友情之爱，还可以是陌生人间的互助之爱，更可以是一种对自己坚持的目标的热烈追逐之爱。爱，是一种无与伦比的力量，它可以消融心理的坚冰，冲破意识的牢笼，治愈迷茫孤独的旅程，最终抵达岁月漫长。

只要人人都付出一点爱，世界将会变成美好的人间。

（本文刊发于 2023 年第 11 期《西部散文选刊》杂志、2024 年第 11 期《海燕》杂志）

格物致知

仰望殷墟

去安阳，必观殷墟，因"中原文化殷创始，观此胜于读古书"。这是一方值得仰望的圣地，我曾两度访谒。

从安阳闹市北大街往西北折行，约二十分钟车程，便抵达殷墟遗址。殷墟距今有3300多年历史。自商代后期迁都于此，历8代12王。后为西周所灭，殷民外迁，城渐荒废，故名"殷墟"。为中国历史上首个有文献可考、并为考古发掘证实的古代都城遗址。

殷墟博物馆建在殷墟遗址之上。紧邻古洹河，当地称安阳河，为城市的母亲河。循着一面刻满殷商青铜纹饰的雕墙，来到博物馆的正门。门三分巍峨七分别致。三扇，中间大两侧小，呈对称布局，形似狩猎时代的柴扉。导游点化，这是仿甲骨文的"门"的写法。抵近观察，由数根刻有多种动物纹饰的木柱和横梁结构而成。大门与两侧小门间的浮雕上盘一黄龙，系由出土的龙形玉块放大刻制而成。三门并峙，朱墨雕彩，庄严峻气。

开门见"鼎"。馆内绿地广场中央伫立着一尊大鼎。一眼便知，乃大名鼎鼎的后母戊鼎。儿时教科书上欣羡过它的"尊容"，而今已化身安阳市的标志。无论是官方的宣传资料，或是民间的文旅礼品，后母戊鼎的形象都牢牢占据了C位。后母戊鼎的原件藏于中国国家博物馆，为国博的"镇馆之宝"之一。这里将其放大一倍复制，供游人观瞻。鼎的台基座上有史学大家周谷城先生亲题"青铜时代第一鼎"。

迎面是在都城宫殿遗址上复原的仿殷大殿，坐落在厚实的夯土台基上，房架用粗木支撑，墙用夯土版筑，屋顶茅草遮盖，檐柱上雕兽类纹饰。苑内风物与苑外洹水相映，各种出土文物的放大雕塑和甲骨文的石碑点缀于广场四周和通道两侧。徜徉苑内，一股浓郁的原始风扑面而来。

核心建筑是一座设在地下的展馆。入口墙壁上绘有一幅形似小孩摆臂奔跑的图案，导游释为甲骨文中的"子"字，源自商代王族的姓氏，由青铜器铭文复制而来。沿走廊栈道盘旋入地，地面有朝代序表和年份刻度，从商代开始，穿越三千年的时空隧道，可谓一步百年。

殷墟的三大看点是都城、甲骨文和青铜器。步入展厅，犹如坐上了时光机，穿越回远古那个苍茫恢宏的都邑。

"一片甲骨惊天下"。甲骨是龟腹甲和牛肩胛骨的合称。这里很多的展柜，陈列着甲骨古堆积坑的模型。其中1936年在小屯北地挖掘出土的编号为YH127的甲骨堆，是迄今为止发现的最大甲骨堆，清理出甲骨逾1.7万片，被专家认定为世界上最早的图书馆和档案库。

如果说甲骨堆有些高冷的话，那么甲骨文这个概念再亲切不过了。小学课堂里老师就口耳相授，甲骨文是契刻在甲骨上的文字，是华夏文字的始祖。在数十米长的甲骨文碑廊前，我饶有兴致地辨识着每一个先古的文字符号。甲骨文多为象形文字，与物象契合度高，像"家""弓""鱼"，一眼便能洞穿。有些则需要凝神会意。如"旅游"二字，"旅"字形似两个人聚在飘扬的旗帜下，和现时导游手执导游旗引导游客的场景相当耦合。而"游"字的字形，亦由左上方的飘带与右下方的人物简图拼合而成。据现场史料记载，目前殷墟发现有约15万片甲骨，近5000个单字，已有1500余个单字被释读。看来，解密甲骨文仍任重而道远。

这里的青铜器数不胜数。礼器、盛器、武器、农器等等，很多器具名称中出现我无法认读的冷僻字。借助实物展示和专业注解，我"脑补"出殷商先民包罗万象的生产生活场景。青铜器上那细如芥子的几何纹理和深浅凹凸的图案，或粗或细或浓或淡密密麻麻层层叠叠，极尽繁缛和玄奥。"司母辛鼎"为展厅的牌面，它的外廓与后母戊鼎相仿。还有铜圆鼎、亚址铜鼎、铜钫鼎等，构成了蔚为壮观的鼎系家族。另一展台陈列的同一墓葬出土的大小酒器和食器数十件，俨然一幅家炊"全家福"。

都城遗址是令人仰止的另一高地。先后发掘出五十多座宫殿、宗庙建筑的基址。馆内展示了城市规划的沙坑图，有宫殿区、陵寝区、手工作坊区、平民居住区和奴隶居住区。地面道路纵横交错，地下工事布设井然。重点展示的"陶三通"看似平淡无奇，却是殷商时代发达地下管网的实证。殷商先人留下了数十座制式宏大的车马坑。在仿殷大殿里展示的就有6座。每座坑道葬一车，其中5坑随车葬2马，可以想见上古畜力车制的文明程度。

我从讲解员的口中梳理出殷墟考古的一些脉络。遗址挖掘始自1928年，近百年内历经数十次发掘。每次发掘都伴随有惊喜出现。如同一座魔术城堡，殷墟正源源不断地输出惊世骇俗的发现。眼前展示的仅仅是冰山一角，更多的秘密等待探索和揭示。诚如中国现代考古学奠基人夏鼐所言，"它蕴藏的宝物，远未罄竭"。

在殷墟博物馆，我仿佛经历了一次从入土到出土的过程。我能从这些曾为尘土和砂石掩盖的三千年前的物证中聆听到触发灵魂共鸣的原始呼唤，感受到源自这片神奇土地的壮阔气场和浑厚张力。我想，更多的历史奥秘在时光的熬煮下终将坦露，也许经年累月，但终究敌不过智慧与坚守。这也许正是文明探源的信仰。

殷墟，期待我们的第三次相遇。

（本文系中宣部"学习强国"学习平台"我的博物馆之旅"主题征文稿，发布于"学习强国"泰州学习平台，2022年11月）

火车迷运转记

迷上火车？确实大有人在，我便是其中一员。

这种"恋物癖"并非与生俱来。小时候，晓得有火车，却无法在家门口亲见——家乡地处腹无寸铁的里下河平原，汽车是不二的出行工具。也会偶尔坐回小船，那是下乡走亲戚，水乡嘛，水系四通八达。坐火车，得去多远的地方啊，何况最近的搭乘站点也是在百公里之外的镇江。后来到石城读大学，见很多同学都是火车来回，凭学生证附页上那个鲜红的小戳戳便可享受半价优惠，着实令我欣羡不已——自己啥时候也能在长啸的汽笛声中欢欢喜喜把家还呢？

回乡工作不久，横贯家乡的宁启铁路动工。我投入了极大的关注。开始浏览相关的铁路资讯，包括网站和主题讨论版。那时候BBS论坛很火，火车题材的也不例外。比较出名的有海子铁路网、长江铁路网的社区版面。楼主发帖，众人灌水，一派热火朝天。潜水多日后，我也注册网名，试着发帖跟帖，加入讨论阵营，忙得不亦乐乎。

如果仅仅限于闭门论道，那是彻头彻尾的伪车迷。真正的车迷，需要起而行之，去站点、线路观摩，甚而赴"八大段"探班，那才是属于他们的"诗和远方"。其中，最简单的，莫过于坐上火车，和火车共享一段亲密接触的时光，行话谓之"运转"。

"这个周末迷你运转，有同行的吗？"

"国庆长假，小运转走起，欢迎有意的"铁粉"品鉴，我在××火车站恭候各路绿林好汉。"

BBS上不时会穿插出现类似的英雄帖，大家友情组团，至于费用，行规是AA。也有金主乐于独家赞助，不过似乎并不流行。参加运转的车迷以"运友"相称。

每次运转结束，论坛里会迅速上线洋洋洒洒的大幅文字，详细描述运转见闻。附上美图若干。评论区立刻被引爆，"运神大佬，下次带我装带我飞""福利多多，羡煞我也""这次运转小儿科级的，下次来个大的"。铁粉们毫不吝啬溢美和期待之词。

围观了一阵子，我便蠢蠢欲动。报名参加的第一个短途运转项目是去邻市的海安站。彼时的海安虽然还是县邑，但却是名副其实的苏中铁路枢纽，宁启和新长两条动脉在此交汇，不少区域铁路运维机构都驻设于此。

这个项目是由南通的一位网名为"通天下"的车迷发起的。响应者有来自扬州的"Nikeboy""爱神的箭"，泰州的"上局泰段"和我，南通的"京通直达"等。时间定在初夏的一个周末，运友早出晚归，按铁路时刻表确定集合时间。

扬泰的运友商量买了同一车次的车票。我和"上局泰段"在站台候车，老远就看见"花老虎"（东风内燃机车DF4D款的绰号）拖着长长的辫子徐徐靠站，其中一列车厢窗口飘动着小红旗，那是我们的接头约定。这是一辆南京开往南通的绿皮车，到海安站的价格区区数元，对于我们这类"没事找事"的铁路发烧友最经济不过了。我和"上局泰段"是同一车厢，我们替换了临窗的座位，在座位上东张张，西望望，特别留意一路经过的桥梁、站点。不时来几张特写，惹得旁人一脸错愕。那个时候宁启还是单线，不时需要临停待避前方来车。我们乘坐的绿皮"段位"最低，一路上被"踩"得没了脾气。不过这也给运友带来抢镜的好机会。令扬州运友大开眼界的是，目睹并拍摄了"猪头"（东风内燃机车当时最先进款DF11G的绰号）拉着蓝色的豪华25T车体呼啸而过的场景。这趟车是哈尔滨开往泰州的T158/5次，传说中的东北第一神车。

我们准点抵达海安站。南通车迷早已翘首多时。我们首先参观了海安站的站房，比市级车站要小不少，功能也很简约，这显然不是我们关注的焦点。我们渴望一饱眼福的是它庞大的站场规模。"通天下"果然不负众望。有穿制服的"内线"接应我们，带着我们绕了站场外围兜了一小圈。站场里纵横交错的铁轨和庞大的列车编组很是壮观。"内线"向我们介绍了新长铁路到发场、宁启铁路到发场和调车场，远观了一列货车解编摘挂作业的全过程。众运友唏嘘不已，苏中最大的二级编组站的名头果然不是盖的。我们的随身数码丝毫没有停歇，留下很多"谍照"，成为与同道日后分享的谈资。

午后，运友们互拥而别。"爱神的箭"提议下次攒一个跨局的大站运转，大家一拍即合。跨局、大站，说起来很玄乎，其实并没有出省，就定在了原济南铁路局下辖的徐州站。两个月后，大家带着满心期待上路，盛载一路见闻而归。

其实，运转并不高冷，而是极其寻常。某种意义上，一次以火车为交通工具的出差或是旅行，便是一次运转。车迷只不过在其中添加了专属目的性和特殊体验而已。尽管缺少集体运转的仪式感和交流氛围，我还是乐意把握这样的机会。无论是公差还是私务，总是尽可能地选择火车。即便去地铁通达的浦东机场，也会选择从龙阳路坐上磁悬浮——虽然都姓铁，在车迷的认知里，还是会有嫡庶之分的。当然兼具地铁迷的另当别论。

作为车迷，最兴奋的莫过于抓住每一次线路升级和列车上新的机会。2016年宁启复线电气化竣工，赶首发"子弹头"过瘾，见证家乡驶入动车时代。2019年宁启上线复兴号绿巨人，第一时间抢票先乘为快。最激动人心的还是在2020年7月，沪苏通铁路全线运营，按捺不住跨江运转的热情，踏上复兴号朝发夕还，在这座世界最长的斜拉桥上领略风驰电掣逾越天堑的壮阔场景。这种震撼，是以往经由南京、武汉、九江、芜湖等地的过江铁路大桥从未有过的。

被火车"圈粉"近二十年来，我坐过的火车数百趟次，乘降的车站近百个，至于过路的车站，更是无法计数。从京津到广深，从宝成到沪杭，运转行迹遍及天南地北半个中国。其中，长三角包邮区内一等以上的客运站全覆盖，二等客运站超半数涉足。除去公务报销，留存的火车票达四百余张，珍藏于数本特制的名片夹中。两本专藏旧版软质条形码的车票，其他多本专藏新版硬质二维码的车票。其中一本中夹有两张折叠整齐的A4纸一半大小的打印乘车凭证，类同后来国内推广的电子客票，它们记录了一段旅欧的运转时光。

而今，步入中年的我，之于火车的那份热情依旧不减。虽没有了年轻时"三周一小转、五周一大转"的闲情逸致，但仍会在每一个恰到好处的时间节点与火车来一场说见就见的相聚。也许，这正是一名铁杆火车迷马不停蹄地运转于岁月的轨道之上，获赠的一份特殊厚礼吧！

（本文发表于 2023 年 4 月 7 日《泰州晚报》副刊）

武乡有杨名红星

周末，整理家什，意外觅得一尘封许久的信笺。略带褶皱的封面上歪歪扭扭的字迹已模糊，但依稀可辨。那是二十多年前一位山西小朋友的手札。拂去封面落尘，轻启封口，四枚颇有年代感的细小树枝顺封口滑落，勾起了一段过往的回忆。

那年我参加工作，从第一笔工资收入中拿出20元，参加《中国青年报》发起的一项爱心活动，帮助贫困山区的孩子圆"新学期新书包"的梦想。经主办方匹配，我与山西武乡县一小学生结缘。小朋友来信说，他们那个村子叫王家峪。

四枚小树枝便是随信所赠。托于掌心一看，确是如此。万分好奇，又百思不解——这是波谲云诡的物象所致呢，还是浪漫主义色彩的人工耦合之作？恰逢昔日同窗来家小聚，端出分享品鉴。大家唏嘘不已，觉得这是一种天人感应。有同学联系《白杨礼赞》一文，认为杨树乃灵性树种，能映射人的某种心愿或意志。亦有同学觉得是基因突变或者基因改良，但没有深研。毕竟大千世界，未解之谜多了去了。我将这神奇的小树枝随信封藏。

后因乔迁新居，加之不擅理拾，竟不知将信件落于何处，每每念及颇有几分自责。直至今日翻箱倒柜，才在箱底寻获，神秘的树枝得以重见天日。

我摩挲端详起这些寸余长的"尤物"来，即便历经岁月洗礼，镌刻下斑驳沧桑的印记，枝枝树芯仍初"星（心）"不变……

笃信唯物论的我决定穷原竟委，探求"五星树枝"长成的奥秘。求助度娘，竟有意想不到的收获。树枝的母体学名叫红星杨，系小叶杨树的一个分支。红星杨的小枝通常较粗，髓心多显五角形状。至于形成机理，科学的解释是：由于小叶杨小枝木质部生长缓慢，髓心受木质部挤压程度小，其五角形髓心保持完整，呈现清晰可观的图案。

　　我将四枚树枝小心翼翼归拢好，打算将其制作成植物展品。

　　我找出一只四四方方的透明有机玻璃盒子，洗净晾干。拿出少时制作植物标本的细致和专注，在盒里铺叠上数层不染色的吸水纸，上面加铺一层薄薄的海绵垫，用剪刀裁出四个细长的空当，恰巧围成一个正方形。平整后用镊子小心翼翼将树枝一一嵌入，固定后合上盒盖。盒表贴上标签，上书：武乡红星杨。

　　半晌的时光，"失散多年"的"五星树枝"变身为一件精巧的工艺品，置于家中玻璃装饰橱窗的醒目位置，从此与我"不离不弃"。俯首细瞻，感慨由兹。再用手掌托起，陷入翩翩浮想——纵非英杰浩气所聚，也是造化神奇之功……

　　　　　　　　　（本文发表于 2024 年 3 月 8 日《山西日报》副刊）

"码控"人生

忽如一夜春风来，神州处处二维码。

大街小巷，餐饮商场，公交出租，几乎我身边的每一个地方，每一处场景，都能发现它的踪迹。这种四四方方、黑白相间、几无规则、形同迷宫的图案，全方位、无死角嵌入我们的生活，好像甩也甩不掉的狗皮膏药，如影随形。即便你某一刻眼里无"码"，但稍一转身，绝大的概率能与码撞个满怀。

如果没有记错的话，二维码进入我的视野，大概是 10 年前。那一年，微信最新版本推出了扫二维码添加好友的功能。作为微信的"赶潮"玩家，我体验了一把"炫酷"的加好友方式。很快我便发现，二维码像病毒一样被疯狂复制，迅速出现在了电视屏幕的右下角，报纸的一隅，宣传广告的醒目位置。

带着几分新奇去"扫一扫"，跳转后会指向某个网页的信息页面，内容多为商业领域的信息发布、广告推送、在线调查之类。对新鲜事物敏感的我对二维码进行了刨根究底，发现二维码的信息加载和传递功能完全可以在公务领域大显身手。彼时"互联网+"风头正盛，单位也刚刚搭建了公共服务的网站平台。我琢磨出在政策渠道管理中植入二维码技术的创意。在公开文件或其他纸质资料尾页"安插"政策基本信息和链接网址的二维码矩阵图，服务对象利用手机、平板等智能扫描终端，可完整呈现文字内容和链接网址，实现公共政策的精准推送和实时入户。

未承想，这个小小的创意一举登上了市政府政务内参专栏的头条，引发了有关方面的高度关注。家乡电视台新闻联播栏目以《市财政局利用二维码技术实现政策入户》为题作了专题采访报道。这是我迄今为止唯一的一次以电视主角出镜的机会。

　　当时的我没有想到，这仅仅是二维码渗透社会生活的切面，二维码大爆炸的时代会在数年后真实上演。关键的节点无疑是二维码在移动支付场景的落地，它牢牢地拴住了国人的腰包，批量催生出百万甚至千万量级的"码控"。我荣列其中。

　　"码控"的寻常一天是这样的。清晨，在小区的面馆扫码等候当日第一餐，尔后扫码骑共享单车上班；上午，主管交代一份重要的文书需要邮递，扫描EMS运单二维码填单付款；中午，在单位食堂刷建行生活付款码取份儿餐；午休，接到一紧急工作任务，扫码加入临时工作群；下午，困意袭来，点开好友推送的二维码小程序，来杯咖啡或是下午茶提神；傍晚，单位附近的共享单骑一车难寻，那就搭乘公交回家吧，调出微信卡包里集成的公交乘车码扫码上车。晚间，去超市采购食材，扫表面粘贴的二维码，从田头到餐桌的"旅程"一目了然，确保舌尖上的放心。闲来理发洗浴，微信生成付款码，商家扫得不亦乐乎。偶尔瞄上某部大片，去影院放松放松，网上订购场次，扫码取票入场。

　　"码控"的记忆里少不了专属的场景体验。打卡某网红餐馆，发现这个世界上最克制的服务，莫过于服务员笑意盈盈地站在你身边，两手空空如也，不见纸笔菜单，却只是动动娇唇，淡淡地来一句，"先生，请扫码点餐"。期待中的互动氛围消减了几分。我需要面对的依旧是刚刚放下的冷冰冰的屏幕。单位组织爱心捐助，捐款箱上粘贴了硕大的二维码，扫码备注（捐款人姓名），弹指间轻松搞定。了却了劳心费神的清理点钞、核验造册的冗务，一切悄无声息，却又有迹可循。唯独缺少的，是

"众人共抱薪"的热气腾腾的场面感。

我就这样一天一天地在"码"的世界里沉沦，尽情享受码的各种便利，深度套牢而甘之如饴。我曾饶有兴致地做了一周的统计，每日的扫码次数，最低7次，最多一日竟达32次。

于是，曾经片刻不离身的皮夹子被束之高阁，金钱的铜臭气息也弥散于无形。没有了一分钱难倒英雄汉的尴尬，没有了缺角毛票的困扰，没有了假币的忧心，我对钱币的概念也日渐生疏起来。尤令我唏嘘的是，年轻的"码控"们已经不记得人民币长啥样子，他们只关心微信或支付宝里的一串数字的长短或是大小——钞票在意念中已被虚拟化和数字化。

时下有一句流行语，"打败你，与你无关"。确实，实体钱包和二维码原本属于两个生态的物种，但世界就是这么诡谲，在两者间玩起了此消彼长的跷跷板游戏。二维码支付对现金和刷卡交易实施了精准的降维打击。而对方却毫无招架之力。呜呼哉！

二维码，从最初羞答答的"斑马方块"，蝶变为大行其道的"神奇魔方"，从信息载体到支付工具，从单一媒介到全息凭证，数年之内，迭代升级之速，令我叹为观止。如今，码似一张网，将我牢牢困在网中央，欲拒还迎，无法自拔。

二维码作为条形码的升级版，显然不会是扫码族的终结者。据媒体报道，二维码的迭代品种——三维码已出现，可实现多媒体资源的高效传输。有理由展望，未来的三维码甚至多维码时代，扫码不再局限于收付款、信息加载等一般性功能，更显科技含量更加丰富多元的"比特流"将会井喷出现，譬如扫码打印（含3D技术）、扫码分享视频、扫码转让游戏装备等新鲜体验，基于高阶移动互联的分享经济时代将加速到来。拥抱多维码，就是拥抱未来的多彩生活。

"码"在人间走，人在"码"中行。"码"上乾坤大，"扫"中日月长。既甘为"码控"，那就一如既往快乐地扫下去，将"码控"人生进行到底。

（本文发表于 2024 年 3 月 1 日《泰州晚报》副刊）

研学拾记

读研期间，我到访过美国多所名校。每一所大学，每一段剪影，每一缕心迹。这些见闻，值得用文字恒久珍藏。

哈佛，探寻第一学府里的中国元素

在国人眼中，哈佛是一种高山仰止的存在。很多中国人，无论男女老少，农工兵商，普遍的共识便是，哈佛乃全球高等教育的珠穆朗玛。我明白，在哈佛，有太多的宏大叙事值得我大书特书。但我无法包罗万象，于是选择一个小小的切口，那就是国人在这里留驻的印记。或者说，这里闪烁着的和烙印下的"龙"元素。

我首先想到了校友何江。他是百年来第一位登上哈佛毕业演讲台的中国留学生。从中国科学技术大学载誉（获在校生最高荣誉郭沫若奖学金）毕业后，赴哈佛攻博。他的毕业典礼分享主题是：改变知识的不均衡分布。

演讲从他少时在湖南农村亲历的被毒蜘蛛咬伤的一件小事缘起，母亲用灼烧的土法进行伤口处理，撕心裂肺的疼痛给他留下了刻骨铭心的记忆。进而，他阐释了知识传播、知识分布资源平衡的重要性，表达了知识平等地惠及全人类的一种期待。整个演讲过程，他始终面带微笑，镇定自若，向世界展示了中国学子的自信、从容和风度。

演讲视频火速刷爆全网，激励和鼓舞了无数学子。何江成了寒门逆袭的励志典型，一时间家喻户晓。

我来哈佛，特别想看看毕业演讲的现场。感受曾经的壮怀激烈，那股出自故国才俊的慷慨旋风。

这是一片绿意葱茏的庭院，位于哈佛园的中央。哈佛人亦称露天剧场，由四个方向的图书馆合围而成。其中标志性的莫过于拥有苍劲高耸的巨大立柱尽显巍峨仪态的世界最大的大学图书馆——怀德纳图书馆。

我尝试从影像中还原那一日的盛况。台阶上摩肩接踵，草坪上的折叠椅座无虚席，无数的旗帜猎猎飘扬，缤纷的学位袍波浪一样涌动，攒动的四角帽和六角帽传递着荣耀和喜悦……在沸腾的掌声欢呼声中，一个东方面孔的学子信步走上前台，开启了那场划时代的演说……

在怀德纳图书馆和博伊尔斯顿堂间的绿地上，我寻见到一座龙首龟身的石碑，人称"中国龙碑"，汉白玉质地，约莫两层楼那么高，由碑首、碑身和碑座组成。碑首雕有4条缠绕的龙，碑额正上方托起一枚宝珠。这座碑为哈佛大学300年庆典哈佛中国同学会捐赠的纪念物，斑驳的外表映衬出历史的厚重。碑文为大学问家胡适亲题。我注目良久，并面向碑座深深地鞠了一躬。

我有意去寻访费正清中国研究所，很早便知晓那里是研究中国的先驱和重镇，那里的图书馆保存有中国的大量历史文献和现今热门新论。这是一座砖红色带有幕墙的现代建筑，遗憾的是，不接待访客，只得环顾左右而离去。

步出哈佛校门，正值饭点，瞥见对面不远有一家外观气派、汉字店招的餐厅，进去一看，果然是华人餐厅，店主来自中原古城南阳。欣然入座。中式的布设，故园的氛围，顿生宾至如归之感。

离开哈佛的时候，格外不舍。我在想，这片海纳百川、兼容并包的圣地，仍会源源不断迎纳和缔造新的中国标识的人文逸事和风物存照。下一次，定会有更为盛大惊艳的遇见。

耶鲁，照见中美教育交流的滥觞

灰狗巴士载着我们来到了美东港口城市纽黑文，这里是耶鲁的大本营。

耶鲁是美国第三"长寿"的高等学府，仅次于哈佛和威廉玛丽。但校园建筑却比哈佛更显年代感，以哥特式风格为主。秋季的校园地表为金黄和暗红所晕染，阳光映照，一座座如同古堡般肃穆凝重的建筑，仿佛镀上了一层神秘的面纱。树上跃来跃去的松鼠，草坪上玩橄榄球的学生，为古朴静谧的画面增添了几分灵动。

我们来到一座高耸入云的百年塔楼——哈克尼斯塔。无论身处校园的任何方位，从不同的角度仰首，必定能看到它。它是耶鲁，乃至整个纽黑文的地标建筑。差不多正午时，叮叮当当的报时钟声后，我听到了从塔顶飘逸出来的《梁祝》的旋律，令置身异域的我倍感亲切。

接访老师介绍，塔内置有54口大钟，每天正午和傍晚的某一时刻，这里会敲响钟声，并播放一段乐曲。曲目可取自全球各地，也可以是学子创意，均非事先录制，而是在一架大型老式管风琴上实时演奏。今天的《梁祝》是你们的留学生特意安排的。

走过一条被文学大师马克•吐温赞为"美国最美丽的小路"，来到校园中央的史德林纪念图书馆，其外观酷似教堂，为全球第二大大学图书馆。

抬眼细观，灰黄基色的花岗岩石块的立面斑驳沧桑，正门由两道拱门构成。门楣上雕饰有各种自然物象和人物形象。两侧有若干幅可辨或不可辨的文字铭文。我欣喜地发现右边第二幅居然是古汉语，上书一段文字。经询证，出自《颜氏家庙碑》，为唐代大书法家颜真卿的墨宝刻印，体现了"家国忠义"的精髓。

大厅与天主教大教堂几无二致。天花板、天窗、回廊浮雕密布，玻璃彩绘丰富亮丽，俯拾即是中世纪的元素。在去往国际阅览室的长廊上，一尊华人面孔的全身塑像静静伫立在一隅，两手插袋，目光炯炯，为留学耶鲁的首名中国毕业生容闳，他也是美国高等教育史上第一位中国毕业生。

图书馆外有一座广场，中心位置有一块椭圆形的大石，被称为"女生桌"。桌面绿色大理石材质，中嵌一孔洞，底座由黑色花岗岩砌成，呈不规则的三角形状。据说，桌子是一座构思精妙的喷泉，水能从桌上的孔中徐徐流出，呈螺旋状向外溢展，不过我们没有亲见。这座女生桌系由林徽因侄女、著名华裔女建筑师林璎女士为纪念母校耶鲁大学开女权运动先河而设计捐赠，落成于1994年。

耶鲁与中国的渊源可圈可点。她开创了美中教育交流史上的多个先河：第一所教授汉语的美国高校，第一所设立汉语言正式教职的美国大学，培养出第一位中国留学生容闳。在耶鲁学生服务中心，我见到了耶鲁大学的吉祥物——一只吐露舌头、乖巧憨萌的斗牛犬，英文名HandsomeDan。未多思索，出手购十只，心想，这是带给国内小朋友的上佳礼物。

普林斯顿，走进爱因斯坦时空

爱因斯坦是我年轻时最为崇拜的偶像大师。我一度认为，他的名字与一所美国高校紧密关联，那就是普林斯顿。直到此番赴美，才发现自己犯了一个想当然的错误。我宁可相信这不是一个错误——爱因斯坦晚年供职的普林斯顿高等研究院，并非隶属于普林斯顿大学。不过，两者同位于普林斯顿小镇，地缘相亲，学术交融。这里同样有着爱因斯坦治学和思考的印记。所以，我应该来，也必须来。

一条绿草如茵的步道旁，竖立着一组雕塑。那是普林斯顿大学引以为傲的几位科学巨匠和捐资大佬的群像。其中有爱因斯坦的大脑。

爱因斯坦大脑"悬浮"于一块汉白玉的纪念碑座上，前首部的一角与碑座相连，后部呈悬空放飞状态。大师头发棕黄，目光深邃，仿佛在平静地与我们交流。碑身书刻有大师的生平履历。我久久凝视，面向那尊卓越的大脑深鞠一躬。

爱因斯坦的故居位于小镇的梅塞街，离普林斯顿大学步程很短。这是一条恬静的柏油小径，两旁密布着挺拔的橡树。一幢乳白色的两层小楼，闪耀着神圣和庄肃。淡泊低调的大师生前多次表示房子不得用作博物馆或其他纪念设施。不过，景仰他的后人依旧将其注册为历史名胜和标志性人文建筑。遗憾的是，楼的权属已流转他人，无法获准进入，只得室外留照存念。

行走梅塞小街，一种幻觉袭上脑际，脸上布满沧桑、一头银色卷发的矮个子老爷爷信步向我走来，手里还托着把小提琴。他热情地和我招呼，邀请我去家里参加一场音乐协奏会，那里聚有一群天才的大脑……

数十载时光倏忽而逝，小镇的道路格局基本未变。受高人指点，我决定重走爱因斯坦之路，一条从寓所沿小道，途经一座公园，走向普林斯顿高等研究院的路。

我仔细留意路旁的一切，很快看到一座竖立在绿荫丛中的高等研究院的路标。在通往研究院主楼的路牌上，标注着"EINSTEINDR"（爱因斯坦路1号）。

研究院主楼是栋三层砖红色建筑，周边分布着若干栋楼宇，高度与外观色泽与主楼相近。但比普林斯顿大学内的那些经典建筑要逊色不少。

进入主楼，内部装饰和陈设非常现代。一楼接待室靠墙隔窗部位依次摆放着研究院建院以来三位重量级巨匠的头像，最右侧为爱因斯坦。爱因斯坦曾经的工作室已换过数任主人，早已旧颜不复。青年时代，我饱览过爱因斯坦的传记，对爱因斯坦的生平轶事几乎了如指掌。于是努力地在记忆中搜索与场景匹配的文字。《爱因斯坦——生、死、不朽》一书中，如是描述爱因斯坦在研究所的工作室的模样：房间四壁上几乎被书架占据，房门正对，有一扇面向公园的大窗户，右墙有一道通往阳台的窄门……我试着去唤起书中的画面，却总觉得不够丰满具象。然而，我能真切地感受到大师的灵气在空气里飘荡，或许，他在广义的时空里操纵着"量子纠缠"？

在普林斯顿大学为核心的小镇上，稍不留意，便会懊恼与"爱因斯坦"擦肩而过。他可以是爱因斯坦习惯坐的露天椅，也可以是爱因斯坦时常光顾的冰淇淋小店，甚至可以是出售爱因斯坦纪念品的铺当，里面展示的T恤和马克杯无不烙印上大师的光辉形象。总之，必须十二分地细心，才不会疏漏每一个"爱因斯坦"细节。

爱因斯坦与中国的情缘甚笃。他声援中国人民的抗战事业并慷慨解囊，深得国民的感激和爱戴。他与"国宝级"科学家严济慈、钱学森、周培源有过学术交流。严济慈和钱学森系我的母校中国科学技术大学的创校元老，前者担任过第二任校长，后者任力学系主任20年之久；周培源则出任过北京大学校长，并在爱因斯坦辞世后在《人民日报》亲撰悼念文章。2005年，爱因斯坦逝世50周年，全球发起"爱因斯坦激光"传递活动，点亮了中国33座城市。为纪念这位划时代的科学巨匠，中国科学院和中国科学技术大学还特设了"爱因斯坦"讲席。

普林斯顿大学的校训"她因上帝的力量而繁荣"，我想，天才科学家爱因斯坦，算不算上帝的宠儿，或者，他就是上帝普度人类的化身？

人类文明，东西交融。立德立言，无问西东。

朝花夕拾，遂成此记。

（本文刊发于2024年第3期《辽河》杂志）

闲情偶寄

摘枇杷

　　未至芒种，母亲家庭院内枇杷果开始成熟。起先是三三两两的玻璃弹珠般大小的欲露还羞的"小清新"，一阵淅沥的雨后便出落为成串成串的饱满筋道的"金粉佳人"。采摘枇杷的鼓点，近了。

　　这一株枇杷树乃上苍赐赠。十多年前，一次家中买枇杷果解馋，消食后将数颗枇杷种随意撒入小院花台。未承想，两周光景，居然冒出一根嫩芽来。母亲是个有心人，尽心伺候起这颗破核而出的小生命。培土、施肥、移栽，集岁月之功，聚天地精华，终成今日之日围若臂粗、身高三丈的尤物。每年仲夏给一家带来收获的喜悦。

　　今年，小院内又现"树繁碧玉叶，柯叠黄金丸"的盛景。团团簇簇的果实压弯了枝丫，也轧出了我们憋在胃里一年的口水。母亲早就备好了采摘"三大件"，盛装果实的竹篮子，套钩的竹竿，防护用的纱手套。一个周末，赶个大早，搞起来！

　　摘枇杷，我遵循的是自下而上、由易到难的策略，先将抬臂垫高唾手可得的果果收入囊中。我左手握住枝丫，右手准确抓到枇杷果悬挂的细枝，拇指和食指捻夹，一串连枝带叶的新鲜果子便落入手中。我将摘下的果实递给母亲，母亲观察品相分放进不同的竹篮，腐烂的则直接舍弃。为防止果子挤压破坏表面附着的绒毛，影响口感和保鲜，母亲在篮子里贴上一层报纸。对于"海拔"稍高一些的，母亲特制的套有铁钩的竹竿儿便派上用场了。用竿头的铁钩钩住远处的枇杷枝，缓缓移到跟前，摘下枝头悬挂的果粒，再将枝条归位。那些非高即远难采摘的，通常需要施展攀爬术才行。枇杷树的枝蔓部分伸展到邻家院里的小平顶上，我取道而上，把带有铁钩的竹篮往树枝上一挂，如履平地摘得不亦乐乎。最有挑战性的则需要架设竹梯。母亲将竹梯倾斜固定在院墙，在下面小心翼翼扶着。我手持带钩竹竿和竹篮缓步而上。在不同的高度前后左右来回搜索，锁定枝干后，选择恰当的支点钩住使劲往身前拽，直到果实落入我的"长臂管辖"范围之内。

  每年摘枇杷，住在附近的姨父总会前来帮忙。今年姨父携来"黑科技"——表姐网购的摘果器。这是一个在伸缩杆的末端设计有切割锯齿的碗状器具，操作起来一张一合，酷似长臂猿做张牙舞爪状，下面套有一个网袋。姨父调节好抓取高度，双手挥舞上下腾挪，不一会儿便降伏了一大片"居高自傲"的果果。还是高科技厉害，我纵如猴子般上蹿下跳，也敌不过姨父的"长袖善舞"。不服不行！

  几个小时忙活下来，七八成的果实已"落篮为安"。为尽可能扩大战果，我使出最后一招——摇，通过晃动勾住枝干，那些盘踞树冠顶部，使尽浑身解数也无法搞定的果子纷纷坠地。母亲在下方的地面上铺上软布，伴着我晃动枝干的节奏，噼噼啪啪，"大珠小珠落玉盘"。掉下来的果子尽管多数歪瓜咧嘴，但丝毫不影响口感。

  日上三竿，大功告成。看着天井里一字排开的篮子，圆溜溜金灿灿的果实令我忘却了方才的劳累。欲得其实，必舍其劳嘛！母亲的眼眸围着篮子打转，用满脸的笑意涂亮一串串枇杷。一过秤，比上年多收了五斤。接着便是排排坐分果果了。母亲按果实的品相分类，品相好的第一时间送予左邻右舍和亲朋好友，次的留给一家老少慢慢消食，这是母亲一贯的作风，先人后己，厚人薄己。

  身居税东街闹市，获此农事体验，趣哉，快哉！

（本文发表于 2021 年 9 月 23 日《泰州晚报》副刊）

"蝴蝶"报春来

正月初六，工会专员小鲁在单位微信群里"剧透"：工会为每位会员准备了一份新年贺礼，开工第一时间就会收到。群里一下子炸开了锅，这份礼物会是什么呢？红包？未免太过流俗。书籍？又似乎失却新意。究竟是啥？小鲁秘而不宣。

次日寒气袭人，带着悬念，早早到岗。打开办公室的门，惊喜地发现书案一角多了一盆蝴蝶兰，其纤细的嫩枝上还挂着一个精巧的中国结。我的心里顿时涌起一股暖流。细细看来，数片绿叶，呈镰状舒展，菱状的花瓣艳丽娇俏。

蝴蝶兰一直是盆栽大家庭的宠儿。品鉴同事书案上的蝴蝶兰盆栽，姿态各异，花色缤纷。每个同事的脸上都洋溢着浓浓的春意。有经验的同事，还热心地在群里分享养护小贴士。

其实，盆栽进驻办公室并不是什么新鲜事儿，一种特别的生态办公文化渐成风尚。形形色色的盆栽中，以文竹、绿萝、铜钱草等品种较为常见。不少女同志的案头通常会放上花卉盆栽，或在绿植中混搭色泽艳丽的花枝，营造花团锦簇、绿叶扶疏的意境。

思考踱步间，同事正小心翼翼为这份"春之厚礼"浇水。一串水珠不经意落在叶片上，波韵流转中，化成一粒粒晶莹剔透的绿。微风拂来，绿叶婆娑，花朵摇曳，犹如一只娇巧的蝴蝶穿越季节飞来，为开年的工作氛围增添了几分生机和灵动，也捎来了暖春萦怀的温馨。

为办公室里"飞"来的那一抹春意点赞！

（本文系中宣部"学习强国"学习平台"温暖我的瞬间"主题征稿，发布于"学习强国"泰州学习平台，2023 年 2 月）

办公室的"盆景园"

不知啥时候起，机关办公室流行起盆栽绿植了。

一日去老领导的办公室小坐。甫一进门，一大波绿色汹涌袭来。临窗向阳的橱柜上十多个盆栽铺陈开来，枝流叶布，层叠错落，或充盈饱满或纤细绵长。两旁的文柜格子也爬满了名目繁多的绿色尤物，忽而悬垂倒挂，忽而凌空欲飞；有的枝展叶舒，几多婀娜，有的含羞掩面，柔情似水。

这活脱脱一个袖珍盆景园嘛，我不禁惊诧道。

领导笑盈盈地递上茶："这些盆栽价格平民，成长性很好，有的易于水培，有的适合泥土或砂石，有的则水土兼容。你瞧，这个是时下的网红，那个是某达人亲自扦插培育的……"领导娓娓道来，"这些绿植，既养颜养眼，又养情，还养气养性呢！"

于是我开始关注起机关里绿植入室的现象。发现越来越多的办公室热衷将绿意点缀其间。蓬勃的绿意中，以文竹、绿萝、金边吊兰等品种最受欢迎。而近年来颇为受宠的多肉，模样小巧憨萌，叶瓣呈肉嘟嘟状，深得年轻女性的垂青。发财树枝干挺拔，气质高雅，有"旺财"的吉祥寓意，受到了持重男士的热捧。盆栽因各人的兴致和品好而异。各美其美，美美与共。

打开学习强国App，习近平总书记关于绿色中国的论述随处可见。这些绿色箴言，字字珠玑，深植于每一位机关人的理念中。而在机关办公室主动营造绿意，培育赏心悦目的服务微生态，增添公共服务的新内涵，莫非就是时下机关人的养绿心经？

（本文载于泰州市财政局《财政文苑》第一辑，2022 年 7 月）

春风拂绿小菜园

一夜春风来，万户菜园开。

这原本在乡野司空见惯，如今却不经意间在城市风行起来。

小区的走道旁、绿地间的边边角角，旮里旯旯，不时会冒出一畦畦的小菜园，形状不拘一格，面积大小有别。园里的各色菜蔬娇滴可人，它们对着苍穹、对着大地、对着来来往往的行人，对着欢蹦乱跳的宠物，摇曳着，欢笑着，汇成了一道道流光幻影。

王大妈住在我隔壁的楼道，她在住宅楼北侧的绿化带里辟有四幅小菜园。其中的三幅临近走道，呈品字布局。每幅面积约莫两平方米，四周用砖块小心翼翼地围拢起来。另一幅则在稍远的绿荫丛中，仿佛是一座岛屿，与邻近的菜园隔空相望。这块"飞地"没有围挡，呈不规则椭圆状，目测足足有近身的两倍大。

王大妈是耕耘小区菜园的老把式了。她的菜园里的菜蔬，就像舞台上的演员，听从她这个导演的安排，伴着时节的鼓点，你方唱罢我登场。这不，又是一年春回大地，生菜，小白菜，豌豆苗，开始排兵布阵。

这一次，王大妈有了新的身份，农艺师傅，因为她带起了我这个徒弟。洗脚进城的她决定手把手教会我这个城市"土著"。

我在远离过道的墙角处觅得一块边角料，作为试验田。开春不久的一个周末，利用一个上午的时间垦荒，去除石块，清理杂物，用铁锹把土壤翻了一遍，将大土块敲碎碾细，最后轧平地面。万事俱备，只待种子入土。

次日，大妈在她的小菜园里播下了香菜的种子。我临场观摩。大妈告诉我，只要土壤解冻就可以播下这类抗冻的品种，种子事先进行了催芽处理，可以直接进行播种，盖上一层薄土或塑料膜即可。我似懂非懂，接过大妈友情赠予的十余粒种子，依葫芦画瓢地在试验田里复制起来。

我是上班族，不似大妈那般有闲。热心的大妈在微信里推出日程攻略，何时浇水，多少量，施何种肥料，注意哪些事项，巨细无遗。有时还会以图片或短视频方式直观展示。过了数日，埋伏种子的小窝窝里冒出了小叶的精灵，一两片，两三片，纤纤细细，探头探脑，着实令人欢喜。又过了一段时日，多数菜叶有一扎指那么长，大妈开心地告诉我，可以收获了。并叮嘱我采大（苗）留小（苗），不要连根拔起，可以多茬采收。我有些忐忑，担心手下无情。大妈笑着作出示范，只见她拇指和食指捏住茎，略作比画选准离地不远的位置折断，上方的枝叶顺势而落，动作之麻利令我叹为观止。

新鲜水灵的香菜兜回家，放在餐桌上端详。在我眼中，这才是真正的蔬菜，它是欣欣然长在菜畦里的，带着泥土的质朴、滚动着露水的圆润。它是我真真切切的劳动果实，而不是从市场的货架上买来的，源自一场价值交换。

妻很快烹调出我最喜欢的三合一冷菜。提箸入口，清新顺滑，以门牙轻轻切断，缓缓咀嚼，喉管律动，刹那间成千上万的神经末梢同时贲张，共赴一场舌尖上的春的滋味。

约莫又过了一周，我惊喜地发现，采摘过的香菜又冒出了新叶。初尝丰收喜悦的我，决心紧跟大妈的节奏，开拓更大的种菜版图。这一次，大妈指导我将视野投向了更灵活机动的楼上空间——利用家中阳台和露台闲置空间摆起"龙门阵"。泡沫箱、大花盆、废旧的瓶瓶罐罐，纷纷变身"聚宝盆"，延伸出一簇簇"空中菜圃"。一场春雨后，我和大妈同步埋下了"彩蛋"，黄瓜、番茄、豆角、小白菜……我可以在家中零距离观察这一颗颗毫不起眼的种子，如何顽皮地从泥土中拱出，在城市的夹缝里欢快地生长，拾掇进自家的菜篮子，化为灶台前的烟火气的。

又是一场暖风漾过，一棵棵弱苗争相削尖脑袋钻出了泥土，不甘示弱地展示出窈窕的身段。我的心头也翻涌起收获的热望。

我的心里至此有了牵挂，虽没有"晨起理荒秽、带月荷锄归"的仪式感，却也有着"偶得悠闲境、遂忘尘俗心"的怡然心境。与袖珍菜园相伴的每一天，都格外新鲜，格外活力满满。妻也会帮忙打理，躬身侍弄菜苗。目光相遇，"笑从双脸生"。就连老妈也不忘表扬我们，"努力加餐饭"。

我的心中有片园，种菜种豆种春风……

（本文系《牡丹晚报》"拥抱春天"主题征文稿，发表于2023年4月19日《牡丹晚报》副刊）

菊花酥

周末外出遛弯。忽见一沿街店铺柜台码放有一摞粉色的圆圆的糕点。"那不是菊花酥吗？"我一阵狂喜，仿佛遇见了故知。

询了价，两元每只，太亲民了。一口气出手购十只。顾不得光天化日龇牙咧嘴的不雅，边走边狼吞虎咽起来。

回到家，我将酥饼摊在掌心仔细端详，刚好盖住大半个手掌。橙黄的"花心"，粉红的"花瓣"，上面落满了亮晶晶的糖粒，和记忆中的几无二致。唯一有别的是外包装，以前的多是棕色的半开式纸袋，如今是清一色的软扎口的塑料袋，袋的右上角印上了"江苏老字号"的字样。

菊花酥的历史我不清楚，但可以肯定比我的年龄要长。

记事起，我就背负了"馋猫精"的美名。钟爱的零食"三剑客"是蛋黄酥、山楂片和菊花酥。而菊花酥不但能解馋，还可以果腹。蛋黄酥和山楂片在巷口的小店可以买到，唯独菊花酥，要越过一条马路，到大一些的商店里买。那时候的我，个头矮小，向母亲讨到零花钱后，欢天喜地跑到商店里，踮起脚尖才勉强够着玻璃柜台。一来二去，会意的售货阿姨会主动迎过来。看我手中晃动的票子便知道打包的数量——必须是顶格的，这是我们之间的小默契。然后小心翼翼揣在怀里，生怕被眼尖的街坊伙伴看到"截和"，一路屁颠屁颠小跑回家，躲进小房间，开始大快朵颐。

菊花酥的表皮镶有粉色的切瓣，硬硬的，脆脆的；内有黄色的馅酥，柔柔的，绵绵的。一口咬下去，连皮带馅，香甜酥脆，非常有嚼头。在食品厂工作的姨父告诉我，一只菊花酥的出品，需要经过调粉、揉皮、制馅、成型、上糖、烘焙等20多道工序，耗费十多位工人的心力。我很是吃惊。这巴掌大的酥饼，"成如容易却艰辛"。

那个年代，消费物资匮乏，市面上的零嘴很少，地产的菊花酥可以称得上孩子们的"团宠"。其价格也不算低，两毛一只，同样的毛票能买到两只蛋黄酥或者三卷山楂片。菊花酥贵相明显，大家都以吃菊花酥为耀。私下里，菊花酥成了孩子间打赌的标的，有时候还会是借抄一份作业的酬劳。

一个小女生闯入了我的视线。她的个子比我高，扎着一对粉色的蝴蝶结。也是隔三岔五来商店买菊花酥，看样子也是个"馋猫精"。有一次，我们在商店柜台相遇，我忘记找零，售货阿姨叫住我，她帮忙递过零钱，我腼腆地跑开了。回头瞧见她小心翼翼地将买的菊花酥套在一个布袋里装进书包，扭头笑起来的样子似一朵盛开的金菊。循着她上学的轨迹，我发现她和我同校，比我高一个年级。

有一阵，我没见她的踪影，有些莫名的怅然。不久，班主任老师在课堂上说，五年级有个女同学患了绝症，急需治疗，号召大家为她捐款。我兜里刚好有一张一元纸币，心想这可是五只菊花酥啊！有些舍不得，但还是捐了。后来听说这个病就是日剧《血疑》的女主幸子所患的白血病，我不由吓出了一身冷汗。

又是一日，我和小伙伴去那家商店。看到面色苍白的她和一位衣着朴素的中年妇女在购物，猜测是她的母亲。我冲她笑了笑，她回以笑容，露出了白白的小米牙。她们只是买了些日杂用品，没有买菊花酥。我有些不解。看着她们缓步离去，同行的小伙伴低声告诉我她就是受捐的女主，我惊愕不已。不及细想，追上前去，将刚买的菊花酥一股脑塞给了她，连同小伙伴的那一份。她非常惊讶，口中嗫嚅着"不要，不要"。我扭头就跑，只听她母亲扯着嗓门："同学，谢谢你们！"

那年深秋，我听到了她离世的噩耗。那天，从她生前的班级廊道上经过，室内一片呜咽之声。我看到了窗户玻璃后面一张张红肿的小脸。迷离的眼角中，仿佛映衬出那粉若朝霞的菊花酥。那一条条酥瓣，恰似她的一缕缕秀发……

自那以后，我对菊花酥再也提不起兴趣。细心的母亲发现了端倪，我只是委婉地说吃腻了，不想再吃了，直到上了初中。

中学是当地的重点，生源是经"小升初"统考遴选而来。不少学生来自偏远的城郊。彼时的城乡道路，远不如现今这般平坦开阔。城郊的学生踩单车到校上课普遍要耗时半个小时以上，最长的得一个小时。很多时候来不及吃或草草扒几口早饭便匆匆上路，一个上午肚子直唱"空城计"。班主任老师看在眼里，怜在心上。她在班级后墙一角的空座位上放上一只纸箱，里面有各种可供充饥的食物。鸡蛋糕，薄荷糕，当然少不了菊花酥，供辘辘饥肠的同学们自取。开始大家颇为不好意思，渐渐地卸下了心理包袱，后来逐渐演变为班级的共享福利。而食物的来源，也从起初的老师自掏腰包购买，到班费集中采购，再到后来的同学们自发捐助，途径越来越广，货色越来越丰富。我的"馋猫精"味蕾被唤醒，也加入了自发捐助的行列。"捐助"最多的还是菊花酥，尽管当时的价格已经涨到了每只两毛六。但同学们普遍爱吃，靓丽的女孩子更爱吃，谁叫它粉嘟嘟的，红艳艳的，颜值那么高呢！每次购买，我仿佛就看到了同学们一张张如花的笑脸。

后来，在大学读到《墙上的咖啡》，感慨之余，蓦然联想到，生命中赠予他人的那杯咖啡，其实早已出现，只不过，它的表现形式是以菊花酥为代表的吃食而已。

菊花酥一直伴我走过了高考的独木桥。却也在不经意间，从我的购物车中淡出。步入新世纪，舌尖上的美味越来越丰富，抱守"老土"显然不是吃货的风格。只是后来发现，当我有意寻回旧爱时，她早已隐遁不见。

这期间，我也曾想方设法，"众里寻她千百度"，却始终未发现灯火阑珊处的那朵"菊花"。电商时代，妻念及我的心头好，网购了菊花酥，许我以惊喜。待快递到货，我一下愣住，这绝不是记忆中的菊花酥，而是类似马蹄酥的食品。抱着记忆的影像在网上搜，发现冠名"雪花酥"的饼什非常神似。立马下单，物流迅速。只不过，这个雪花酥的外形较菊花酥缩小了一半，"花瓣"也很粗糙，色泽也没有那么鲜亮，而是白中带有些淡淡的灰黄。尝一口，味道倒是接近，但细品还是有些许说不出的差别。

直到这次成功"街淘"，我的怀旧梦才算成真。我凝视着这伴我成长的"萌宠"，浮想联翩。如今，重出江湖的它已烙上"老字号"的封印，成为乡土经典口味的传承代表。那凝结于悠悠岁月深处中的一抹情愫，或将被重新激活，它能成功收割下一代的胃吗？我心怀期待。

（本文经删改后刊发于 2024 年第 8 期《读者·读点经典》杂志）

街民

小心翼翼敲下这个标题的时候，有些手抖。《街民》乃吾邑文坛前辈沙黑先生的代表之作，一个籍籍无名的后生以此二字为题，有"碰瓷"蹭热度之嫌。

但我决意不改初衷。因为我写的"街"不同于沙翁笔下虚设的"考棚街"，而是小城真实存世有着数百年商业积淀的坡子街。泰州晚报将此街名移入报章，以"大众写作、大众阅读、大众推广"为"立街"使命，以"非虚构、接地气、抒真情"为"入街"标准，打造了一条平民范十足的文化"坡子街"，特别是同名公众号的推出，激活了一大批草根写手表达和分享的愿望，在家乡甚至更广泛的地域内掀起了"人民的自我书写"的热潮。

三载励精图治和口碑传播，"坡子街"已发展成为蔚为大观的文化街市。与熙熙攘攘的各路商号兜售有形商品的街市不同，此处荟萃展示的是凝聚亲身经历和创作智慧的无形商品，以及交流为人作文的愉悦体验。这里的每一位作者，都是文化产品的创制者和分享者，他们是我渴望接近并摹写的街民。

迄今，街民已逾一千五百人，其中既有达官鸿儒，亦不乏引车卖浆者流，几乎覆盖各个年龄圈层，包容不同教育背景和职业分工。特别是坡子街的平民化定位，使得大量"隐入尘烟"的作者有了凭借文字发声的机会，纷纷上街"开门立户"，有的甚而发展成为粉丝簇拥的旗舰店、网红店，为街市增添了一道道别样的风景。他们之中，有"昼为瓦匠、夜为文匠"的装潢哥,有"左手调馅、右手著文"的馄饨姐,有"庖丁解羊"的肉贩,有"眼观六路"的保安。每日上街阅读和分享,成为街民们的普遍行动自觉。

凌晨,早起的街民开始陆续上街。围绕昨日意犹未尽的话题,阐发新知新觉的观点。上街高峰一般出现在上午10时,不少街民静候手机屏前,像是在迎接一场线上新品发布会。当日美文推送后,点评快手和意见领袖陆续发表高见,主编也会送出"官方"荐语。文章的精义、行文的特色,尽在寥寥数语中勾画呈示。这些解锁美文的钥匙,为"逛街者"提供了向导,激发他们流连赏析的意兴。

身为打工人,我很多时候身不由己。却总不忘利用边角料的时间,刷刷公众号,在街民群里查看评阅动态。尽管通常要爬很长很长的"楼梯",但乐此不疲,生怕错过一个精到的分享和评析。如若第一时间未能品读,也会利用午休或闲暇,打卡回放。我始终认为,这种时间成本的付出是有价值的。

徜徉街市,不少街民的作品我是逢篇必读,有的甚而反复精读细读。姚军是其中之一。他是一名在异乡打拼的泥瓦匠,微信取名"布衣"。文却不似粗缯大布,而是一席席华丽的长袍。他携一篇《学艺时节》第一次冲击我的视野,我从中读出了泥土般深沉而倔强的气息。他的作品,我悉数打印装册,置于枕边,不时翻阅。我曾在文友圈如是评价:"姚军的'人世间'三部曲(《学艺时节》《跛脚鸭》《不肯穿孝的母亲》),无一不是椎心泣血之作;他的文字,让无力者有力,让悲观者前行……"

牛年圣诞次日,适逢《坡子街文萃》首发式,四方街民汇聚,俨然一场文学大集。那天是入冬以来最冷的一天,却丝毫挡不住我前往报社大楼结识诸位街民的热情。我自觉第一个到,却不料"更有早行人"。他向我颔首致意,确认过眼神,便和公众号里那张吃虾的图片"匹配"成功。一时间，他的作品中的人物形象便如潮水般涌入脑海。自己啥时候硬生生地成了他的小迷弟了？我不记得了。只是清晰地记得，那篇《外公送我上武大》治愈了我无数回。这位街民的名字叫时庆荣。

现场如愿见到沙翁。这位文坛耆宿身板硬朗，慈眉善目，想必定是练就了以文养人的神功。我恭恭敬敬地投去含笑的注目礼。其实何尝不想零距离。只是肚中货色少，底气不足，还是"广积草粮，缓拜师堂"吧！

近来，一股新锐力量在"坡子街"蓬勃涌动。他们是一批以95后为代表的新生代街民，我姑且称其为"造文新势力"。他们多拥有海外学业背景，具备"次元"思维和多元文化的整合能力。他们的文字，或灵动飘逸，或汪洋恣肆，无须滤镜，自带流量。品析《至少还有你》和《大河明月》，一个"宝藏女孩"的形象呼之欲出，她拥有音乐达人、美食博主等个性标签。而细细咂摸另一位95后妙手的《石砑街记事》，似乎在解构海派格调后回归乡土传统，构思之缜密，运笔之练达，令人折服。

"坡子街"是一个开放共享的平台，每一位街民都是负载的一个开源端口。随着"坡子街"影响力的持续提升，街民的阵容也在飞速壮大。可以想见，在"大众读写"理念的引领下，更多的有文字情怀的平凡写作者，将被请进街市，"我手写我心""我心抒真情"，共建共享里下河平民文学的耿耿星河。

（本文发表于2022年10月8日《泰州晚报》副刊）

街民心语

大凡老海陵人，对坡子街都有一种难以言表的情愫。它曾经是里下河版图上闻名遐迩的商业地标。如果说实体坡子街是泰州商家的财富聚点，那么虚拟坡子街无疑是泰州文人的精神内核。一个传承商脉，一个赓续文脉。一个商贾云集，流金淌银；一个才人荟萃，文思泉涌。

我迈入这片菁菁芳草地是在去年秋季，属于后知后觉。由购买饮用儿时的营养品麦乳精一事有感而发，随手草一小文。未承想编辑老师给予了特别的关注，精心修改后在 10 月 31 日"坡子街""C 位"编发，非常意外和惊喜。这极大鼓舞了我的写作信心，后陆续有 3 篇拙文见报。每一篇刊发后，我都仔细与原文对照，对编辑老师的修改提炼之处揣摩研习，这令我受益匪浅。

作为坡子街的新街民，我将秉承坡子街的立版宗旨和创作理念，一如既往笔耕不辍，不断为这座新老泰州人的文化熔炉添柴加薪。衷心祝愿坡子街百尺竿头更进一步，人丁兴旺，佳作涌流！

（刊载于 2021 年 5 月 25 日《泰州晚报》副刊"街上人语"栏目）

周末杂谈

失落的家教

周末，玩牌是我们几个入职不久的单身汉的默契。基本能从日头西斜玩到繁星满天。从争上游，再到八十分，再到斗地主，依序轮转。最后，一场夜宵曲终人散。但从这个春季开始，牌桌上的搭档变得不安生起来。先是小林因备战考研单飞。三缺一，偶尔拉个人头凑数。但默契度显然不比以往。紧接着，小杨辅导起了一初二学生的数学和英语，周末的时间被家教承包。一时陷入百无聊赖的我，急需寻求一个闲暇的出口。

做家教，我并不陌生，而且多少有些底气。大学阶段曾有一个月的替代舍友给小学生辅导课业的经历，又有高中阶段的数理竞赛证书和大学阶段的数张考级证书在手。我一时兴起，决定重操旧业。自信凭借"三寸不烂之舌"，必定"无愧于来者"。

我沿用了大学阶段舍友自荐家教的惯用"伎俩"——制作小广告张贴于众。不过在过程处理上，科技含量更高了。首先，我咬咬牙，利用工作半年的不多积蓄，购置了中文寻呼机（即BP机），作为通联工具。然后，精心设计了一段家教广告词，反复斟酌修缮，直到自认为足以令人动容为止。最后，输入电脑排版，不忘在落款处留下BP机号。打印一式多份，看起来像模像样，中规中矩。想复印毕业证和获奖证书以增加信度，终究是豁不开面子——泰州城横竖这么大，万一碰上熟人，脸上挂不住。即便如此，仍有一种前所未有的满足。

城里几块风水宝地跑了一圈，选择了几处位于学校门口的、视野敞阔的电线杆或是墙壁上，在一个月夜悄悄贴出广告。一时间，我仿佛看到家长们殷切期待的目光向我投来。

白天，我带着悠然自得的心情，去欣赏我的杰作在"招蜂引蝶"。然而，几番"巡访"后，惴惴不安起来，有的"宝地"人烟寥寥，有的纵使有人一瞥，也多以漠然的表情走开，我悬着的心好生尴尬。寻呼机不时有信息提醒，条件反射地查看，立马倒吸一口凉气，对方不是公共信息便是亲朋好友的留言，竟无一家教咨询。

又是一日，我听到一对中年夫妇在广告前窃窃私语："这孩子口气不小，能行吗？""竞赛获奖，会解题，不是师范科班出身，会不会是个闷葫芦罐子——倒不出啊！"看着他们离去的背影，我有一种莫可名状的失落。

再等等看呢，失望的尽头是希望。万一有人识货呢，只要一个。我竭力地自我安慰。此时寻呼机的每一个声响，仍能燃起我残存的念想。

一场雨后，我发现张贴的广告飘零了不少，我也无意去补贴。顺其自然吧！直到我发现，一张张更大的广告无情地几乎天衣无缝地覆盖住我的广告，终于彻底埋葬了我最后的一丝希望。我沮丧极了，走在大街上，那熙熙攘攘的人群，仿佛都在指手画脚地嘲弄我，嘲弄一个求而不得的失败者……

正在垂头丧气之际，父亲一语点醒梦中人：这是你工作后的一次小小的社会实践。碰壁本在情理之中，要吸取教训。青春期的主要任务仍然是学习，要不断充实精进岗位技能，拓展自己的知识面，提升全方位的素质。

我晦暗的心情顿时豁然开朗，眼前的世界又变得敞亮起来。我没有理由怨天尤人。社会对于我们初出茅庐的大学生，已经格外地包容和厚待了。我要用自己的努力，回馈这份厚待。

以后的周末，我选择了和小林一起在图书馆度过。小杨的家教协议到期后，也和我们去图书馆会合。我们四个单身汉在图书馆重新聚首，但玩牌的日常被永久封存在了过去式。我们在这里阅读、思考，探索未知和人生。一年后，我的论文上了省级刊物并获了奖。我明白，应当感谢那次失落的家教，因为这样的机会收益显然更有价值和意义。

（本文原载于 1998 年 9 月 27 日《江苏教育报》，收入本辑有改动）

坐观垂钓者

朋友圈中，好钓者委实不少。要说最执着的，非老穆莫属。

每逢周末，只要天公作美，老穆必定驾驶他的爱车，寻市郊一僻静的风水宝地，一根杆，一包烟，一壶水，半晌的时光妥帖地安放。他座驾的后备厢里，常年被各类钓具占据。鱼竿、鱼线好几套，鱼钩数只，大小鱼桶垒在一起，还有或网购或自制的饵料。从他朋友圈分享的战果来看，钓技毋庸置疑，妥妥的老把式了。

我不喜吃鱼，亦非嗜钓之人。不过临场观摩也还是有兴趣的。唐代大诗人孟浩然说："坐观垂钓者，徒有羡鱼情。"诗中有失落、忧闷，有理想、追求。我没有那么深的城府，观钓目的很纯粹，为宠爱的喵星人制备美味。猫见到鱼两眼放光的样子是我观钓的最大动力。

微醺的夏日，老穆又约我观钓了。他说，看一名钓客的钓技如何，主要看夏季表现。言语间，满满的自信。

我循着导航到达一河流驳岸处的时候，一眼瞥见一动不动的半个背影，端坐在小马扎上，惯常的蓝色工装，显然已经进入了"战时"状态。一只飞鸟从头顶掠过，啁啾着隐入一旁的树丛中，并没有惊动石佛一样的他。

我留意到，这是一片略有凹陷的港湾似的水域，附近水草丰茂。从风向看，这里处于下风位。对于老穆的眼力，我向来深信不疑。貌似平静的水面下，仿佛隐藏着一只只盲盒，等待被他发现和揭开。

我坐在了离老穆数米的地方，摊开一本书。这个方位对钓竿周遭的动静可以明察秋毫。半晌，他才发现我的到来，微笑着向我招呼。这是一张典型的钓鱼人的脸——黝黑的皮肤，写满了"稳坐钓鱼台"的笃定。

水面突然一漾，老穆大喊一声——"有了"，飞快提竿。我立马一个起身，一条银色小鱼上蹿下跳拼命挣扎。把鱼放到水中的网袋后，我发现袋里已经网罗了不少，有的还在欢快地游弋。

这个时候，我们彼此才会有短暂的语言交流。他会点起一支烟，向我描述钓这条鱼的种种："万物皆有灵，鱼儿也是趋利避害的，它会围着钓饵反复观察、试探，与你周旋，有时候就是不上当，这时你切记要有耐心，不能浮躁，这是人和鱼、饵的诱惑与鱼的智慧斗智斗勇的过程，里面的名堂多着呢！"

又过了一会儿，陆续数条鱼上钩，老穆决定移步至深一点的水域。他说，气温上来的时候，要钓深潭。

换了一根长竿，重新选位、绑钩、调漂、配饵、甩竿，钓钩潜入水中，开启守漂待鱼模式。我们再度进入静默状态，互相屏蔽对方。

又过了好一阵，始终不见鱼儿上钩。老穆淡定如初，我却有些心烦意乱，打算到一旁不远的亲水平台走走。刚一起身，突见浮漂猛地一沉，钓竿出现明显弯折，线吱吱作响。我暗喜，该是好事临头了。老穆一脸淡定。稍作片刻缓冲，收紧丝纶，一举提竿。居然是条大鲤鱼，目测保守有4斤重，这家伙似乎有些疲惫，又似乎不甘受命运的摆布。

老穆亮出了V字的手势。"鲤鱼非常狡猾，在猎食时，往往不会一口将饵吞下，而是会小口接食，有时候只是轻轻舔食一下。在钓鲤鱼时，要调整好漂的浮性、灵敏性，能够配合鲤鱼的接食动作。"他露出得意之色。

老穆抱着"锦鲤"回了家。我挑选了部分鱼作为猫食，其余的放生了。

我很好奇，老穆属于平日里挺闹腾的一个人，但举起钓竿，就能凝神屏气一动不动。

抛下鱼线，似乎便抛下了全世界。一竿在手，他又仿佛握着整个乾坤。七尺青竿一丈丝，钓的不是鱼，或是一份超然物外的闲适与旷达。

（本文首发于 2023 年 10 月 9 日《扬州晚报》副刊，后为 2023 年第 12 期《中国老年》杂志转载）

周末斗球去

与台球结缘半辈子了。"球商"比上不足,比下有余。周末,喜欢去台球室刷存在感。住家不远的几家台球室,愣是混了个脸熟。不过,从没登过哪家的龙虎榜,也没有博得过球友持续的关注和特别的喝彩。即便如此,依然乐此不疲。

一个人打球显然不现实。呼朋引伴是常态。我攒了个铁三角,相约周末不见不散。三人中,老王技高一筹,胜率颇高,不过也有马失前蹄、大意失荆州的时候。我和阿会伯仲之间,互有胜负。我们会以手心手背的方式确定首发人选,另一位"骑墙观战"并等待上场。

我们一般约在周末的午后。惯常打的是16彩球,如今标准冠名"中式台球"。斯诺克也曾附庸风雅地玩过,但台子稀缺难等,规矩又多如牛毛,还需煞有介事地计分,容易引起争议,一局下来耗时烧脑伤脾,很快便敬而远之了。中式台球球型大,规则通俗简明,眼光一扫,局势便了然于胸。

立于三尺台案前,两位主帅仿佛在指挥一场绿色丛林为背景的夺宝大战。大脑运筹,目光投射,手臂发力。球杆似指挥棒,击球如扣动机关,白球就是四处奔命的"战狼"。既要护佑己方兵贵神速,又要提防对方捷足先登。一球扑朔迷离,一杆又豁然开朗。一声清晰炸裂,又一声窸窸窣窣落底。

我们仨的球风各有不同。我出手速度快,不会作过多的场景推演,自比为"火箭"奥沙利文。阿会则与我完全相反,动作慢条斯理,仿佛在脑中进行复杂的精算，与"磨王"赛尔比如出一辙。而老王犀利的进攻、华丽的杆法、强悍的精度，演绎特鲁姆普式的"暴力美学"。喜欢看老王打球，台球的力量与美感，技巧和机缘，在他的杆下尽显无遗。

我们仨不闭门搞"内循环"，非常欣纳与各路球手过招，感受不同的搏击体验。遇有旗鼓相当的球手，对决过程会充满了艰辛和悬念。若遇高段位的球手，被碾压被吊打都属寻常。心悦诚服，恭请指教，事后脑海里回放那些攻防瞬间，探求得失，增进悟性。

数年前老王与一位不速之客的交手，令我印象深刻，也让我读懂了台球运动的一种风格和态度。

那是一个秋日的午后，我们刚开球不久。一个有些酒气的寸头小伙闯了进来，臂膀上刻着纹饰。见老板不在，径直朝我们的台子走过来，让我们仨中选一个最厉害的和他单挑。输了，他来买单。

一看就不是善茬，当然绝不是水货。寸头的脸上写满了霸气和睥睨。老王应承下来。我和阿会本想另开台桌，却又不想错过可能的惊心动魄，便选择作壁上观。

寸头选好杆后直接开球。他半伏着身子，球杆反复推拉两次后用力前推。犹如一声惊雷，球炸裂四散，七八秒钟后才停顿下来。定睛一看，进了一单一双两粒球。见双色球整体位势不佳，还有两颗贴库，寸头果断选择了单色。

寸头志在必得，一番长枪短炮，大半江山收入囊中，这功力也着实不一般了。再看走位，一只离底袋口不远，一只位于中部区域，总体可控。

相较而言，老王的局势要逊色得多。无法做到一目多步。老王毕竟身经百战，从消灭底洞口的一粒球开始，一举调优了白球的走位，顺势清除掉一颗贴库球后，又连下两球。寸头接杆后，几无悬念地将两只余球射入，提前进入赛点。

现场气氛骤然紧张。大家的眼睛牢牢地盯住黑八。我的心跳到了嗓子眼。

从走位看，这是一个长距半贴库球。完全可能一剑封喉。寸头起杆发力，球触到了袋口的边沿却被弹出，好险！或许正是这毫厘之差，给了老王起死回生的机会。老王面若平湖，一鼓作气，稳稳地连中三元。

出师不利。寸头心有不甘，又要一局。老王开球，可惜无球入洞，两颗单色球盘旋在洞口不远处。寸头紧蹙的眉头轻松下来，这局势仿佛天造地设。果然"小宇宙爆发"，一番起承转合，三下五除二，顺利完成清台。

决胜盘，寸头携完胜之威高调开局。双方都使出看家本领。围观的人多了起来，凌厉的击球和惊艳的杆法赢来阵阵喝彩。老王略占主动，率先以1球优势拿到赛点。但黑八的位置非常不利，差不多就在白球与对方球的延长线上，且距离不近。隔山打牛，难度不言而喻。老王架好姿势，酝酿跳球动作。一杆下去，白黑球成功"握手"，但并没有呈现预想的走势效果。寸头大喜过望，迅速一记怒射，末球进洞，未承想，反弹力度和角度没有控制好，白球不偏不倚进了中洞。老王获得自由球的机会，直捣黄龙。

1∶2，寸头起身告负。人倒也爽快，执意去前台扫码付费。我们当然坚辞不受。约定后会有期。

事后聚餐，老王回忆说，寸头确实是个难缠的对手。技术上没的说，心理上还不够强大。玩台球，既要与对手进行技战术对抗，又要与自己进行心理博弈。台球具有巨大的不确定性，唯一能确定的，就是你的心态。认真对待每一颗球，把每一杆球都当作决定性的一杆，永远做一个只会默默打好自己球的傻瓜。

"做一个只会默默打好自己球的傻瓜"，我和阿会不约而同笑出声来，以碰杯表达了共识。

台球，在西方被视为一项绅士运动，彰显高贵儒雅之风。在家乡人的语境中，台球常与"康乐球"混为一谈，料是取其健康快乐之意。的确，台球有强身健体、愉悦心智之效，还有利于全局观的培塑，可以说，善莫大焉。

又至周末，琐事靠边，且来斗球。

（本文删改后以《三个台球手》为题发表于 2024 年 4 月 24 日《泰州晚报》副刊）

当我们谈论 "诗词大会" 时我们在谈论什么

掐指算来，观看中国诗词大会已有8个年头。如同春晚一样，成为一家人腊月里最为执着的期待。

第一年与她的邂逅场景历历在目。放学归来的乐乐捎来老师的口信，央视每周五的黄金时段推出一档益智节目——《中国诗词大会》，推荐家长子女共同观看。对于这道"圣旨"，我颇存疑虑，却也不敢怠慢。在那个智能手机普及初期、短视频尚未兴起的年代，电视一度被老师视为仅次于电子游戏的二号洪水猛兽，反复叮咛家长要做孩子与电视间的隔离屏障。现在却主动为一档电视节目站台，很不寻常。

掐点准时开机。发现这是一档以中华五千年诗词为采撷元素的互动性节目。节目采用时下流行的竞答结合擂台形式，气氛轻松又不失对抗、愉悦又充盈教化。这股清流般的文化气韵，颠覆了我对于综艺节目"娱乐至死"的成见。我感念于老师的慧眼独具。如是老少皆宜的亲子课堂，不容多见。

妻也相见恨晚，遗憾已错过了前三场。此后，每周五的晚8点成为一家人难得的围观荧屏共话诗词的欢乐时光。在古典意蕴与现代艺术交相辉映的荧屏前端坐，仿佛徜徉于氤氲花香的诗词驿道，一个个温文儒雅的诗家词人脚踏历史风尘向我们信步走来。

我们会在每一季的开始进行猜测，今年开场的主题是什么，心仪的大咖老师会莅临现场吗，新科冠军会是才女还是才子。每到播出日，全家必定早早饭毕，围聚到电视机前，静待一场头脑风暴。乐乐更是摩拳擦掌迎接场外同步答题。他会给自己定下一个小目标，答对多少题，答对比例是多少，平均跑赢百人团的有多少位选手，并将每场比赛的结果记录下来，他会对自己的进步欢喜鼓舞。我和妻则是乐乐的坚定后援团，每答对一题，必报以掌声鼓励。整个播出全程，大家心无旁骛，紧跟荧屏节奏，或冥思答题，或切磋互动，全程无尿点。一场结束，余兴未阑，复盘整个赛况，分享各自观感。话题热度三日不绝，直至进入下一场开播的倒计时。

当我们谈论"诗词大会"时，我们在谈论什么？

我们会谈论她的明星阵容。主持人无疑最为吸睛。前四季的董卿乃央视一姐，春晚资深主持，其端庄温婉、知性优雅的特质深入人心。诗词大会于她而言虽属于新赛道，但俨然驾轻就熟。当一句句诗情盎然的串场词从她的朱唇皓齿间流泻而出，令人生发"若有诗书藏于心，岁月从不败美人"的即视感。后四季的主持人龙洋属于新锐实力派代表，其清丽脱俗、活力迸射的风格颇得乐乐一代人的欢迎。嘉宾老师亦常为话题焦点。诗词大会云集了国内诗词学界的重量级大咖，他们引经据典，把诗词中蕴含的家国情怀、人格操守、亲情孝道、市井雅俗，点化得妙趣横生，令我们击节叫好。观后仍久久回味，含英咀华。六位点评嘉宾中，我偏好于蒙曼老师，欣赏她熟稔于历史掌故，且能不疾不徐娓娓道来的表达风格；妻对康震老师的深厚学养和翩翩风度评价甚高，惊羡其信口诗词、落笔成画；乐乐则是秀外慧中、博闻强识的杨雨老师的忠实粉丝，每一场的第一关注点就是有没有杨雨老师驻场。

我们会谈论她的宏阔气象。来自五湖四海的各路诗词达人风云际会，"平衢骋高足，逸翰凌长风"。盘点整个赛制，全家兴趣话题集中于攻擂资格争夺战和擂主争霸赛。前者借鉴古人行酒令时的文字游戏，以"飞花令"在攻擂者中进行唇枪舌剑的比拼。压轴的擂主争霸赛更是高手间的巅峰对决，格外地惊心动魄。六季收官后，我们曾饶有兴致地对自己心仪的冠军进行了票选，发现竟又是各有所属。我钦敬的是外卖小哥雷海为，妻青睐的是学霸武亦姝，而乐乐则力挺北大才女陈更。各人对属意对象的赛场风采津津乐道。观众方阵席也是话题芸芸。百位选手都是过关斩将的各路好手，他们与登台选手同步答题。他们中有饱受肿瘤折磨化诗为犁的农家女子，有"莫道桑榆晚"的睿智师长，有"宣父犹能畏后生"的垂髫小儿。他们怀着满腔热情加入这场诗词的狂欢，点亮荧屏内外你我澎湃的诗意灵魂。我们毫不吝啬掌声和喝彩，隔空为他们加油助威。

我们会谈论她的满满创意。复盘历年赛况，发现创新是这档文化节目永葆生机和留住人气的鲜明特质。每一季的开播，都能惊喜地体验到独具匠心的变化，这些既是我们的新看点，也是我们的新话题。选手组织方面，第2季起将百人团选手细分为少儿团、青年团、百行团和家庭（后为搭档）团，第3季开辟40人的预备团第二现场，第6季采用"大浪淘沙"选拔上场选手。题型设计方面，第3季推出"超级飞花令"和"诗词接龙"，第5季增设"身临其境"答题，第6季推出"云上千人团"考题，第7季创设"诗词剧场"；艺术表达方面，第2季将中华传统非物质文化遗产技艺嵌入题面，第8季由民间艺人带来技艺与诗意的真人秀，并升级虚拟现实技术，将千年前的大文豪苏轼以数字人的形态复活亮相，令人惊艳。诗词大会每一年的首场，都会给我们带来新鲜的观感体验，令我们对隐于幕后的节目创制团队的精品意识和卓越追求感佩不已。

我们会谈论她的人文魅力。她让各为各业、各为其学的家庭成员有了精神上的聚焦点。我们在诗词大会里沉醉于经典国粹的厚重醇畅，惊叹于文人墨客留下的字字珠玑，感受着诗词赋予一家人的成长、改变和共情。乐乐无疑是最直接的受益者。他原本对诗词的热情不温不火，受"寓教于乐"的节目氛围濡染，逐渐产生兴趣，平日里"诗不离口、词不离舌"，报名参加学校"诗词之星"的选拔，"小荷才露尖尖角"，着实令人欣喜。即便升入中学后面临不小的课业压力，依旧不舍对诗词的追逐，将其作为怡情养智的一种调剂，而作文语言也不经意间诗意盎然起来。妻在一高校担任班主任，她蹭诗词大会的热度，组织了"诗意班级"的主题活动，同学们参加踊跃，反响热烈。而我，也在诗词的润泽下，重新领略了传统文化的精髓与魅力，日常言语也更显露诗意，平添了"口吐莲花"的自信和从容。

在非诗词大会档期的日子里，我们会借助电脑、手机、平板等终端，重温历届中国诗词大会的超燃盛况，"依然一笑作春温"。每年诗词大会文字脚本结集出版，我们必第一时间入手，在家庭书屋掀起一波阅读分享、温故知新的小高潮。乐乐十四岁生日，我特意网购了他心目中的诗词女神——陈更所著并亲笔签名的《几生修得到梅花》一书作为生日礼物，予他不小的惊喜。书中作者与诗词缱绻成长的心路历程，或将给青春萌动的孩子注入更多诗意的滋养。

甲辰龙年行将来临，一年一度的中华诗词盛会定会在正月里如约而至，带给全家以春的报晓。"好雨知时节，当春乃发生。"唯愿中国诗词大会，这档春夜喜雨来得更加酣畅，更加淋漓吧！

2024中国诗词大会，我们不见不散。

（本文发表于2023年12月22日《家庭周报》副刊）

奇葩书信三辑

写给贼

贼：

你好。阳春三月，草长莺飞。先祝你有个贼好贼好的心情。

昨天晚上，我和朋友相约在税东街某网红餐馆小聚。由于车位有限，我把车泊在了老图书馆外面，锁好电锁后将公文包留在了副驾驶位。二楼包间里，我们觥筹交错，不觉中酒酣耳热，而忽略了寒风中忍饥挨饿、执着守望的你。真的很不好意思。

酒足饭饱，诸友相拥离店，本打算驾车去KTV放松放松。接下来的一幕却令我惊愕无语。

副驾驶位置上，钢化玻璃的碎屑散落一处；右侧的挡风玻璃被侵蚀而空，只有窗户上下如水晶样的残片孤零零地在夜风中摇曳。友人恩惠于我的公文包已不翼而飞。此情此景，如同五雷轰顶，我们的娱兴一扫而空。

贼，你为何下得如此黑手？

我不是一个腰缠万贯的资本家，只是一介辛勤劳作的打工者。你们乃视劫富济贫为天职的得道高手，为何会剑走偏锋？

人说慧眼识珠，可我包里可怜的几样东西：两本书、一支笔、几份报纸，三张信用卡、一些文件，两张办理电汇的回单。你一定大失所望，因为它们之于你，是毫无利用价值的，等同于垃圾。我真的想借你一双慧眼，让你把它看得清清楚楚明明白白。

可这些东西对我来说，则是宝贝。书是用来学习和阅读的；三张信用卡均是可以透支的，有两张是金卡，一张是准贷记卡，丢了它，仅挂失补办费用就超过百元；文件是用来工作的，回单是用来给单位做账的，丢了它们，会很麻烦。至于那包，虽是馈赠品，价值不菲，但在你那里也难堪大用。我知道，你需要的是真金白银，我真的想用一笔钱换回我的东西，哪怕是数倍的溢价，不过我知道这样的交易已经是有价无市了。

贼，你还有买椟还珠的不理智。放在车后座椅上的我朋友的千元一套的衬衫居然纹丝不动，朋友倒吸了一口凉气，戏称这是不幸中的万幸，贼真会舍本逐末。贼的眼里也有盲区。

贼，你让我一夜无眠。为我的损失，也为你的失望。我不明白，这场并非我失你得的零和游戏，你为何要勇下赌注？

贼，回归人之良善吧。当防贼形成人民战线，贼如过街老鼠之时，你们纵有三头六臂，恐也无处遁形。那就是"天下无贼"时代的到来。

就此搁笔。

—— 一个被你伤害的人

写给汪星人

亲爱的汪星人：

你好。当你收到这封信时，主人已经在去往浦东机场的高速公路上，数小时后，将搭乘国际航班飞往美国洛杉矶。而你，也已经在新的环境里度过了和主人分别的第一个夜晚。

确定要和你短暂离别的时候，我很是不舍。从你呱呱坠地到出落成形，我们已相依相伴风雨同舟了6年。其间，小别最长的时间也不到一周。而这一次，却是半个多月。如麻的心绪，怎一个舍字了得？

为了确保离开我的日子里你的生计无忧，我将你寄托给值得信赖的友人，他就是你临时的主人。你在临时主人家的新住处安全卫生，透光通气。你还记得吗，就是前天晚上我带你去的那个地方。我带你先去体验一下，让你留下第一印象，减缓你日后的焦虑和不适。但临时主人的家里不具备散养的条件，你不可能像在主人家一样，独享一座小露台，在那里撒泼打滚，尽情挥洒生命的灵动。于是，我"违心"地给你套上了笼子，将你束缚在长宽高不足1立方米的空间里。我知道，圈养违逆你的天性，但这是不得已而为之的权宜之计，希望体谅主人的苦衷。你一定要随遇而安，安时处顺。适应和驾驭新的环境，静待主人回归。

你所有熟悉的伙计，包括睡床、食盆和饮水盘、玩具，都给你一一备齐，分别放置在别墅的三个角落。另一个角落摆放了你的临时厕所，这是你非常陌生的东西。它比你露台上习以为常的要小很多，属于很袖珍的厕所。你一定要顺应这样的布设，不要排斥和抗拒它，不能随地大小便，更不能任性地打翻厕所，给临时主人徒增很多麻烦。相信你，一定是一只通人性知良善的好狗狗。

我已将你平日的饮食习惯、生活习性，玩乐喜好仔仔细细地告诉了你的临时主人。临时主人定会遵从你的"小脾气"，满足你的一切"小心思"。我已经帮你准备好了未来半个月的营养口粮，其中有你最喜欢吃的风干鸡肉和火腿肠，还有两盒让你哈喇子流了一地的牛肉罐头，足够你吃饱吃好。零食也很精致，有你见了就两眼放光的奶酪棒，还有越舔越生味的含油花生酱。吃喝玩乐一条龙，不要太爽哦。

临时主人以前也有过一段"铲屎官"的经历，他懂得和你亲近互动，你一定要迅速辨识和接纳临时主人，和他配合默契哦。他会像我一样，牵着绳索拉着你去小区的道路和花圃里遛弯。那是一个你完全陌生的场地，你会邂逅一群素昧平生的同类，不要忘乎所以地胡乱吹口哨，更不要和他们过分亲热、嬉戏追逐，更不能打架，有辱你一贯的斯文。特别是遇到无人看护的流浪狗，一定要敬而远之，紧跟临时主人的脚步。相信临时主人，一定会像主人我一样护佑你的。

等主人归来，定第一时间过来看你，把你接送回你熟悉的地方。你又可以和熟悉的家人团聚了。届时，你可要坚决顺从主人意志，不要乐不归蜀！

祝一切安好。

—— 爱惜你的主人

写给喵星人

亲爱的喵星人：

你好。此刻的你，在哪里啊？主人苦寻你久矣！

自从你三天前的上午从主人家中二楼跃层的大露台上出走后，我便动员了家里所有的人力物力眼力，开始地毯式搜索。楼上楼下，道里道外，住宅周边凡是你可能涉足的地方，几乎都寻了个遍，然一无所获。你像从尘世间蒸发了一样，不留一丝痕迹。我无数次在小区道路上、绿化隔离带旁四处张望，幻想你熟悉的身形奇迹般地出现在我面前，摇摇尾巴，亲吻我的鞋子和裤脚，可一次次徒劳而返。

我真懊悔那天的疏忽大意。那是周日的上午，一项雷打不动的工作是为你的屋舍进行大扫除。以往我都是将你临时迁移到另一间空房，你很懂事也很配合。但那日天气晴好，阳光饱满，一扫前几日的霏霏阴雨。我想让你与久违的阳光来一个亲密的接触，给你的身心沐浴一场日光浴，这样有利于你的健康，因为你若非主人带你外出遛步，几乎足不出户。

我帮你穿上胸背带，套上遛猫绳，将你牵到露台上，将绳索的另一头扣在了窗户的防盗隔断上。整个过程你有些抗拒，因为你习惯了无拘无束的生活。但在我的安抚下，你似乎乖顺起来。为了减少背带和绳索对你的压迫感，我在两处接口留了冗余。没承想正是这"手下留情"，造成了天性活泼的你的任性挣脱。区区半个钟头返回阳台，眼前的一幕令我瞠目，牵引绳的一头连同胸背带孤零零地奄拉在地上，你杳杳不知所终。

我住最高层，上面是大面积的斜坡屋顶，连通数户人家。我猜测你大概率是沿着护墙上攀至屋顶，那里是你从未见过的新天地。你在上面随心所欲地奔跑，累了，就四脚朝天地仰躺，你第一次感觉到离蓝天白云那么近，第一次感觉到自由是多么的美好。亦有"铲屎官"推测，这个时候恰逢你的生理期，你一定呼朋引伴去了。当然，这一切，我只能凭空想象，无法亲见。

我想，你玩就玩吧，饿了，渴了，总得需要下来化缘吧。于是，我在你"越狱"的地方摆放了你最喜欢的口粮，特别是腥味很重的鱼，想让你循味回家。一旁还放置了你熟悉的饮水盆和猫砂盆，为你搭建起临时的露天小家。

一小时，两小时，我默默地在露台守候着你的出现。从日头当空到日落西山，也不见你的归来。一天，两天，口粮换了又换，但丝毫不见减少，食盆、水盆和砂盆纹丝不动。我意识到，你已经走失，或许已经走远，很难很难找到回家的路了。

我打量着窗明几净的空荡荡的猫舍，那里有你从小到大的成长印记，有你和主人的欢声笑语，此刻，徒留下痴心主人的黯然表情。你，又身在何处？

我在揣测你出走后的种种可能。你可能知遇了新的主人，他和我一样将你视为掌上明珠，对你呵护备至，宠爱有加，让你在温柔乡里乐不思蜀。你也有可能潜入了其他住家的露台或是院子，主人不那么厚待你，也不那么讨厌你。他会在你出没的地方放上吃食，但不会接纳你入驻家中。不能接受的结果是你独自去流浪。你血统高贵，会引来同类的嫉炉，他们会欺负你，冷落你。你自小养尊处优，没有训练过捕食和防卫技能，一旦进入丛林社会，会面临艰难的生存挑战。最可怕的是你遭遇了黑手或是不测，我不敢想象，那是我绝对不能接受的。我坚定地认为，你承继有家族强大的基因，定有九命附体，必能逢凶化吉。在你离开主人的日子里，主人会一直为你祈祷，保佑你健康地活着，快乐地活着，在执着地期待我们的重逢。

秋风乍起。我将这封信放在了你最后驻留的地方——露台的窗旁。愿阵阵秋风翻动纸笺，捎去对你的思念。你是一只有灵性的小生命，盼见信速归。

—— 想念你的主人

（作于 2023 年 6 月，其中：《写给汪星人》《写给喵星人》合为《宠物家书》一文，刊发于 2024 年第 1 期《渤海风》杂志）

后记

一

摩挲即将"杀青"的散文书稿，我思忖着，书籍浩如烟海，文坛俊采星驰。一个输在了起跑线上、半路跌跌撞撞出家的无名习作者，出这小册子有多大价值呢？

转思它毕竟是我直面中年危机、重塑自我认同的汗水的结晶，其中闪时代之光，融济世之志，坦奋进之魄，凝世间之情，也就释然了。

诚然，它只是文山中的一颗沙粒、书海中的一朵浪花、皓月下的一点流萤而已。

二

如果说写作有基因的话，那很大一部分承自父亲。父亲是20世纪60年代同济大学的高才生，年轻的时候即为文青一枚，喜欢指点江山，激扬文字。不过少时的我却很叛逆，痴迷于"赛先生"（即"科学"），对中文并没有特别的兴趣，语文甚至一度成为我"吊车尾"的学科。父亲尊重了我的意愿。我只是在高考失利后选择了文理兼容的财经，并在入职机关后与文字有了频密的接触。成长时期受父亲濡染打下的文字功底，未承想在职场派上了用场，尽管多为一些分析、调研、总结、报告、讲话之类的"套路"文，却颇得领导肯定。草蛇灰线，受泽匪浅。

转思它毕竟是我直面中年困惑。当我手捧零零碎碎未堪大用、难上台面的"豆腐块""家祭无忘告乃翁"，想必酒泉之下的父亲一定由衷含笑。但我深知，要想成为真正的"共轭父子"，仍需要付出更加艰辛持久的努力。

三

我坚持用文字弘扬主旋律，传递正能量，致力于呈现政通人和的气象，描绘春和景明的画卷。我致力于"我手写我心"，多以第一人称，书写自己的生命旅程中的点滴花絮，真情实感。写作的过程也是一次重温教益的过程。幸甚至哉，文以咏志。

我也开始观照社会人生的写真，洞察大江奔流时代些小人物的生存境遇，感受他们喘息着的时代感。这在《三野村的"三和大神"》一文中袒露无遗。1万字的篇幅，为我的单篇文作的记录。为此，我耗用了大量的时间精力，寻访过数十位在泰打工者，形成逾万字的民生手记。由于职业分工和人际壁垒，他们的所见所闻所感和我所知的大相径庭，判若两个星球的生命体。我不吝笔墨来书写他们，就是想用他们的倔强、互助和友善唤起和谐社会更多的理性思考。我也从他们身上，获得了关于生存价值的全新认知。

四

情是文字最慑人心魄的存在。散文是语言的艺术，情感是散文的生命。优秀的散文都具有丰沛真挚的情感。犹如一株嘉树，抽发出蓬勃的含情脉脉的枝叶。读来能让人呼吸到氤氲于字里行间的绵绵情意。真正的散文写作首先要做到真情在场，灵魂在场，以真情催生真情，以灵魂撼动灵魂，情到深处语自工。

我是个性情中人，喜欢用情感与世界碰撞和交流。文字是情感呈现和传递的一种方式。我执着于用心书写，用情感凝练文字。写作的过程，也是修心的过程，亦是皈依情感的过程。故土风物，知遇师长，万物生灵，俗世百态，无不浸润我莫大的情感，有景中情，有事中情，有理中情。我努力在每一篇文字里捕捉不同的情感线，建立与读者的情感链接。倘能捧出直击心腑引发广泛共情的文字，即便一篇，也足以慰藉风尘。

五

三年的文字行走，捡拾了一路的风景，收获了满满的感动。感念编辑为人作嫁苦，在茫茫稿海中发现我的粗陋之作。不抛弃，不放弃，精心斧斫，将拙劣的词句雕琢成可资一读的段章。无论是吾乡报章，抑或是外埠刊媒，对编辑们的职业情怀报以真诚的谢意。感念诸师长的扶掖和勉励。刘渝庆，家父生前志同道合的厚交，于我亦师亦友，鼓励我突破本土视野大胆对外投稿，提点我将习作结集出版，同时担纲稿本的"第一审校"，修正了原稿中的谬误数十处之多，并慷慨援笔作序。易耀秋，市委党校荣退教授，亦系家父生前友好，时常在家乡晚报露面，耄耋之年勉力创办市内外文友群。文友间相互鼓励，彼此赋能，共同成长。在懂你的人群中散步，日日如沐春风。

我还要感念我的写作对象，或者说写作客体，包括人、事、景、物在内，他们为我的写作提供了源头活水。写作就是一个与他们对话和互动的过程。笔下气象，莫不是人生的况味种种。本书辑录的篇什以人物叙事为主，其中人物是最为普遍的标的，几乎存照于所有的文字之中。没有他们的"出演"，"文将不文"，感染和共鸣更无从谈起。因此，我感恩笔下所有的遇见。

六

对于美文的要求，古人在《四溟诗话》中有个精辟的概括：起句如爆竹，骤响易彻；结句如撞钟，清音有余。——观鉴拙文，深感文笔苍疏，力有不逮。爆竹、撞钟，纵然有声，却不彻且无余。看来，提升著文的水准，仍需下非常之功，用恒久之力。

举凡文章大家，皆有涉笔成趣之能耐。如是能耐何来呢？一次聆听讲座，大咖赐教一二：时刻保持敏锐观察之心，随时记录灵光乍现之想。体会下来无非两个词：细心和勤勉。自惭慵懒惰怠，机敏之心不足，却时常多有功利。可见，著文为一种修养，一种态度。

　　时下热衷讨论多巴胺和内啡肽。相对于及时行乐的多巴胺行为而言，写作的内啡肽效应是显而易见的。它提供了一种延时满足的补偿机制，为一种高级的智慧的愉悦形态。那就将写作的内啡肽效应进行到底吧！既然选择了远方，便只顾风雨兼程。我相信，砚田热爱，纸笔磨砺，终抵岁月漫长。

2024 年 2 月 5 日